토니오 크뢰거

토니오 크뢰거

토마스 만 단편선

토마스 만 지음 | 강두식 옮김

문예출판사

TONIO KRÖGER UND ANDERE ERZÄHLUNGEN
Thomas Mann

차 례

토니오 크뢰거

Tonio Kröger

1

겨울 해는 지질한 빛으로 우유처럼 흐리고, 겹겹이 쌓인 구름에 가려 맥없이 비좁은 거리를 뒤덮고 있었다. 박공 구조의 집들이 늘어선 골목 안으로는 눅눅한 바람이 휘몰아쳤다. 게다가 이따금씩 얼음도 눈도 아닌 부드러운 우박 같은 것이 떨어졌다.

하교 시간이 되자 포장된 봉당(封堂)을 지나 쇠로 된 교문을 벗어난 아이들이 친구들과 헤어져 집을 향해 종종걸음을 친다. 큰 아이들은 점잖게 책가방을 왼쪽 어깨에 높이 올린 채 오른팔로는 바람을 거슬러 노를 젓듯 점심을 먹으러 갔고 꼬마들은 신이 나서 깡총깡총 뛰는 바람에 흙탕물이 사방으로 튀긴다. 물개 가죽 가방 속에서는 학교생활에 필요한 온갖 잡동사니들이 달그락거렸다. 그래도 위엄을 보이며 걸어오는 상급반 선생의 챙 넓은 모자와 주피터 수염을 발견하고는 모두 여기저기서 의젓한 눈치를 보이고 모자를 벗는다…….

"이제야 오는구나, 한스?"

오랫동안 길 복판에서 기다리고 섰던 토니오 크뢰거는 이렇게 말하고 다른 친구들과 이야기를 주고받으며 교문에서 나와 친구들과 같이 길을 가던 한스에게 웃음을 띠고 다가섰다…….

"왜 그래?" 하면서 한스는 의아해서 토니오를 쳐다보았다…….

"아, 참 그렇지! 그럼, 조금만 더 같이 걷자."

토니오는 말을 하지 못했다. 그러더니 그의 눈이 흐려졌다. 한스는 오늘 낮에 같이 산책을 하자 했던 자기와의 약속을 잊었다가 이제야 비로소 생각해냈단 말인가? 그런데 토니오는 한스와 그렇게 약속을 해놓고는 둘이서 산책할 것을 생각하며 기뻐했던 것이다.

"그럼, 잘 가, 다들!"

이렇게 한스 한젠은 자기 친구들한테 말했다.

"나는 크뢰거하고 같이 가야겠어." — 그러곤 다른 아이들이 바른 편으로 가는데 이 두 아이는 왼쪽 길로 접어들었다.

한스와 토니오는 하교 후에 같이 산책을 할 수 있는 시간이 있었다. 그것은 이 두 아이의 집에선 네 시나 되어야 비로소 점심을 먹기 때문이었다. 아이의 부친은 대 상인들이었고, 공직에도 몸담고 있는 그 도시의 유지들이었다. 한젠의 집안은 이미 대대로 아래 강가에 광대한 목재 적재소를 가지고 있어, 거창한 제재기가 요란한 소리를 내며 원목들을 다듬어내고 있었다. 그리고 토니오는 영사(領事) 크뢰거씨의 아들이었고, 그 집의 넓고 검은 상호(商號)가 찍힌 곡물 자루들이 매일같이 어디론가 실려가는 것을 거리에서 쉽게 볼 수 있었다. 또한 그의 조상 대대로 살아온 크고 오래된 저택은 시내에서 제일 당당한 것이었다……. 이 두 아이들은 많은 친척들 때문에 줄곧 모자를 벗지 않을 수 없었고, 뿐만 아니라 많은 사람들은 이 열네 살짜리들에게 먼저 인사를 건네곤 했다.

두 아이는 책가방을 어깨에 메고 있었고, 옷은 따뜻하게 잘 갖춰 입고 있었다. 한스는 어깨와 등허리에 수병들이 입는 넓고 푸른 칼라가 달린 짧은 선원 같은 웃저고리를 입었고, 토니오는 띠가 달린 잿빛 반코트를 입었다. 한스는 짧은 리본이 달린 덴마크 선원 같은 모자를 썼는데, 그 모자 밑에선 엷은 금발 머리가 찰랑거렸다. 그는 아주 잘생겼고 몸매의 균형이 잘 잡혔으며, 어깨는 넓고 하체는 날씬했고, 부리부리하게 쏘는 듯한 눈초리였다. 그러나 토니오의 둥근 가죽 모자를 쓴, 갈색인데다 아주 남국적인 예리한 윤곽을 가진 그의 얼굴에는 너무도 무겁게 느껴지는 눈꺼풀로 덮인, 어둡고도 섬세하게 그늘진 눈이 몽상하듯, 왠지 수줍은 듯 세상을 향하고 있었다. ……그의 입과 턱은 퍽이나 부드럽게 보였다. 그 걸음걸이는 아무 생각이 없는 듯 느리고 고르지 못했으나 한스는 검은 양말을 신은 날씬한 다리로 그와는 달리 아주 탄력 있고 절도 있게 걸었다.

토니오는 말을 하지 않았다. 그는 괴로워했다. 그는 얼마간 비스듬히 자리한 눈썹을 짓모으고, 입술은 휘파람을 불 듯 오므리고서, 옆으로 머리를 기울인 채 먼 데를 쳐다보았다. 이런 태도와 얼굴 표정이 그만의 특징이었다.

별안간 한스는 제 팔을 토니오의 팔 밑으로 집어넣으면서 고개를 돌려 그를 살펴보았다. 한스는 무엇 때문에 일이 이렇게 됐는지를 잘 알고 있었다. 그들이 몇 걸음 더 가는 동안 토니오는 여전히 잠자코 있었지만, 그래도 곧 기분이 한결 부드러워졌다.

"잊어버렸던 것은 아니야, 토니오."

한스는 이렇게 말하고 길바닥을 내려다보았다.

"이렇게 습기가 차고 바람이 불어서 오늘은 아무것도 할 수 없을 것 같았어. 그렇지만 그까짓 날씨쯤 상관없어. 날씨가 나쁜데도 네가 기다리고 있어서 난 신이 나는걸. 난 네가 벌써 집으로 갔으려니 하고 골이 났었거든……."

이 말을 듣는 순간 토니오의 마음은 온통, 뛸 것같이 즐거운 기분이 되었다.

"그럼, 우리 둑 너머로 가기로 하자!"

토니오는 활기 띤 목소리로 말했다.

"뮐렌 둑길을 올라가서 홀스텐 둑길을 넘어, 너의 집에 데려다줄게. 한스…… 그런 다음 나는 혼자 집으로 갈 거야. 걱정 없어. 다음에 네가 우리 집까지 나를 데려다주면 되니까."

토니오는 속으로 한스가 말한 것을 꼭 그렇게 믿었던 것은 아니고, 한스가 둘이 산책하는 걸 자기가 생각하는 것의 반만큼도 중요하게 여기지 않는다는 것을 확실히 느끼고 있었다. 그러나 그는 한스가 약속을 잊어버렸던 것을 뉘우치고, 자신을 달래려고 애를 쓰고 있다는 것을 알았다. 또한 토니오도 서로 화해하는 것을 물리칠 생각은 조금도 없었다…….

그 이유는 토니오가 한스 한젠을 사랑하고 있었고, 또 그 때문에 벌써 여러 번 괴로웠던 기억이 있었기 때문이다. 누군가를 지독하게 사랑한다는 건 이미 패배당한 것이고, 괴로움을 달게 받아야만 하는 일이다—이 간결하고도 악착스러운 진리를 이제 열네 살인 크뢰거는 마음으로부터 받아들이고 있었다. 그리하여 그는 이런 경험을 잘 기억하고, 동시에 마음속에 새겨두고 어느 정도는 그런 일에서 즐거움까지 느끼는 성품이었다. 그러나 물론 자기의 인격 수양을 위해 그것을 추구하고 실제적인 효용 가치를 거기서부터 끄집어내려고 한 것은 아니었다. 또한 그는 이러한 진리를 학교에서 강요하다시피 하는 지식보다 더욱 중요하고 흥미로운 것으로 소중하게 생각했고, 드높은 고딕 건물의 교실에서 이루어지는 수업 시간에도 이러한 판단을 속속들이 따지고, 샅샅이 되짚어보는 데 늘 골몰했다. 게다가 이런 생각에 잠길 때면 바이올린을 가지고(그는 바이올린을 연주했으니까) 방 안을 오락가락하며 될 수 있는 대로 부드러운 소리를 아랫마당 늙은 호두나무 가지 밑에서 춤추듯 뿜어져 올라가는 분수의 물줄기 소리 속으로 올려 보낼 때와 똑같은 만족감을 느낄 수가 있었다…… .

그 분수, 그리고 늙은 호두나무, 자신의 바이올린이나 먼 곳에 있는 바다, 그 동해—그는 방학 때면 그 바다의 아름다운 꿈을 엿들을 수가 있었는데—그것들이 그가 사랑하는 것이었고, 그것들로 인해 그는 곧 자기의 기분을 바꾸기도 하고, 또한 그 속에 자기의 내면을 투사하고 있었다. 또한 그 이름들은 그가 쓴 시에서 훌륭한 효과를 나타냈으며 토니오가 써놓은 시에서는 늘 그 이름이 되풀이해 울리고 있었다.

크뢰거는 자기가 쓴 시가 담긴 노트를 한 권 가지고 있었는데, 이 사실이 자신의 실수로 세상에 알려지게 되어, 동급생들에게나 선생들한테서까지도 큰 피해를 입었다. 그는 영사 크뢰거 씨의 아들로서 한편으로 이런 일에 저항한다는 것이 미련하고 천박한 일처럼 생각되어 동급생이고 선생이고 간에 멸시하는 태도를 취했다. 게다가 그들의 저속한 태도는 그에게 더욱 반발심을 느끼게 했고, 또한 그는 그들의 개인적인 약점을 유난히 뚫어져라 들여다보고 있었다. 그러나 다른 한편에서 보면 시를 쓴다는 것은 방종한 일이며, 본래 마땅치 않은 것이라고 느끼고 있어, 그것을 의외의 짓이라고 생각하는 축에 대해 어느 정도는 정당성을 인정하지 않을 수 없었다. 그럼에도 그는 시를 쓰는 일에서 손을 뗄 수가 없었다.

그는 집에서 시간을 헛되게 보냈고, 수업 시간에도 태만하고 다른 일에 골몰했기 때문에, 게다가 선생들에게도 나쁜 인상만 주었기 때문에, 늘 딱하기 짝이 없는 성적표를 집으로 가지고 왔다. 그럴 때면 그의 아버지—생각에 잠긴 듯한 푸른 눈을 가진, 언제나 들꽃을 단춧구멍에 꽂은 키 크고 깔끔하게 차려입은 이 신사는 여간 화를 내고 걱정하는 것이 아니었다. 그렇지만 토니오의 어머니—검은 머리의 아름다운, 콘수엘로란 이름을 가진 그의 어머니는 도대체 그 도시의 다른 부인들과는 아주 딴판이었다. 그것은 그의 아버지가 어머니를 옛날에 지도의 남쪽 맨 아래 지역에서 데려왔기 때문이었다—그런 그의 어머니에게는 본디 성적표 같은 것은 아무래도 좋았다…….

토니오는 피아노와 만돌린을 기가 막히게 연주하는 검은 머리의 불 같은 성질의 어머니가 좋았다. 그는 자기가 변변치 못한 것을 어머니께서 못마땅하게 생각지 않는 것이 기뻤던 것이다. 하지만 다른 한편에서 그는 아버지가 노여워하는 것이 훨씬 위엄 있고, 존경할 만한 것이라 느꼈고, 야단을 맞아도 마음으로는 아버지가 꼭 옳다고 생각했으며, 어머니의 웃어넘기는 무관심한 태도는 참되지 못하다는 생각을 했다. 토니오는 자주 이렇게 생각하곤 했다. 나 스스로 어떻게 고쳐보려고 하지 않고, 또 할 줄도 모르고, 게으르고, 고집불통이고, 대개는 아무도 생각지 않는 것들을 구질구질하게 생각만 하고—하여간 나는 나대로 살면 그만이지. 어른들이 내 비위를 맞추고, 혹은 음악으로 나를 달래며, 아무래도 좋다고 내버려두지 않고, 화를 내어 나를 꾸짖고, 벌 세우는 것도 옳은 일이라고 할 수밖에 없다. 어쨌든 우리는 푸른 마차를 타고 다니는 집시도 아니고 점잖은 사람들이며, 영사 크뢰거 집안이고, 크뢰거의 가족이 아닌가…… 그렇지만 또 한편으로는 이런 생각에 잠기기도 했다—나는 왜 이렇게도 이상할까? 만사가 뜻에 맞지 않고, 선생들하고는 싸우고, 다른 아이들과는 서먹서먹하니, 무엇 때문일까? 착하고 진실하며 평범한 다른 아이들 좀 봐! 선생들이 그들에겐 우스꽝스러워 보이지도 않고, 그들은 시를 쓰지도 않으며, 오로지 누구나 상식적으로 생각하고 당당하게 모든 사람과 통할 수 있다고 반드시 생각할 것이다! 그들은 아마 속이 편할 테지, 그런데 나는 왜 이 모양일까? 이러다가 내 모든 것이 앞으로 어찌 될 것인가…….

이처럼 자기 자신과 자기의 인생에 대해 숙고하는 습관이 한스 한젠에 대한 토니오의 우정에서 큰 역할을 하고 있었다. 그가 한젠을 좋아했던 것은 첫째 그 아이가 잘생겼기 때문이기도 했지만, 또한 한스 한젠이 어느 점에서나 자기 자신과는 정반대로, 대립되는 존재로 생각되었기 때문이었다. 한스 한젠은 우등생이었을 뿐 아니라 발랄하고 씩씩한 아이여서, 마치 영웅이나 된 듯 말도 타고, 수영도 하며, 체조도 잘했다. 그래서 누구에게나 귀여움을 받았다. 선생들은 한스에게 아주 홀딱 반했고, 성을 빼고 이름만 불렀으며, 무슨 일이 있을 때마다 그를 추켜세웠다. 친구들은 그의 호감을 사려고 서둘렀고, 거리에 나서면 신사 숙녀 할 것 없이 그를 붙잡아 세우고는 그의 덴마크 선원들이 쓰는 모자 밑으로 내민 금발 머리를 잡고 말하는 것이었다. "잘 있었니, 한스 한젠? 네 머리칼은 보기에도 좋구나! 또 일등이냐? 아빠나 엄마한테 안부 전해다오. 참 훌륭한 아이로구나……."

한스 한젠은 이런 아이였다. 토니오 크뢰거는 그와 알게 된 뒤부터 한스를 쳐다볼 때마다 동경을 느꼈는데, 그것은 가슴패기에 못을 박는 것처럼 타오르는 시기심에서 나온 동경이었다. 너처럼 그렇게 눈이 푸르고, 너처럼 단정하고, 누구하고나 단란하게 살아갈 수 있다면 얼마나 좋겠느냐! 너는 늘 정말 얌전하게 누가 보아도 우러러볼 만한 짓만 하는구나. 숙제가 끝나면 말 타는 연습을 한다든지, 실톱세공을 해본다든지, 또 방학이면 바다로 가서 배를 젓고, 요트를 타고, 수영을 하기에 정신이 팔려 있는데, 나는 게으름만 피고 모래 위에 넋을 잃고 누워 바다 위를 스쳐 신비스럽게 변화하는 바다의 표정이 재롱을 피우는 것을 쳐다보고만 있지 않았던가. 그러니 네 눈은 그렇게 빛날 수밖에, 나도 너같이 될 수 있다면…….

그는 한스 한젠같이 되려고 하지는 않았다. 그리고 이런 소원은 아마 결코 본심에서 나온 것은 아니었는지 모르겠다. 그렇지만 그는 자기의 있는 그대로를 한스가 사랑해주기를 뼈저리게 바라고 있었다. 그는 자기 식대로 한스의 사랑을 구했으니 그것은 찬찬하며 은근하고, 헌신적이며 괴로워 못 견디는 우울한 구애였는데, 이 우울은 토니오의 이방인다운 외모에서 사람들이 기대하고 있을지도 모르는 어떤 강렬한 열정보다도 더욱 심각하고, 깊이 파고들어 불붙을 수 있는 것이었다.

그런데 토니오의 구애는 완전히 헛된 것만은 아니었다. 어쨌든 한스는 그 아이에게서 어떤 뛰어난 점, 즉 어려운 이야기를 입에 쉽게 담을 수 있는 표현의 재간을 우러러보았고, 토니오가 자기를 위해 각별히 강렬하고도 부드러운 마음씨를 보이고 있다는 것을 잘 이해하고 감사의 뜻을 표했고, 또한 그에 응대해줌으로써 많은 행복을 주었다—그러나 동시에 수많은 질투나 환멸의 쓰라림도 주었고, 정신적으로 손을 잡아보려는 헛된 고생도 시켰던 것이다. 그런데 토니오가 한스를 사랑한 것은 그의 생활 태도를 부러워했기 때문이었으면서도, 그가 늘 한스를 자기 자신이 사는 방식대로 끌어들이려고 애썼다는 것은 이상했다. 그런데 그것은 기껏해야 순간적으로 어쩌면 그것도 겉으로만 성공할 수 있을 뿐이었다.

"요즘 나는 참 좋은 것을 읽었어. 정말 훌륭했지……" 하고 토니오가 말했다. 그들은 밀렌 거리에 있는 잡화상 이베르젠의 가게에서 10페니히를 주고 산 사탕을 봉지에서 같이 꺼내 먹으면서 걸었다.

"너도 꼭 읽어봐, 한스. 다른 게 아니고 실러의 《돈 카를로스》인데…… 보고 싶으면 내 빌려줄게……."

"아니, 괜찮아" 하고 한스가 말했다.

"그만둬, 토니오, 그건 내가 읽을 것이 못 돼. 난 내 말(馬) 그림책이나 보지. 이것 봐, 정말 멋있는 그림이 그 속에 있더라, 정말이야. 언제 한번 우리집에 오면 보여줄게. 고속으로 찍은 사진이 있는데, 천천히 뛰는 말도 있고 빠르게 달리는 말도 있어. 그리고 도약하는 말, 평상시엔 빨리 뛰기 때문에 볼 수 없는 여러 가지 자세를 볼 수 있어……."

"그렇게 여러 가지야?"

토니오는 차분히 말했다.

"참 굉장하겠다. 그렇지만 《돈 카를로스》 이야긴데, 뭐라고 말할 수 없을 정도야. 그 속에 정말 좋은 장면이 있어. 일단 보면 알겠지만 누구나 충격을 받을 만하고 폭발할 것 같은 기분이 된단 말이야……."

"폭발한다고?"

한스 한젠은 물었다.

"무엇 때문에?"

"예를 들면 왕이 우는 장면이 있는데, 왕이 후작한테 속아서 운단 말이야……. 그런데 이 후작도 왕자를 위해서 왕을 속였을 뿐이었어, 알겠지. 그러니까 후작은 왕자를 위해 희생하는 거지. 그런데 내실에서 왕께서 우셨다는 이야기가 옆 방에 새어 나왔거든. '우셨다' '임금님께서 우셨다' 이렇게 궁궐 내의 신하들은 온통 깜짝 놀라고, 발칵 뒤집히게 되었는데, 그게 말이지, 그 왕은 아주 고집불통이고 엄한 분이었기 때문에 그랬단 말이야. 그렇지만 그 왕의 울음을 난 잘 이해할 수 있거든. 그래서 난 그 왕자하고 후작을 한데 합친 것보다도 그 왕이 훨씬 더 불쌍하다는 생각이 들어. 늘 혼자 외롭고, 사랑받지 못하던 왕이 간신히 심복을 한 사람 찾아냈다고 믿었는데, 그 사람이 배반을 하게 되니……."

한스 한젠은 고개를 돌려 토니오의 얼굴을 쳐다보았다. 그때 토니오의 얼굴에 나타난 알 수 없는 무엇이 한스를 이야기 속으로 끌어넣었음에 틀림없다. 그래서인지 한스는 별안간 다시 자기 팔을 토니오의 팔에 끼며 이렇게 물었다.

"어떻게 해서 그 사람이 왕을 배반한 거지, 토니오?"

한스의 관심에 토니오는 마음이 들떴다.

"응, 그건 말이야" 하고 그는 이야기를 시작했다.

"브라반트와 플란데른으로 갈 편지가 모두……."

"저기 에르빈 임머할이 온다" 하고 한스가 말했다.

토니오는 입을 다물었다. '땅속으로 꺼져 없어졌으면 좋겠군, 저 놈의 임머할 녀석!' 하고 토니오는 생각했다. 왜 하필 이런 때 나타나서 훼방을 놓는 거야! 제발 녀석이 같이 따라와서 끝까지 말 타는 이야기나 하지 않았으면 좋겠는데……. 에르빈 임머할도 승마 연습을 하고 있었기 때문에 그는 녀석이 한스의 관심을 다른 곳으로 돌릴까봐 걱정이 되었다. 그는 은행장의 아들로 이곳 성문 밖에 살고 있었다. 임머할은 벌써 책가방을 집에 두고 그 휘어 꾸부러진 다리로 뱁새눈을 뜨고 가로수길을 따라 그들을 향해서 걸어오고 있었다.

"잘 지내니, 임머할?" 하고 한스가 말을 걸었다. "크뢰거와 함께 산책을 하는 중이야……."

"난 시내로 들어가야 해" 하고 임머할이 대답했다.

"살 게 좀 있거든. 하지만 너희들하고 조금은 걸어갈 수 있어……. 그거 사탕 아니니? 응, 고마워. 한두 개만 줘. 내일 또 시간이 있지, 한스—."

여기서 시간이란 승마 연습 시간을 말하는 것이다.

"신난다" 하고 한스는 말했다.

"난 얼마 전 훈련에서 일등을 해서 가죽 각반을 받게 될 것 같아……."

"넌 아마 승마 연습을 하지 않지, 크뢰거?"

임머할이 물었다. 이때 그의 눈은 반짝거리는 두 줄기 찢어진 구멍에 지나지 않는 것 같았다…….

"아니."

토니오는 아주 애매한 말투로 대답했다.

"너도 해봐."

한스 한젠이 한마디 했다.

"아버지께 말씀드려서 너도 훈련을 받는 게 어때, 크뢰거?"

"응……."

토니오는 재빨리 아무렇게나 말을 했으나, 일순간 그의 목을 졸라매는 듯한 느낌을 받았다. 그것은 한스가 자신의 성(姓)을 불렀기 때문인데, 한스도 그 사실을 알아차린 듯 변명을 했다.

"내가 크뢰거라고 부른 건 네 이름이 하도 괴상해서야. 미안해. 그런데 난 네 이름이 별나다고 생각해, 토니오…… 참 별난 이름이야. 그렇다고 그게 네 탓은 결코 아니지만!"

"아니, 네 이름이 외국 사람 같고, 좀 특별한 데가 있어서 유난히 그렇게 부르게 되는 거지……."

임머할은 좋게 말하려고 애쓰고 있었다.

토니오의 입은 일그러졌다. 그는 정신을 가다듬고 말했다.

"그래 어리석은 이름이야, 제발 나도 내 이름이 하인리히라든가 빌헬름이었으면 좋겠어, 정말이지. 우리 어머니 형제 한 분에게 내가 세례명을 받았는데 그분이 안토니오였거든. 어머니는 아주 먼 데서 오신 분이라서 말이야……."

그런 후 그는 입을 다물고 그 둘이 말(馬)과 가죽 물건에 대해 이야기하도록 내버려두었다. 한스는 임머탈과 팔짱을 끼고 마음껏 지껄였다. 아마《돈 카를로스》에 대해서는 절대로 그만한 관심을 그의 마음속에 일깨워줄 수 없을지도 모르겠다……. 때때로 토니오는 울고 싶은 충동이 그의 코 안에서 매콤하게 치미는 것을 느꼈다. 뿐만 아니라 토니오는 자꾸 턱이 떨리려고 하는 것을 억지로 참아보려고 애를 썼다…….

한스가 내 이름을 싫어하는 건 아닐까 — 그럼 어떻게 하지? 그 자신은 한스라는 이름이 있고, 임머탈은 에르빈이라고 부른다. 그래. 그건 보통 인정받고 있는 이름이고 아무도 이상하게 여기지 않아. 하지만 토니오라는 이름은 어딘지 외국 냄새가 나고 이상한 데가 있어. 그래, 나는 원하든 원치 않든 모든 면에서 어딘지 유별난 데가 있고, 외롭고, 그래서 성실한 사람이라든지 보통 사람들 속에는 낄 수가 없었어. 하지만 난 푸른 마차를 탄 집시 족속은 결코 아니며 영사 크뢰거 씨의 아들이고, 크뢰거 집안의 한 사람인걸……. 그런데 한스는 그들 둘만이 있을 때는 그를 토니오라고 부르면서도 누군가가 나타나기만 하면 왜 그렇게 부르는 걸 부끄러워하는 것일까? 때로 한스는 그와 가까워지고, 그의 사람이 되기도 했다. 그것은 틀림없는 일이다. "어떻게 해서 그 사람이 왕을 배반한 거지, 토니오?" 하고 그는 물었고, 자신의 팔에 그의 팔을 끼지 않았던가. 그런데 이제 임머탈이 오니까, 잘됐다는 듯 한숨을 내쉬며, 그를 내팽개치고 아무 거리낌 없이 그의 이상한 이름을 비난했다. 이 모든 것을 빤히 알아차리고 있어야만 한다는 것이 얼마나 괴로운 일인가……. 한스 한젠은 단 둘만 있을 때면 정말 얼마쯤은 그를 좋아한다. 그는 그것을 알고 있다. 그러나 제삼자가 끼면 그는 부끄러워하고, 그를 희생시켜버린다. 그래서 그는 다시 혼자 남게 된다. 그는 그 필립 왕을 생각했다. 왕께서 우셨던 것이다…….

"안 되겠다."

에르빈 임머할이 말했다.

"이제 정말 시내로 들어가야겠어! 그럼 잘들 가, 사탕은 잘 먹었어."

그렇게 말하고 나서 그는 길가에 있는 벤치 위로 뛰어올라 구부러진 다리로 그 위를 타고 뛰어가버렸다.

"임머할 녀석 참 좋아!"

한스는 힘을 주어 말했다. 한스는 이렇게 제가 좋고 싫은 것을 표현하고, 동시에 그 감정을 자비롭게 나누어주는 응석둥이 같은 자만심이 있었다. ……그러고 나서는 이제 내친 김이라는 듯 계속 승마 연습에 대한 이야기만 했다. 게다가 이젠 한젠 씨의 집까지도 그리 멀지는 않다. 둑을 넘어가면 그리 시간도 걸리지 않았다. 잔 나무들의 앙상한 가지를 휘두들기고, 신음을 자아내는 습기 찬 거센 바람을 맞으며 그들은 머리를 수그리고 모자를 짓눌러 썼다. 한스 한젠이 계속 말을 하는데도 토니오는 가끔씩 별 생각 없이 감탄하거나 그렇다고 말할 뿐, 한스가 이야기에 열중해서 다시 팔을 끼었을 때도 별로 기쁘다는 느낌도 들지 않았다. 그것은 의미도 없는 겉치레만의 접근이었던 것이다.

그러고 나서 그들은 정거장 근처에서 둑으로 내려와 폭폭거리며 멋대가리 없이 급하게 서둘러 지나가는 기차를 바라보고, 하릴없이 차량 수를 세어보고 기차의 맨 끝 꼭대기에 털옷을 뒤집어쓰고 앉아 있는 사나이를 보고 손을 흔들었다. 린덴 광장을 안고 서 있는 호상 (豪商) 한젠 씨의 저택 앞에서 그들은 걸음을 멈추었다. 한스는 정원으로 통하는 문 밑에 매달려 돌쩌귀 소리가 나게 이리저리 흔들면 참 재미가 있다고 자세하게 시범을 보여주었다. 그런 뒤 한스는 작별을 고했다.

"자, 이제 들어가봐야겠어. 잘 가, 토니오. 다음엔 내가 너희 집까지 바래다주지, 정말이야."

"잘 있어, 한스."

토니오는 말했다.

"산책은 기분 좋았어."

정원 대문을 잡았기 때문에 서로 맞잡은 두 사람의 손은 완전히 젖고, 녹이 묻어 있었다. 그러나 한스가 토니오의 눈을 마주 보았을 때, 그의 아름다운 얼굴에는 어딘지 모르게 후회하는 듯한 빛이 떠올라 있었다.

"그래, 내 다음에 《돈 카를로스》를 읽어볼게."

그는 재빠르게 말했다.

"내실에 있는 임금님 이야기는 정말 재미있을 거야!"

말을 마치자마자, 그는 자기 가방을 팔에 끼고 앞마당을 지나 뛰어들어갔다. 집 안으로 들어가기 전에 한스는 다시 한번 고개를 끄덕여 보였다.

한스의 그런 행동으로 토니오는 완전히 마음이 후련해지고, 걸음도 가벼워졌다. 바람을 등지고 걷기도 했지만, 그렇게 가볍게 거기서 물러날 수 있었던 것은, 모두 그 바람 덕분만은 아니었다.

한스는 《돈 카를로스》를 읽을 테지. 그러면 그들은 임머할이나 그 밖에 어떤 사람도, 말을 붙일 수 없는 것을 서로 나눠 갖게 될 거야. 그들은 서로 잘 이해할 것이다! 누가 알 것인가— 혹 한스도 시를 쓰도록 만들 수 있을지? ……아니지. 아니야, 그건 안 돼! 한스가 토니오처럼 되어서는 안 될 일이고, 지금 그대로 있어야 해. 모두가 사랑하고 특히 토니오가 가장 좋아하는 그 모습 그대로 명랑하고 씩씩해야 한다! 그렇지만 그가 《돈 카를로스》를 읽는다고 나쁠 것은 없을 테지……. 토니오는 이렇게 생각하며 역사 깊고 육중한 성문을 지나서 항구를 따라가다가, 가파르고 바람이 휘몰아치는 눅눅한 박공 구조로 된 집들이 늘어선 골목을 올라가서, 부모님이 계신 집으로 돌아갔다. 집으로 가는 그의 심장은 뛰고 있었다. 그의 가슴속에는 동경과 우울한 선망(羨望), 그리고 얼마간의 경멸과 풍부하고 깨끗한 행복감이 자리하고 있었다.

2

금발의 잉게, 높고 뾰족하게 솟은 가지각색 고딕 양식의 분수가 자리한 중앙 광장 한쪽에 살던 홀름 박사의 딸, 잉게보르크 홀름. 그녀는 토니오 크뢰거가 열여섯이 되었을 때 마음으로부터 사랑한 여자였다.

어떻게 토니오가 그녀를 사랑하게 되었을까? 그는 이미 몇백 번이나 그 여자를 보아왔다. 하지만 어느 날 저녁, 그는 잉게를 불빛 아래서 보게 되었다. 한 친구와 이야기를 하면서 그녀가 조금 신바람이 난 듯 웃으며, 머리를 옆으로 갸우뚱 가누고, 섬세하지도 않고 또 유난히 맵시가 있다고도 할 수 없는 어린 계집아이다운 손을, 좀 색다른 몸짓으로 뒤통수로 가져갔을 때, 하얗고 얇은 천으로 된 소매가 그 여자의 팔꿈치에서 흘러내리는 것을 보았다. 그리고 그는 그 여자가 대수롭지도 않은 한마디를 독특하게 힘을 주어 말했을 때 그 목소리 속에 어떤 따스한 울림이 있다는 것을 느꼈다. 순간 일종의 황홀감이 그의 마음을 사로잡았는데 그것은 전에 한스 한젠을 바라볼 때의 감동, 그러니까 아직도 어리고 어리석었던 어린애 적에 받았던 감동보다는 훨씬 강렬한 것이었다.

그날 저녁 그는 그 여자의 모습을 가슴에 품고 집으로 돌아왔다. 땋아서 늘어뜨린 숱이 풍성한 금발 머리와 웃음을 머금은 갸름한 눈과, 콧날의 보일 듯 말 듯한 주근깨를 그는 잊을 수가 없었다. 또한 그는 그녀의 목소리에서 느껴지던 울림이 귀에 젖어 잠을 이룰 수가 없어서 그 대수롭지 않은 한마디를 입 밖에 내던 그녀의 말투를 가만히 흉내 내보기도 했다. 그러고는 몸서리쳤다. 경험은 그에게 이것이 사랑이라는 것을 가르쳐주었다. 그리고 사랑은 엄청난 고뇌와 불행과 굴욕을 가져다주는 것이며, 평화를 깨뜨리고, 마음을 달콤한 멜로디로 가득 채워, 어떤 일을 되도록 꾸미거나 마음을 푹 놓고 무엇인가 온전한 것을 이뤄내도록 안심하는 경지에 이를 수 없게 한다는 것을 잘 알고 있었지만, 그래도 그는 이 사랑을 좋아서 받아들이고, 자신을 내맡기고, 자신의 온 마음을 기울여 사랑을 키워나갔다. 그것은 그가 사랑이 인간을 풍성하고 활동적으로 만든다는 것을 알고 있었기 때문이다. 그리고 그는 서두르지 않고, 완전한 무언가를 만들어내는 대신에 자신이 풍성하고 활동적이기를 간절히 바랐다……

토니오 크뢰거가 이 쾌활한 잉게 홀름에게 정신을 못 차리게 된 것은 후스테에데 영사 부인의 깨끗이 치워놓은 살롱에서의 일이었다. 그날 저녁은 마침 영사 부인이 무도 강습회를 열 차례였다. 무도 강습회는 사사로운 강습회로서 상류 가정의 자제들만이 참가했는데 그들은 참가자들의 집을 차례로 돌아가며 무도와 예법을 교육받았다. 게다가 그 강습회를 위해 매주 함부르크에서 무용 선생인 크나크 씨가 출장을 왔다.

프랑수아 크나크라 불리는 무용 선생 또한 굉장한 사나이였다! 그는 언제나 "J'ai, l'honneur de me vous représenter(여러분을 뵙게 돼서 영광입니다)"라고 말하며 교습을 시작했다.

"Mon nom est Knaak(제 이름은 크나크라고 합니다)……. 그러나 이 말은 허리를 굽혀 절을 할 때 입 밖에 내서는 안 되며 다시 고개를 들 때 말해야 합니다 —. 나직한 소리로, 그러나 또박또박 해야 합니다. 언제나 프랑스 말로 자기 소개를 해야 하는 건 아닙니다. 하지만 이 말로 똑똑하게 할 수 있으면 독일어로도 잘하게 될 것입니다."

이렇게 말하는 그의 살진 엉덩이에는 비단 같은 검은 프록코트가 잘도 찰싹 들러붙어 있었다. 부드러운 주름이 잡힌 바지는 에나멜 구두 위로 늘어지고, 구두는 폭이 넓은 공단 리본으로 장식이 되어 있

26

었다. 그리고 그의 갈색 눈은 자신의 아름다움에 취한 듯 축 늘어져 행복감을 간직한 채 사방을 둘러보곤 했다……

누구를 막론하고 그의 여유 있는 자신감과 예의 바른 태도에 압도당했다. 그는 그 집 여주인에게로 걸어가서—그런데 그 사람처럼 그렇게 탄력 있고, 흐느적거리고, 휘청거리면서 당당하게 걷는 사람은 이 세상에 없을 것이다—절을 하고 부인이 손을 내밀어줄 때까지 기다리고 섰다가 손을 잡으면 나직이 고맙다는 인사를 하고, 깡충 뛰다시피 다시 물러나 왼발로 돌아서면서 발끝이 바닥을 향하고 있던 오른발을 옆으로 퉁기고는 허리를 흔들며 사라졌다.

사람들이 모인 장소에서 나올 때는 뒷걸음질을 치며 몇 번씩 절을 한 후 문 쪽으로 나와야 하고, 의자를 가져올 때는 다리 하나를 붙잡거나 마룻바닥에 질질 끌고 와서는 안 되고, 의자의 등받이를 가볍게 쥐고 들어와서 소리가 나지 않게 내려놓아야 한다. 손을 배 위에 모으고, 혓바닥으로 입 가장자리를 핥으며 멍하게 서 있어서는 안 된다고 했다. 그런데도 그런 짓을 하는 사람이 있으면, 크나크 씨는 흉내내는 데 탁월한 재주가 있는지라, 그 후로는 일생을 두고 그러한 짓에 욕지기를 할 만큼 만들어놓았다……

이것이 춤을 추는 예법이었다. 춤에 관한 한 크나크 씨는 최고급에 속하는 명수였다. 가구를 치운 넓은 방엔 샹들리에의 가스등이 타오르고 벽난로 위에는 촛불이 타고 있었다. 마룻바닥엔 활석(滑石) 가루가 뿌려지고, 제자들은 반원을 그리며 말없이 서 있다. 커튼 저쪽 편 옆방에서는 우단 의자에 어머니와 아주머니들이 앉아 자루 달린 안경으로 크나크 씨를 구경했다. 크나크 씨는 허리를 구부리고 프록코트 옷자락을 각각 두 손가락으로 집어 들고는, 탄력 있는 걸음으로 마주르카 스텝을 하나씩 실연해서 보여주었다. 하지만 여러 관중을 한번 깜짝 놀래주려고 작정이라도 할 때면, 다짜고짜 바닥에서 펄쩍 뛰어올라, 공중에서 정신도 못 차릴 지경으로 빨리 다리를 휘두르고, 동시에 그 발을 떨다간, 둔하지만 온통 밑바닥부터 뒤집어엎는 듯 쾅 소리를 내면서 착지를 했다…….

'정말 이해할 수 없는 원숭이다' 하고 토니오 크뢰거는 마음속으로 생각했다. 그러나 토니오는 잉게 홀름, 그 명랑한 잉게가 때때로 넋을 잃은 듯한 미소를 띤 채 크나크 씨의 몸짓을 눈으로 좇는 것을 잘 알고 있었다. 그런데 토니오가 크나크 씨를 보고 끝내 감탄 비슷한 무엇을 느끼게 된 것은 결코 이처럼 기막히게 수련해온 몸짓 때문만은 아니었다. 정말 크나크 씨의 눈초리는 침착하고, 동요하지 않았다! 그 눈은 사물의 이면까지 들여다보지 않았으며 따라서 복잡하고 슬픈 감정까지 몰입하지는 않았다. 그의 두 눈은 자신이 갈색이요, 아름답다는 것밖에는 알지를 못했다. 그렇기 때문에 그의 태도는 저렇듯 긍지를 품고 있었다. 그렇다, 미련한 사람이라야만 저 사람처럼 걸을 수 있다. 그렇게만 되면 누구한테나 귀여움을 받게 될 터인데 그것은 애교가 있기 때문이었다. 토니오는 잉게가, 그 금발 머리의 귀여운 잉게가 왜 크나크 씨를 그렇게 뚫어지게 쳐다보는지를 너무나도 잘 알았다. 그러면 토니오 자신을 그런 눈초리로 우러러보는 처녀는 하나도 없었던가?

아니 그렇지는 않았다. 변호사 페르메렌 씨의 딸 막달리나 페르메렌이 그랬는데, 그 여자는 입매가 순해 보이고, 크고 검고 빛나는

28

큰 눈을 가진 여자였다. 그 여자는 춤을 추다가 잘 넘어졌는데 여자들이 상대를 골라야 할 때면 그 여자는 토니오에게 왔고, 그가 시를 쓰고 있다는 것을 알고는 두 번이나 시를 보여달라고 졸라 댄 적이 있었다. 그리고 먼발치에서 고개를 숙인 채 그를 주시하기가 일쑤였다. 하지만 그런 일은 그에겐 문제가 되지 않았다. 토니오는 잉게 홀름을, 이 금발의 명랑한 잉게를, 시 같은 것을 쓰고 있다고 틀림없이 멸시하고 있을 잉게 홀름을 사랑하고 있었다……. 그는 잉게를 쳐다본다. 행복과 조롱의 빛이 가득히 어린, 갸름한 푸른 눈을 쳐다본다. 그러면 질투 섞인 그리움과 그녀와는 사귈 수 없고, 영원히 남일 수밖에 없다는 가혹하고도 절박한 고통이 가슴속에서 타오르는 것이었다…….

"제1조, 앙 나방!(앞으로!)"

크나크 씨의 호령이 떨어졌다. 이 작자가 얼마나 기막히는 콧소리를 내는지는 말로 다 표현할 수가 없다. 카드리유(Quadrille : 사인조 무도)를 연습할 때 토니오 크뢰거는 자기가 잉게 홀름과 같은 조에 속해 있음을 알고는 깜짝 놀랐다. 그는 될 수 있는 대로 잉게를 피했지만 자기도 모르게 자꾸만 그 여자 옆으로 가곤 했다. 그쪽을 보지 않으려고 애를 썼지만, 그래도 그의 눈초리는 자꾸 그녀에게로 향했다……. 그녀는 이제 붉은 머리카락을 가진 페르디난트 마티센의 손에 이끌려 미끄러지듯, 총총걸음으로 다가왔다. 땋아서 늘인 머리를 뒤로 젖히고 숨을 내쉬며 토니오의 건너편에 와서 선다. 피아노 반주를 하는 하인첼만 씨는 뼈마디가 굵은 손으로 건반을 내리치고 크나크 씨의 호령으로 사인조 무도 카드리유는 시작된다…….

잉게는 토니오 앞을 앞뒤로 오락가락 걷기도 하고, 돌기도 하며 춤추고 있었다. 그러면 그 여자의 머리나 혹은 곱고 보드라운 옷에서 풍기는 향취가 때로 그를 스치고 지나간다. 때문에 그의 눈은 점점 흐려져갔다. '나는 너를 사랑한다. 잉게, 귀여운 잉게여.' 그는 속으로 되뇌이고서 저렇듯 열심히 재미있게 춤을 추면서도 자기는 거들떠보지도 않는 데 대한 온갖 쓰라린 심정을 이 몇 마디 말로 바꾸어 놓았다. 그런 다음 슈토름의 아름답기 한량없는 시가 한 구절 머리에 떠올랐다.

"잠을 자고 싶은데 춤을 추잔다."

이 시 안에 담긴, 사랑을 하는데 춤을 추어야만 한다는 굴욕적인 모순이 토니오의 마음을 괴롭혔다…….

"제1조, 앙 나방!"

크나크 씨의 호령이다. 새로운 선회가 시작되었다.

"Compliment! Moulinet des dames! Tour de main!(인사! 숙녀들은 선무(旋舞)를! 손을 뒤집고!)"

그런데 그가 얼마나 우아하게 프랑스어 de에서 무성음 e를 삼켜버리는지 아무도 제대로 표현하기 어려울 것이다.

"제2조, 앙 나방!"

토니오 크뢰거와 파트너의 차례였다.

"Compliment!(인사!)"

토니오 크뢰거는 고개를 숙였다.

"Moulinet des dames!(숙녀들은 선무하고!)"

그리하여 토니오 크뢰거는 고개를 숙이고 눈썹을 찌푸린 채 자기 손을 네 여자의 손 위에다 놓았으나 그만 자신이 선무하고 말았다.

사방에서 킬킬거리고 웃는 소리가 났다. 크나크 씨는 판에 박은 듯한 그의 독특한 발레 포즈로 깜짝 놀랐다는 표현을 했다.

"아, 이거 큰일났군!"

그는 소리를 질렀다.

"가만 있어, 그만! 크뢰거 군은 여자들 축에 끼어버렸어요. 뒤로 물러나요, 크뢰거 아가씨, 뒤로 가세요. 자, 이를 어쩐다! 다들 아시는데 당신만 모르시는군요. 자, 빨리 뒤로 나가세요."

그렇게 말하고 그는 노란 비단 수건을 꺼내서, 그것을 휘둘러 토니오 크뢰거를 제자리로 쫓아 보냈다.

웃지 않는 사람은 아무도 없었다. 젊은 사내아이들이나 계집애들, 커튼 저편의 부인들까지도 웃었다. 크나크 씨가 이 돌연한 사건을 우스꽝스럽게 만든 것이다. 모두 극장에 온 것처럼 재미있어 했다. 단지 하인첼만 씨만 지루하고 사무적인 표정으로 다시 연주하라는 신호만을 기다리고 있었다. 그는 크나크 씨의 그런 행동에는 무감각해져버렸던 것이다.

그리고 다시 카드리유는 계속되었으며, 중간 휴식 시간으로 들어갔다. 시중 드는 계집아이들이 쟁반에 포도 젤리가 든 유리잔을 잔뜩 담아 잘그랑거리며 들어오고, 가정부가 플럼 케이크를 한 판 가지고 쫓아들어왔다. 그러나 토니오 크뢰거는 몰래 복도로 빠져나와 뒷짐을 지고 나무 발을 드리운 창가로 갔다. 그는 나무 발 때문에 아무것도 내다볼 수 없는데 제법 무엇인가를 내다보는 듯이 그렇게 창가에 서 있는다는 것이 조금은 우스꽝스러울 수 있다는 생각도 미처 하지 못했다.

　그때 그는 제 마음속을 들여다보고 있었다. 마음은 원망과 동경으로 가득했다. 왜? 무엇 때문에 내가 이런 데 와 있는 것일까? 왜, 내 방 창가에 앉아서 슈토름의 《이멘호(Immensee)》나 읽으면서, 가끔 늙은 호두나무 가지들이 우울한 소리를 내는 저녁 어스름에 싸인 정원이나 내다보는 편을 택하지 않았을까? 그곳이야말로 자신에게 딱 맞는 곳이었다. 남이야 춤을 추건 신이 나서 멋있게 해치우건 저희들 마음대로 해보라지……. 아니다, 아니다, 여기야말로 내가 있을 곳이다. 내 비록 외롭고 먼 데서나마, 저 방 안에서의 그릇 소리와 떠들고 웃는 소리에서, 잉게의 그 따뜻한 목소리를 가려내려고 애를 쓰고 있을 뿐이라고 해도 여기서 나는 잉게 곁에 있다는 것을 느낄 수 있는 것이다. 너의 갸름한 웃고 있는 푸른 눈! 오, 그대 금발의 잉게여! 너처럼 아름답고 명랑하려면 《이멘호》 같은 것을 읽거나, 스스로 그런 것을 써보려고 애를 써서는 절대로 안 될 것이다. 그것은 슬픈 일이니까…….

　너는 지금 내가 있는 데로 나와야 할 것이 아니냐! 내가 없어졌다는 것을 눈치 채고 내 기분이 어떻다는 것을 마음으로 느끼고 비록 불쌍하다고 생각했더라도 좋으니 몰래 쫓아나와서 네 손을 어깨에 얹고 "자, 우리들 있는 데로 가시죠. 그리고 즐겁게 노세요. 저는 당신이 좋아요"라고 말해야 마땅하지 않느냐. 그는 등뒤에서 들리는 소리에 귀를 기울인 채 어리석은 긴장 속에 혹시 그 여자가 오지 않을까 하고 기다렸다. 그러나 그 여자가 올 리는 없었다. 그런 일은 이 세상에서는 있을 수 없는 일이었다.

그 여자도 다른 사람들처럼 같이 그를 조롱하며 웃었던가? 아무리 그가 자기 자신을 위해, 또 그 여자를 위해 부인하고 싶어도, 그 여자도 같이 웃었다는 사실을 어찌하랴. 그런데 그는 그 여자가 옆에 있다는 사실에 얼떨떨해져서 그만 여자들이 춰야 할 춤을 같이 추지 않았던가? 그러나 그까짓 일이 무슨 대수란 말인가? 언젠가는 모두들 그를 비웃지 않게 될지도 모른다! 얼마 전 한 잡지에서 그의 시 한 편을 받아주지 않았던가. 하기는 그 시가 나오기 전에 그놈의 잡지가 폐간이 되고 말았지만. 그러나 그의 이름으로 쓴 것이 모조리 인쇄되는 날이 올 것이다. 그렇게 되었을 때 잉게 홀름에게 자신의 존재를 알리게 될지는 두고 볼 일이다……. 아니 그때에도 아무런 효과가 없을 것이다. 그렇다. 문제는 이것이다. 언제나 잘 넘어지는 막달리나 페르메렌 같으면, 아마 그 여자라면 나를 알아줄 것이다. 그렇지만 잉게 홀름이, 그 푸른 눈을 가진, 늘 즐겁기만 한 잉게 홀름이 나를 알아줄 리는 만무하다. 그렇다면 이름을 낸다는 것도 부질 없는 일이 아닌가……?

그런 생각을 하며 토니오 크뢰거의 마음은 쓰라리게 죄어들었다. 희한하게 작용하는 우울한 힘이 제 속에서 꿈틀거리고 있다고 느끼면서도, 한편 자신이 그리워하는 사람들이 그런 힘에 무관심한 채 알아주지 않고 있다는 것을 인정하기란 괴롭기 그지없는 일이었다. 하기야 그는 지금 외롭게 다른 사람들 틈에 끼지도 못하고, 희망도 없이 닫힌 나무 발 앞에 서서 괴로워하며, 밖을 내다보는 척하고는 있지만, 그래도 행복했다. 그것은 그의 심장이 살아 있었기 때문이다. 포근히 그리고 슬프게, 내 심장은 그대, 잉게보르크 홀름이여, 너를 위해 뛰고 있었던 것이다. 그리고 내 영혼은 황홀한 자기 부정을 하면서까지, 네 그 금발의 맑고 너무나도 즐겁고 평범한 어린 인격을 품에 간직했던 것이다.

달아오른 얼굴로, 음악이나 꽃의 향그러운 내음과 유리잔들이 부딪치는 소리가 어렴풋이 들려오는 쓸쓸한 구석에서 서성거린 것도 한두 번이 아니었고, 저렇듯 아득히 들려오는 잔치의 소음들 가운데에서 그 여자의 쟁쟁히 울리는 목소리를 가려내려고 애를 쓰면서 그 여자 때문에 괴로워하며 서 있었지만, 그래도 그는 행복했다. 늘 넘어지기 잘하는 막달리나 페르메렌과 이야기를 할 수 있고, 그 여자가 그를 이해해주고, 같이 웃어주고, 점잖게 상대해준 데 비하여, 금발의 잉게는 자리를 같이해도 아득하기만 하고 낯설고 서먹서먹하기만 했으니 그것은 그의 말이 그 여자에게 통하지 않은 탓이었다. 그럼에도 그가 행복했다고 말할 수 있는 것은 사랑은 받는 것이 아니라고 생각했기 때문이다. 사랑을 받는다는 것은 허영심을 위한 메스꺼운 만족감이다. 행복이란 사랑하는 것이며, 또한 아무도 모르게 사랑하는 대상에 잠시 가까이 갈 기회를 노리는 것일지도 모른다고 생각했다. 그래서 그는 이런 생각을 마음속 깊이 새겨두고, 속속들이 생각해보고, 그 밑바닥까지 몸에 느끼고 있었다.

성실! 토니오 크뢰거는 그 말을 생각했다. 나는 성실해야겠다. 그리고 내 살아 있는 한 잉게보르크여, 그대를 사랑하겠노라! 그렇게 그는 무던한 사람이었다. 그러나 한편 그는 매일 한스 한젠을 만나면서도 자기가 그를 완전히 잊지는 않을까 하는 두려움과 슬픔이 마음 한가운데서 나직나직 속삭이는 것을 느꼈다. 그런데 이 나지막하고 조금은 심술궂게 속삭이는 소리가 빗나가지 않았음이 현실로 드러났다. 세월이 흐르자 토니오 크뢰거는, 자기 자신이 세상에 나가서 무언가 이름을 드높여야겠다는 의욕이며 힘을 느끼게 되어 전처럼 늘 그 즐겁기만 하던 잉게를 위해 무조건 죽어도 좋다고 하지는 않게 되었으니, 이것은 딱하고도 비참한 일이었다.

그리고 그는 순수하고 청순한 불꽃이 타오르는 자기 사랑의 제단을 조심스럽게 맴돌며 그 앞에 무릎을 꿇고, 성실하고 싶다는 열망 때문에, 온갖 수단을 다하여 그 불을 타오르게 했다. 하지만 조금 시간이 흐르자 어느 틈엔가 눈에 띄지 않게 소리도 없이 그 불은 꺼지고 말았다.

그래도 토니오 크뢰거는 얼마 동안 그 불이 꺼진 제단 앞에서 서성거리며, 성실이란 것이 이 세상에는 있을 수 없다는 사실에 놀라고 환멸을 느꼈지만, 그 다음엔 어깨를 으쓱하고는 제 갈 길을 갔다.

3

그는 조금 맥을 놓고, 고르지 못하게 무심히 휘파람을 불며, 머리를 옆으로 갸우뚱하고 먼 곳을 바라보듯이 자기가 가야 할 길을 걸어갔다. 때론 길을 잘못 들기도 했지만 그것도 몇몇 사람에게 본래 올바른 길이란 있을 수 없기 때문이었다. 대체 무엇이 되려고 하느냐고 그에게 물어보면, 그는 그때마다 다르게 대답했다. 자기 속에는 천만 가지 존재 형식의 가능성이 있지만, 그 모두가 곰곰이 따져보면 불가능투성이라는 남 모르는 의식이 늘 따라다닌다고 입버릇처럼 말하곤 했다. (또한 이런 생각은 벌써 기록을 해놓기도 했다.)

그가 이 비좁은 고향 도시를 떠나기 전에 이미 그를 이곳에 붙잡아 매었던 고리들과 실들은 슬그머니 풀어져버렸다. 유서 깊은 크뢰거 집안이 점점 몰락과 와해 상태에 빠지게 되었는데 이를 두고 세상 사람들이 토니오 크뢰거 같은 인간이 나온 것 또한 이런 상태에 대한 징후였다고 생각한 것 또한 그럴듯한 까닭이 있었다. 그 집안의 어른인 할머니가 세상을 떠난 지 얼마 안 되어 아버지마저, 그 키 크고 깔끔한 옷차림에 늘 단춧구멍에 들꽃을 꽂고 다니던 신사마저 자기 어머니를 따라 세상을 하직했다. 크뢰거 집안 소유였던 그 큰 저택은 점잖던 집안 역사와 함께 남의 손에 넘어가게 되었고, 상점은 파산해버리고 말았다. 그러나 토니오의 어머니, 이 피아노와 만돌린을 희한하게 잘 치던 아름답고 정열적인 어머니는 이 모든 일에 될 대로 되라는 식이어서 상을 치른 지 얼마 안 되어 재혼을 해버렸다. 재혼 상대는 유명한 음악가로서 이탈리아식 이름을 가진 사람이었다. 그 여자는 그 사람을 따라 하늘이 푸른 남쪽 나라로 가버리고 말았다. 토니오 크뢰거는 그 일을 좀 주책 없는 짓이라고 생각했지만, 그렇다고 이러쿵저러쿵 시비할 아무런 자격도 없는 셈이었다. 그 자신이 시 나부랭이나 쓰고 도대체 무엇이 되려는지 대답조차 못하는 위인이었으니…….

그리하여 그는 박공 벽에 눅눅한 바람이 울어대는 답답한 고향 도시를 떠났다. 마당의 분수며 늙은 호두나무, 그리고 어린 시절 정들었던 사람들을 버리고, 그처럼 사랑하던 바다 역시 버리고 떠났으나 조금도 괴롭지 않았다. 그는 이미 성숙하여 현명한 판단을 내릴 만한 나이에 이르렀고, 또한 자신이 어떤 위인이라는 것을 잘 알고 있었으며, 그렇게 오랜 세월을 두고 자신을 잡아매었던 우매하고 저속한 생활에 대한 조소가 그 가슴에 가득 차 있었기 때문이기도 했다.

그는 이 지상에서 가장 숭고하다고 생각했던, 자기의 천직이라고 느끼고 있었던 힘, 그에게 호사와 영예를 약속했던 힘, 즉 무의식적이며 말이 없는 삶에 대하여, 웃음으로써 군림하는 정신과 언어의 힘에, 자기 자신을 송두리째 다 바쳤다. 젊은이의 정열을 다하여, 그 힘에 봉사했고, 그 힘 또한 선물로 줄 수 있는 모든 것을 그에게 보답해주었으나, 그 대가로 빼앗아갈 수 있는 모든 것을 그로부터 악착스럽게 빼앗아가버렸다.

그 힘은 그의 눈초리를 예리하게 다듬었고, 인간의 가슴을 설레게 하는 허황한 말들의 정체를 밝히고, 인간의 영혼과 그 자신의 영혼까지도 해명해주고, 천리안을 갖게 해 세계의 내면과, 말과 행동 뒤에 숨은 궁극의 것을 그에게 깨닫게 했다. 그러나 그가 본 것은 희극과 비극—정말이지 희비극의 연속이었다.

그리하여 인식하려는 데서 솟아오르는 괴로움과 자부심, 동시에 고독이 찾아들었다. 그것은 다름 아니라 그가 즐겁고 우매하고 평범한 사람들 틈에 낄 수가 없었고, 또한 그의 이마에 아로새겨진 낙인이 그들을 당황하게 만들었기 때문이다. 그러나 언어와 형식에 대한 즐거움이 역시 더욱 단맛을 더하여, 그는 흔히 이런 말을 즐겨했다. (했을 뿐 아니라 이미 쓴 적도 있다.) 만일 표현이 가져다주는 여러 가지 만족감이 우리를 일깨워서 생기를 돋워주지 못한다면, 영혼의 인식만 가지고는 틀림없이 우울해질 뿐이라고……

그는 이곳저곳 대도시와 남쪽 나라에 가서 살았으며, 그 남국의 태양을 받아 자기의 예술이 풍성하게 성숙해지기를 기대했다. 그리고 그를 남쪽으로 유인한 것은 어쩌면 어머니의 피였는지도 모른다. 그러나 그의 심장은 이미 죽어, 사랑을 가질 수 없었기 때문에 그는 육욕의 모험에 빠져, 환락과 타오르는 죄와 세속에 몸을 던졌고, 그러면서도 말할 수 없는 고뇌 속을 헤매고 다녔다. 아마 그 남국에서 그를 그토록 괴롭혔던 것은 키 크고 명상적이며, 깨끗한 옷차림을 한, 늘 단춧구멍에 들꽃을 꽂고 다니던 아버지의 피가 자기 마음속에 있었기 때문일 것이다. 또한 한때는 본래 자기가 가지고 있었고 그 후 어떤 환락 속에서도 다시 볼 수 없었던 영혼의 환희에 대한 그리운 추억을 어렴풋하게나마 마음속에 불러일으킨 것도 아버지의 혈통이었는지 모를 일이다.

그는 어느 순간 관능에 대한 메스꺼움과 혐오증, 순결과 절도 있는 평화를 그리워하는 갈증에 사로잡혔다. 그러면서도 예술의 공기, 이 훈훈하고 달착지근한 향기를 품고 있는 봄날 같은 공기를 들이마시고 있었다. 이 공기 속에서는 모든 것이 남 모르는 창조에 대한 즐거움으로 용솟음치고, 싹이 트고 있었다. 이렇게 하여 그는 갈 데까지 갔고, 의지할 곳도 없이 철저히 극단에서 극단으로, 말하자면 얼음장 같은 지성과 육체를 좀먹는 관능의 겹화 속에 몸을 던져, 이리저리 헤매었고, 수없이 양심의 가책을 느끼면서도 생활은 걷잡을 수 없이 방탕하여, 이상한 지경에 이르게 되었다. 그—토니오 크뢰거의 마음 밑바닥에서는 언제나 이런 생활에 대해 염증을 느끼고 있었다.

'이만저만한 방황이 아니다!'

이렇게 토니오 크뢰거는 때로 생각했다. 나는 도대체 어떻게 해서 이처럼 터무니없는 모험 속에 떨어지게 된 것일까? 나라는 인간은 그래도 근본을 따지면 초록 마차를 타고 다니는 집시 족속은 아닌데…….

그의 건강이 허약해지는 데 반비례해, 예술 정신은 날카롭게 자라나, 좋고 싫음이 까다로워지고 정선되고, 희귀하며, 섬세하고, 저속한 것을 보면 신경질을 부리고, 예절과 취미의 문제에서는 극도로 민감하게 되었다. 그가 처음으로 세상에 등장했을 때 전문가들 사이에서 갈채와 환성이 높았는데 그것은 그가 내놓은 작품이 해학적이고, 고뇌에 대한 지식으로 가득하며 공들여 만들어낸 산물이었기 때문이다. 그리하여 그의 이름은—지난날 선생님들이 역정을 내고 불렀던 그 이름, 호두나무와 분수, 그리고 바다에 바친 처녀시(處女詩)에 서명했던 그 이름, 이 남국의 입김이 서린 보통 사람의 이름은—'걸출'을 뜻하는 대명사가 되었다. 그것은 자기가 겪은 쓰라린 경험과 끈기와 명예를 추구하는 보기 드문 근면성이 한데 어울려, 이 근면성이 까다롭고 신경이 예민한 그의 취향과 싸워가며 고생고생 끝에 비상한 작품들을 내놓았기 때문이었다.

그는 살기 위해 일을 하는 사람들처럼 일을 하지는 않았다. 그는 일하는 것 그 자체만을 원하는 사람처럼 일을 했다. 그는 사회의 일원으로서 자기에 대하여 아무런 가치도 인정하지 않고 오직 창조자로서 보아주기만을 바랐다. 그는 평소에 회색빛에 싸여 눈에 띄지 않게 세상을 살아가고, 마치 무대에서 내려와 화장을 지워버린 연극배우처럼 행세했다. 그는 잠자코 틀어박힌 채 숨어서 일했고, 자신의 재능을 교제하는 데 필요한 장식물로 알고 돈이 있든 없든 설치며, 정신 없이 쏘다니고, 혹은 제멋대로 이상한 넥타이를 매고 사치를 하며 무엇보다도 귀여움을 받으며 예술가로 행세하는 소인배들을 멸시했다. 그는 훌륭한 작품이란 오직 괴로운 생활의 압박 속에서만 나오며, 생활을 아는 사람은 일을 모르는 것이며 철두철미 창조하는 자가 되려면 죽어야만 한다는 것을 모르는 소인배들을 진심으로 멸시했다.

4

"방해가 되지 않을까요?"

토니오 크뢰거는 아틀리에 문지방에 선 채 이렇게 물었다. 그는 모자를 손에 들고 리자베타 이바노브나에게— 모든 것을 털어놓고 이야기할 수 있는 여자 친구에게 허리를 굽히기까지 했다.

"딱하기도 하세요. 토니오 크뢰거, 말도 안 되는 인사는 그만두시고 어서 들어오세요!"

그 여자는 재빠르게 대답을 했다.

"점잖은 가정 교육을 받으셨고, 예의 바르시다는 것쯤 다 알고 있어요."

그 여자는 왼손에 든 팔레트에 붓을 꽂고, 그에게 오른손을 내밀고는 웃으며 머리를 좌우로 흔들면서 똑바로 그의 얼굴을 들여다보았다.

"그렇지만 일을 하고 계시니까" 하고 그는 말했다.

"좀 보여주십시오……. 음, 많이 나가셨는데."

그러고 나서 그는 이젤 양편에 있는 의자들 위에 기대어놓은 채색한 스케치와, 바둑판 모양 줄을 잔뜩 쳐놓은 커다란 캔버스를 번갈아가며 들여다보았다. 그 캔버스에는 얼기설기 윤곽만 드러낸 목탄 데생에 첫 색깔의 흔적이 여기저기 나타나 있었다.

　　그곳은 뮌헨 셸링가의 뒤쪽 건물에서 몇 층을 올라간 데 있는 방이었다. 널찍한 북향 창 너머에는 푸른 하늘과 새소리, 햇빛이 찬란했고, 열어놓은 창 사이로 흘러들어오는 봄의 싱싱하고 달콤한 숨길은 넓은 아틀리에를 가득 채운 테레빈유와 유성 물감 냄새와 뒤엉켰다. 밝은 오후의 황금 같은 햇빛이 거침없이 넓고 탁 트인 아틀리에 안으로 넘쳐흘러, 조금 낡은 마룻바닥이며 병, 튜브, 혹은 붓으로 뒤덮인 창가의 투박한 책상이며, 벽지도 바르지 않은 벽에 걸린 틀도 없는 습작을 마음대로 비추고 있었다. 그리고 문 옆에 아담하고 운치 있게 놓인 장롱들, 거실 겸 휴게실로 사용되는 한쪽 구석을 가린 군데군데 금이 간 비단 병풍과, 이젤 위에 기대어놓은 완성이 가까운 작품 위에도, 그리고 그 앞에 있는 여류 화가와 시인도, 그 황금빛 햇살은 비추고 있었다.

　　그 여자는 토니오 크뢰거와 비슷한 나이였는데 아마 30대에 들어섰을 것이다. 그녀는 짙은 감색의 얼룩진 앞치마를 두르고 낮은 의자에 앉아, 손으로 턱을 괴고 있었다. 착 붙여 빗은 갈색 머리는 양편이 벌써 희끗희끗했고, 정수리로부터 좌우의 관자놀이를 덮고 가볍게 물결치는 머리 다발엔 갈색 기운이 돌았으며 슬라브족답게 윤곽이 잡혀 있었다. 그에겐 아주 마음에 드는 얼굴이었다. 그녀의 코는 동그스름하고, 광대뼈가 솟아 눈은 작고 검게 빛났다. 그녀는 긴장해서 못 믿겠다는 듯이, 마치 성을 내는 듯 곁눈으로, 그리고 지그시 눈을 찌푸리고, 자기의 그림을 살피고 있었다……

그는 여자 곁에 버티고 서서, 오른손을 허리에 얹고, 왼손으로 성급하게 갈색 수염을 꼬았다. 기울어진 눈썹은 어둡게 긴장해 움직이고 늘 하던 버릇대로 자신도 모르게 휘파람을 나직이 불었다. 그는 아주 공들여 지은 훌륭한 옷을 입었는데 점잖은 회색으로 된 수수한 디자인이었다. 그러나 검은 머리를 슬쩍 깨끗이 갈라 붙인 밑에 자리한, 쓴맛 단맛 다 본 그 이마는 신경질적으로 경련을 일으키고 있었으며, 남국풍으로 다듬어진 얼굴의 표정은 너무나도 예리해, 단단한 조각칼로 깎아놓은 듯한 데 비해, 입 언저리는 퍽이나 부드러웠고 턱도 순해 보였다……. 잠시 후, 그는 한 손으로 이마와 눈을 비비고선 몸을 돌렸다.

"오지 말 것을 그랬습니다."

"왜 그러세요, 토니오 크뢰거?"

"저도 바로 조금 전까지 일을 하고 있었지요, 리자베타. 그러니 제 머릿속도 바로 이 화폭 같겠지요. 얼기설기 뼈다귀만 엮어놓고 엷은 색으로 지우고 닦고 하여 더러워진 스케치같이 한두 곳 얼룩진 색깔이 묻었단 말입니다. 그렇지요, 그런데 여기 오니 또 같은 것을 보게 되는군요. 얽히고설킨 것, 그리고 모순으로 가득한 것을 다시 보게 되는군요."

그는 이렇게 말하고 냄새를 맡듯 킁킁거렸다.

"집에서 괴롭게 굴던 놈이 바로 여기도 있군요. 이상합니다. 어떤 생각에 사로잡히면 그것이 어딜 가나 나타납니다. 아니 바람에서까지 그 냄새를 맡게 됩니다. 테레빈유의 냄새와 봄의 향기, 그렇지 않을까요? 예술과—자, 하나는 또 무엇일까? '자연'이라고 하지 마세요, 리자베타. '자연' 가지곤 말을 다 했다고 할 수 없습니다. 아니, 산책이나 할 것을 잘못한 것 같습니다. 그렇다고 지금보다 더 유쾌한 기분이 되었을는지는 의심스럽지만요. 오 분 전에 바로 요 가까운 데서 친구를 만났어요. 그 단편소설 작가 아달베르트 녀석을 만났지요. 그 녀석의 공격적인 언사를 들어보세요. '신이여, 봄을 저주하시라! 이 얼마나 추악한 계절입니까? 핏줄기 안에서 무언가 점잖지 못하게 조바심을 내고, 얼토당토 않은 감흥이 자꾸 솟아나와 걷잡을 수 없게 하는데, 이런 것들은 잘 보면 하나같이 천박하고, 모조리 쓸데없는 것들뿐이지만 어쨌든 이런 때, 이보시오, 제대로 올바른 생각을 할 수 있겠나 생각해보오. 크뢰거 씨. 아주 사소한 것이라도 좋으니 핵심이나 효과를 뚫을 수 있겠느냐 말이오? 그래서 나는 다방으로 가기로 했소. 다방이야 중립 지대지요, 계절이 뒤바뀌어도 변치 않는 곳이니까. 아시겠습니까? 이른바 문학하는 데는 선경(仙境)일뿐더러 숭고한 지대란 말이오. 그 속에 앉아 있으면 고상한 착상만 떠오르지요…….' 이렇게 말하며 그놈은 다방으로 가더군요. 저도 같이 갈걸 그랬나보지요."

리자베타는 재미있어 했다.

"그것 참 재미있네요. 토니오 크뢰거. '점잖지 못하게 조바심을 낸다'고 한 것이 좋지 않아요. 하긴 어느 정도 옳은 말이기도 하지만, 봄엔 정말 일이 제대로 되지 않아요. 하지만 잠깐만 기다려주세요. 아무리 그래도 이것을 좀 해치워야 되겠어요. 아달베르트 씨가 말한

대로 요 조그만 요점과 효과를 내야겠어요. 그러고 나서 살롱으로 옮겨 앉아 차를 마시며 모두 털어놓으세요. 아무리 봐도 잔뜩 얘깃거리를 짊어지고 오신 것 같아요. 그동안 아무 데나 앉아 계세요. 저 궤짝 위라도, 그 귀족 같은 옷이 겁이 안 나신다면 말이에요……."

"원, 옷 같은 것은 아무래도 상관없습니다, 리자베타 이바노브나! 다 떨어진 코듀로이 양복이나 붉은 비단 조끼라도 입고 쏘다녀야 속이 시원하시겠습니까? 우리 같은 예술가라는 족속은 내면적으로 상당히 엉터리거든요. 그러니 껍데기라도 잘 입고 다녀야 할 게 아닙니까. 할 수 없는 노릇이지만 제대로 보통 사람 모양 행세하지요……. 뭐 그렇게 얘기를 산더미같이 짊어진 것은 아닙니다."

그는 이렇게 말하면서, 그 여자가 팔레트에 색깔을 조합하는 것을 보고 있었다.

"들으셨지만 지금 내가 생각하고, 내 일을 방해하는 것은 다름 아닌 어떤 문제와 그 대립 때문인데……. 아니 지금 무슨 얘기를 하고 있었더라? 그렇지, 소설가 아달베르트 얘기였지요. 정말 그 친구는 자신만만하고, 꿋꿋한 인간입니다. '봄은 추악하기 그지없는 계절이라'고 하고는 찻집으로 가버렸지요. 하긴 자신이 하고 싶은 일은 우리 스스로가 알아야 되겠지요. 그렇지 않습니까? 봄엔 나도 신경이 날카로워지지요. 봄이 일깨워준 추억이나 감정의 부드럽고 평범한 손길에, 나도 혼란을 일으키고 있습니다. 그렇지만 나는 봄을 비난하고 업신여길 만큼 굳세지를 못합니다. 문제는 제가 봄에 대해 부끄럼을 탄다는 점이지요. 봄의 순결한 자연성이며, 그 모든 것을 물리칠 수 있는 청춘을 그만 부끄러워한다는 점입니다. 그런데 아달베르트 녀석 이런 심사를 전혀 모르는 놈이고 보면, 부러워해야 할지 경멸해야 할지 저도 모르겠단 말입니다…….

봄에는 일이 잘되지 않습니다. 그건 확실하지요. 그러나 왜 그럴까요? 감성적이기 때문이겠지요. 이것은 창작하는 사람들이 감성이 풍부해야 한다고 믿는 놈들이 모두 미련한 자들이기 때문에 드리는 말씀입니다. 정말 정직한 예술가는 누구나 이런 엉터리들의, 망상을 비웃을 것입니다─아마 우울하겠지만 어쨌든 간에 미소로 대할 것입니다. 당연한 이야기지만 우리가 입으로 말하는 것이란 결코 중요한 것이 못 되고, 오로지 그 자체로만 생각한다면 아무래도 좋은 재료에 불과하며, 진짜 미적(美的) 형상이 유희적이고, 침착한 우월감 속에서 구성될 수 있는 재료에 지나지 않는단 말이지요. 만일 당신이 이야기할 것이 있는데 그것이 너무 중대하게 생각된다거나, 그것 때문에 가슴을 두근거린다면, 틀림없이 말하려는 것은 온통 실패로 돌아갈 것입니다. 당신이 감상에 빠져 비참한 기분에 사로잡힌다면, 뭐랄까, 좀 멍청하고 멋없이 위엄만 보이게 되고, 제대로 다루지 못한 채, 핵심을 찌르지 못하고 다듬어지지 않은, 볼품없고 저속한 물건이 당신에게서 나오게 될 것입니다. 그러니 그 결과는 세상에서 냉대를 할 것이고, 당신 자신은 실망이나 괴로움만을 느끼게 될 것 것입니다……. 사실이 그러니까요, 리자베타. 감정이란 것은, 훈훈한 정이 붙는 이 감정은 언제나 속되고 쓸모가 없는 물건이고, 예술적이라고 하는 것은 오직 우리들의 파괴된, 우리의 기술적인 신경 조직의 자극과 냉철한 자기 몰두뿐이니까요. 인간다운 노릇을 하고, 그것을 가지고 효과적으로 정취를 살려 표현할 수 있으려면, 다만 조금이라도 표현해보려고 한다면, 우리들 스스로가 초인간적이며, 혹은 비인간적인 어떤 무엇이 되어야 하고, 인간다운 것으로부터 이상할 만큼 소원한, 그리고 중립적인 관계를 맺을 필요가 있습니다. 문체나 형식, 혹은 표현에 대한 재주라고 하는 것이 벌써 인간적인 것에 대한 이러한 냉정하고 꽤 까다로운 관계, 아니 확실히 어떤 면에서 인간적으로 가난해지고, 황폐해진다는 것을 전제로 하는 셈이지요. 건전하고 꿋꿋한 감정이란 어찌 됐든 정취가 없는 것이 아닐까요. 그러므로 예술가가 인간 행세를 하게 되면 끝장이 나게 마련이지요. 그 사실을 아달베르트는 알고 있지요. 그래서 다방으로, 말하자면 속세를 떠나버린 것입니다. 그렇지요."

"그럼, 그런 사람은 내버려두세요. 아저씨 같은 양반."

리자베타는 이렇게 말하며 양철 대야에서 손을 씻었다.

"그 사람을 따라 할 것까지야 없잖아요."

"그렇지요, 전 그를 따라가지는 않습니다. 그것은 단 한 가지, 봄을 맞아 제가 때때로 혼자 예술가로서의 생활을 부끄러워할 줄 알기 때문에 그렇지요. 자, 보세요. 저는 가끔 모르는 사람들의 편지를 받습니다. 독자들이 보내는 찬탄이며 감사의 편지, 또는 감동을 받은 사람들의 감격 어린 글을 받습니다. 내 예술이 이렇게까지 훈훈하고 가슴을 울리는 감정을 일으켰구나 생각하면, 감동이 스며들고, 그 줄줄이 흐르는 소박한 감격에서 일종의 동정심에 사로잡히게 됩니다. 하지만 이런 성실한 사람들이 한번 우리의 무대 뒤를 엿보게 되면 얼마나 흥이 깨지랴 싶고, 정직하고 건전한 보통 인간은 도대체 글을 쓰거나 연극 배우가 된다거나, 또는 작곡을 한다는 따위의 행동을 하지 않는다는 것을, 그 순진한 사람들이 한번 깨닫게 된다면, 얼마나 놀랄 것인가를 생각하면 얼굴이 화끈거리지요……. 물론 이렇게 말하기는 하지만, 나를 높이고, 자극시키는 데 내 재주에 바쳐진 그러한 찬탄을 이용하기도 하고 큰소리 치고 점잖게 받아들이고 위대한 인물을 가장한 원숭이 같은 얼굴을 지어 보이지만, 그것은 아무래도 좋고……. 아니, 잠깐만요, 리자베타! 저는 당신께 얘기하지만 인간적인 것을 표현하고, 만들어내는 일이 가끔은 죽도록 피곤할 때가 있습니다……. 예술가란 도대체가 사내 새낍니까? 그것은 '여자'한테 물어보아야 될 것입니다! 제게는 아무리 생각해도 우리 예술가라는 족속은 교황청의 박제(剝製)된 성가대원들과 같은 운명으로 보이는군요. 정말 아름답게 노래를 부르기는 하지만, 그러나 ―."

"좀 부끄러워할 줄 아셔야 해요, 토니오 크뢰거. 자, 이제 차를 드시러오세요. 물이 곧 끓을 거예요. 그리고 담배는 여기 있어요. 소프라노 가수 얘기를 하다 마셨지요. 자, 어서 계속해서 말씀하세요. 하지만 좀 부끄럽게 생각하셔야 돼요. 얼마나 당신이 자랑스럽게 열정을 쏟아, 자기 천직에 몸을 바치고 있다는 것을 내가 모를 줄 아세요……."

"제발 천직이란 말은 마십시오, 리자베타 이바노브나! 문학이란 결코 천직이 아니라 저주입니다 ―당신도 아실 테지만 제가, 언제 이것을 느끼게 됐느냐 하면, 이 저주 말입니다, 아주 일찌감치 몸서리 날 만큼 일찍부터였지요. 우리가 신과 세상과 쉽게 손잡고 다정하게 지내야 할 그때부터지요. 당신은 자기가 낙인 찍힌 사람이고 다른 사람들, 평범하고 정상적인 사람들과는 수수께끼 같은 대립 관계를 맺고 있다고 느끼며, 아이러니와 불신, 방황, 인식, 그리고 감정의 심연(深淵)이 생겨 당신을 다른 사람들로부터 떼어놓고, 그들과 사이가 점점 더 벌어지게 되고, 당신은 고독을 느끼게 될 것이며, 그 다음엔 또 아무런 이해도 성립되지 않게 되지요. 무슨 운명이 이렇단 말입니까! 만일 우리 마음이 이 운명을 무섭다고 느끼면서도, 한편 그것을 좋아하는 마음을 가졌다면 어떻게 하시겠습니까……. 당신은 아무리 많은 사람들 속에 끼여 있어도 제 이마에 찍힌 표시를 깨닫고, 느끼며, 어떤 사람도 속일 수 없을 테니, 당신의 의식은 곪아 터질 것입니다. 전에 천재적인 배우 한 사람을 알고 있었는데, 그 사람은 병적일 만큼 수줍어하고 의지박약해 고생을 했지요. 그는 자의식이 너무나 날카로운데다 좋은 배역이 돌아오지 않았기 때문에 그렇게 된 것이지요. 그러니 예술가로서는 완전했지만, 인간으로서는 불쌍했던 셈이지요……. 진실한 예술가, 속세의 직업을 예술로 정한 그런 예술가가 아니고, 숙명적으로 정해진 저주받은 예술가를 인간의 무리 속에서 찾아내는 건 그렇게 어려운 일은 아닙니다. 별개의 인간이라는 느낌, 어울리지 못하고 그렇게 인정받고, 관찰을 받고 있다는 감정, 동시에 왕후와 같고 어쩔 줄 모르는 감정이 그 얼굴에 나타나는 것입니다. 평복을 입고 천민 속에 섞여 걸어가는 왕족의 표정에도 그런 비슷한 것이 있을 테지요? 그렇지만 평복이 무슨 소용이 있겠어요, 리자베타! 아무리 변장을 하고 탈을 뒤집어쓴다 해도, 휴가를 얻은 무관이나 의장대 소위처럼 차렸다고 해도, 당신이 눈을 뜨자마자 혹은 한마디 말을 하거나 하면 곧 보통 인간이 아닌 낯설고 이상한 다른 인간이란 사실이 드러날 것입니다…….

그런데 예술가란 무엇입니까? 인류는 원래 안일(安逸)하고 무언가를 인식하는 데는 게으르지만, 이 문제처럼 끈덕지게 그 진가를 나타낸 것은 없을 겁니다. '그런 건 천재나 할 일이야.' 이렇게 예술가의 감화를 받은 순진한 작자들은 굴복해버리기 일쑤이고 게다가 그들의 선의에 찬 의견에 따라, 말하자면 명랑하고 숭고한 결과에는 또한 무조건 명랑하고 숭고한 원인이 있어야 한다고 하나, 누구도 이 '천재'가 극도로 좋지 못한 조건을 가지고 있고, 혐의를 받을 수 있을 거라곤 생각지 않지요……. 아시는 바와 같이 예술가란 족속은 조그만 일에도 다치기가 쉽지요. 그런데 이런 일은 양심과 견실한 발판을 가진 자기 감정을 지닌 사람에게는 별로 있을 수 없다는 것도 잘 알고 있는 사실 아닙니까……. 그러니 리자베타, 저는 마음 밑바닥에서—정신적으로 하는 말이지만—예술가라는 유형의 인간을 처음부터 끝까지 의심쩍게 생각하고 있습니다. 저 북쪽 비좁은 도시에 살던 저희 조상들이 누구나 우리집에 찾아든 어떤 요술쟁이나 또는 이상한 광대들을 의심쩍게 생각한 것이나 마찬가지 이치지요. 이런 얘기를 하나 하지요. 제가 아는 은행가가 있는데, 몇십 년 동안 한 직장을 지켜온 실무자였습니다. 그런데 이 친구가 소설을 쓰는 재주를 가지고 있었지요. 그래서 틈만 나면 그 재주를 부리곤 했답니다. 그리고 가끔 꽤 읽을 만한 것을 쓰기도 했답니다. 이런 고상한 재능에도 불구하고—그렇지요, 불구하고라도 말씀드려야겠습니다—이 사람은 흠이 전혀 없는 사람이라고 말할 수는 없습니다. 오히려 그와는 반대로 이미 무거운 금고형(重禁錮刑)을 치른 적이 있습니다. 그것도 믿을 만한 증거들이 드러난 것이었지요. 본래 그 사람이 자기의 재능을 자각하게 된 것은 감옥에서의 일이었습니다. 그런 죄수로서의 경험이 그가 쓴 모든 작품의 근본 주제가 되었습니다. 그러니 좀 대담하게 이렇게 말할 수도 있겠지요. 말하자면, 시인이 되려면 감옥 같은 곳의 사정을 잘 알아야 할 필요가 있다. 그러나 여기서 하나의 의구심이 떠오르는데 그럼 그가 감옥에서 체험한 것과 이 사람을 그런 상황으로 몰아넣은 점들을 견주어볼 때 어느쪽이 그 사람의 작가 정신과 근본이나 뿌리와 밀접한 관계가 있을까 하는 점입니다. 이렇게 생각할 수도 있지만—소설을 쓰는 은행가란 정말 드물 것입니다. 그렇지 않습니까? 하지만 범죄와도 관계가 없고, 흠 잡을 데 없는 건실한 은행가로서 소설을 쓴다는 것—그런 일은 절대로 있을 수 없는 일입니다……. 좋습니다, 우습다고 생각하겠지요. 그렇지만 저는 반쯤은 진담을 하고 있습니다. 예술가의 생활과 그 인간에 대한 작용이란 문제보다 까다로운 문제는 세상에 없을 것이라 생각합니다. 그에 대한 가장 전형적이며, 따라서 가장 힘찬 예술가의 가장 불가사의한 예로서 《트리스탄과 이졸데》 같은 병적이며 애매하기 짝이 없는 작품을 생각해 보세요. 그 작품이 젊고 건전하며, 아주 정상적인 감각을 가진 사람들에게 끼치는 영향을 상상해보세요. 마음이 들떠 기운을 얻을 것이요. 훈훈하고 거짓 없는 감격이 일어나, 아마 예술을 창조해보려는 의욕도 자극할지 모를 일입니다……. 이런 사람들이야말로 정말 좋은 딜레탕트입니다! 그러나 그들이 '따뜻한 마음'과 '거짓 없는 도취' 가운데서 꿈꿀 수 있는 것과, 예술가의 마음은 터무니없이 판이한 모습입니다. 예술가들이 여자들과 아이들에 둘러싸여, 환성이 터지고 야단들을 치고 있는 것을 볼 때면 저는 그런 예술가들의 마음을 뚫어지게 들여다보지요……. 참으로 이런 예술가의 생활이 어떻게 생긴 것인지 그 유래나, 드러나는 현상이나, 또는 그 조건 따위를 생각해보면, 우리는 여러모로 기이한 경험을 하게 되지요…….”

“다른 사람에게서 그런 것을 느끼셨단 말씀이죠, 토니오 크뢰거. 미안하지만 — 당신도 그중의 한 사람이 아닙니까?”

그는 잠자코 있었다. 비스듬한 눈썹을 모으고 자기도 모르게 휘파람을 불었다.

“자, 그 잔을 이리 주세요, 토니오. 차가 진하지 않네요. 그리고 담배도 하나 더 피우시고. 어쨌든 사물을 꼭 그렇게만 볼 필요는 없다는 것을 당신도 잘 알고 계시죠……?”

“그건 호레이쇼〔Horatio : 셰익스피어의 《햄릿》에 나오는 햄릿의 친구〕의 대답이군요. 리자베타. ‘그렇게 생각하시는 것은 지나친 염려라 아뢰오’라고 했지요?”

“아니에요. 저는 다만 사물을 다른 면에서도 볼 수 있다는 것을 말씀드리고 싶었어요. 토니오 크뢰거, 저는 미련한 그림쟁이 여자에 불과하니 제가 지금 당신에게 어떤 대답을 해야 한다면 그리고 당신의 직업을 당신을 위해 조금이라도 변호할 수 있다면 그것은 뭐 새로운 것도 아니고, 오직 당신 스스로 잘 알고 계신 것을 깨우쳐드리는 것뿐이지요……. 예를 들면 문학이 가진 카타르시스나 또는 신성한 작용이라든가, 인식과 언어로서 정욕을 파괴한다든가, 이해와 관용 또는 사랑으로 통하는 길이 문학이라고 한다든가, 언어의 구제하는 힘이라든가, 인간 정신 일반의 가장 고귀한 현상으로서의 문학 정신이라든가, 완전한 인간으로서의, 따라서 성자로서의 문학자라든가—

이렇게 사물을 관찰해보는 것이 곧 사물을 자세히 보는 것이 되지 않

겠어요?"

"당신은 그렇게 말해도 됩니다, 리자베타 이바노브나. 더구나 당

신 조국의 시인들의 작품, 그야말로 당신이 말씀하신 신성한 문학이

라 할 수 있고, 숭배할 만한 가치를 가진 러시아 문학을 생각하면 그

렇게 말씀하시는 것도 무리가 아닙니다. 그러나 그러한 당신의 항의

를 무시했던 것은 아니며 그런 것도 오늘 내가 생각하고 있는 것 속

에는 포함되어 있습니다……. 저를 좀 보십시오. 결코 기운이 넘쳐

흐른다고는 못하실 것입니다. 어때요? 조금은 늙었다고 할 수 있고

날카로운 맛은 있지만, 지쳐 있지는 않아요? 자, 그러면 소위 인식이

란 것으로 되돌아가 본다면, 이런 인간을 생각할 수 있겠죠. 본래는

마음이 착하고 순진하며 어수룩하고, 조금은 감상적이라 할 수 있는

사람이었다가 심리적으로 사물을 통찰하는 데 시달려 닳아 없어지고

파멸되기 쉬워진 인간을 생각할 수 있겠지요. 속세의 비애에도 구속

을 받지 않는 인간, 즉 아무리 괴로운 일이라도 관찰하고 가슴에 새

겼다가 이용하고, 어쨌든 존재라는 메스꺼운 발명을 했다는 데 대한

완전한 윤리적 우월감만으로도 만족하는 인간들을 우리는 생각할 수

있을 것입니다. 네, 그렇습니다! 하지만 표현이란 것이 우리에게 만

족감을 담뿍 준다고 해도 이런 사실은 때때로 참을 수 없는 것이라고

생각지 않으십니까. 모든 것을 이해한다고 하는 것은 모든 것을 용서

하는 것일까요. 저도 잘 모르겠습니다. 인식에 대한 메스꺼움이라 할

까, 그런 것이 있지요, 리자베타. 어떤 일을 들추어보고 깨닫는다는

것만으로도 벌써 죽도록 메스꺼움을 느끼게 되는 (그렇다고 해결책을 생각할 기분이 나지도 않는) 상태가 있습니다—꼭 햄릿의 경우지요. 그 덴마크 왕자, 전형적인 문학가의 경우가 그렇지요. 깨닫기 위해서 세상에 태어난 것도 아닌데 깨달아야 하는 운명을 가지고, 그것이 무엇을 의미하는 것인지 햄릿은 알고 있었지요. 눈물 어린 감정의 베일을 통해서도 여전히 환하게 내다보고 인식하고 명심하고 관찰한단 말이에요. 그리고 손과 손이 얽히고 입술과 입술이 맞닿으며, 사람의 눈이 감동으로 장님이 되어, 보이지 않게 되는 순간까지도, 그 관찰했던 것을 눈웃음치며 옆으로 돌려 빼놓지 않으면 안 되니—치욕적인 짓이지요, 리자베타. 비루하고 참을 수 없는 일 아닙니까…… 그렇지만 비위에 거슬린다고 하더라도 무슨 소용이 있느냐 말이에요?

그리고 이 문제 역시 재미없는 일면이 있는데 그것은 말할 필요도 없겠지만 모든 진리에 대한 둔감(鈍感), 무관심, 그리고 비웃는 듯한 권태입니다. 사실이 그렇거든요. 쓴맛 단맛 다 겪은 재사(才士)들 사이에 끼여 있는 것처럼 세상에서 얘깃거리가 없고 멋적은 처지는 없을 것입니다. 어떤 인식도 낡아빠지고 지루하게 보일 것입니다. 당신이 만일 어떤 진리를 입 밖에 내보세요. 당신 자신은 그 진리를 정복하고 자기 것으로 만들었다는 싱싱한 즐거움을 맛볼지 모르지만, 재사 양반들은 당신의 그 범상한 지혜에 대해서 무어라고 대답할지 아세요. 흥하고 콧방귀를 뀔 것입니다…… 그럼요, 문학은 사람을 지치게 만들지요, 리자베타! 인간 사회에서는—당신에게 다짐해서 말하지만—너무 회의(懷疑)가 심해서 의견을 말하기를 주저하게 되면, 실제론 거만하고 용기가 없을 뿐인데 바보 취급을 받는 경우가 있지요……. 인식에 대해선 이 정도로 해두고, 다음으로 언어에 대해서 말한다면, 언어는 감정을 해방시켜주기보다는 냉각시키는 것, 얼음 위에 올려놓는 역할을 하는 것이 아닐까요? 실제로, 문학에서 본다면 언어는 눈 깜짝할 사이에 어처구니없이 감정을 처리해버리는데 그것은 냉혹하고 화가 날 만큼 오만불손한 짓이라고 할 수 있을 겁니다. 만일 당신의 마음이 터지도록 벅차거나 어떤 감미롭고 혹은 숭고한 체험으로 감동을 받았을 경우에는 간단한 일이지요. 문학하는 사람을 찾아가세요. 그러면 잠깐 동안에 만사가 해결될 것입니다. 문학가는 당신이 가져온 문제를 해부하고 형식화할 것이며 그것에 이름을 붙이고, 사건 스스로가 말을 하도록 할 것이고 영원히 전체를 해결해, 아무 상관 없도록 해놓을 것이며, 고맙다는 소리도 듣지 않으려 할 것입니다. 그러면 당신도 마음이 후련해져서 시원스럽고 맑은 정신으로 집으로 돌아갈 테지요. 그리고 도대체 무엇 때문에 바로 조금 전까지도 그 야단을 했는가 싶어 얼떨떨해질 테지요. 자, 그럼에도 정말 이 냉혹하고 허영으로 가득 찬 장돌뱅이 편을 들려고 하십니까. 문학가의 신앙 고백은 일단 입 밖에 냈던 것은 끝이 났다고 할 수 있지요. 세계에 대해서 이야기했다면 그 세계는 끝장이 난 것이고, 구제를 받아 완결을 본 것이 됩니다……. 그럴듯한 이야기지요. 하지만 그렇다고 저는 허무주의자는 아니지만……."

"물론 당신은 허무주의자가 아니지요."

리자베타는 이렇게 말하며…… 차가 남실거리는 티스푼을 지금 막 입가에 댄 채 움직이지 않았다.

"아니, 조금만 더 기다리세요. 정신을 차려요, 리자베타! 생생한 감정이 있다는 점에서 아직은 그렇지 않다고 말하겠습니다. 아시겠습니까, 생명이란 놈은 그것을 입에 담아 말했다고, 또 끝장을 봤다고 해서 산다는 것을 부끄러워할 리는 없지요. 문학가들은 실상 이것을 모르고 있습니다. 그런데 문제는 바로 거기에 있습니다. 즉 문학이 아무리 생명을 구원한다 해도 생명은 아랑곳없다는 듯이 죄를 짓고 돌아다니거든요. 정신의 눈으로 보면 어떤 행동이라도 죄라고 할 수 있는데 말입니다……

결론을 말하지요, 리자베타. 잘 들어보세요. 저는 인생을 사랑합니다—제 고백은 이것입니다. 그러니 이 고백을 잘 간직해두십시오—이런 고백은 여태 아무에게도 아직 한 적이 없거든요. 제가 인생을 미워하고, 겁을 내고, 멸시하고, 싫어한다고들 말도 하고 쓰기도 했고, 그것을 출판까지 했습니다. 저는 그런 비평을 좋아하며 들어왔습니다. 그런 아첨은 내게 흐뭇한 것이었습니다……. 하지만 그렇다고 해도 그것이 틀린 소리라는 것은 의심할 여지가 없습니다. 저는 인생을 사랑합니다……. 웃으시는군요, 리자베타. 알겠습니다. 왜 웃으시는지. 그러나 맹세하거니와 제가 말하는 것을 문학이라 생각지는 마십시오. 체사레 보르지아[Cesare Borgia : 1475/76~1507, 이탈리아의 정치가이며 추기경. 마키아벨리는 《군주론》에서 그를 이상적인 전제 군주로 보고 있다]나 그를 추켜세웠던 한 주정뱅이 사상가 같은 사람을 생각하시면 안 됩니다! 그 사람은 아무것도 아닙니다. 저는 체사레 보르지아 같은 사람을 특별하다고 생각하지 않습니다. 그리고 사람들이 말하는 비범하다는 것이 무엇이며 마력적(魔力的)인 것을 이상으로 섬길 수 있을까, 저는 도대체 이해가 가질 않습니다. 그렇지요, 정신과 예술의 영원한 대립물인 인생은 피비린내 나는 위대함이나, 사나운 미(美)를 지닌 환상으로서, 또 이상한 것으로서, 우리 같은 터무니없는 자들의 눈에 보이는 것은 아니고—정상적이며 질서정연하고 순하여 다정한 것이 우리가 동경하는 영역이며, 유혹적인 평범한 인생이 바로 그것입니다! 이거 보세요, 리자베타. 마지막 가장 깊은 데 있는 열정이 세련된 것, 기발(奇拔)한 것, 또는 악마적인 것을 가지고 야단을 떨면서, 순탄하고 소박한 것, 또는 생기 있는 것, 그리고 얼마간의 우정과 헌신, 친밀감 따위, 인간적인 행복을 몰라보는 인간을 예술가라고 하기엔 아직도 멀었습니다—평범한 것이 가져다주는 여러 가지 즐거움에 대한 남 모르는 살을 저미는 듯한 그리움, 그것이 문제지요, 리자베타…….

사람다운 친구! 이 세상에서 한 친구를 가짐으로써, 그로 인해 나는 자랑스럽고 행복할 수 있다면, 믿어주시겠습니까? 그런데 지금까지 제게 친구들이란 모두가 귀신들, 도깨비, 땅속의 괴물들, 그리고 인식함으로써 벙어리가 된 유령들이었으며 소위 문학한다는 자들뿐이었습니다.

가끔 저는 공회당의 단상 같은 데 올라 제가 떠드는 것을 들으려고 온 사람을 대할 때가 있습니다. 그러면 아시겠습니까? 저는 청중을 내려다보고 있는 나를 의식할 때가 있습니다. 오늘 내 이야기를 들으러 온 사람은 누구일까? 나는 어떤 사람들의 갈채와 감사를 받게 될 것인가, 지금 여기서 어떤 사람들과 나의 예술이 이상적으로 융합할 수 있게 될 것인가, 이런 의심을 마음에 품고 회장 안을 몰래 살피는 자기를 발견하게 됩니다……. 하지만 제가 찾는 것을 저는 발견하지 못합니다, 리자베타. 모두가 낯이 익은 무리요, 단골들이고, 그러니 말하자면 초기 기독교도들과 같이 옹졸한 몸짓과 섬세한 마음을 가진 사람들, 말하자면 늘 넘어지기 잘하는 사람들, 이해를 하시겠지만 문학을 인생에 대한 부드러운 복수라고 생각하는 사람들 뿐입니다—늘 괴로워하는 사람들, 동경을 가진 자들, 그리고 가난한 사람들뿐이고, 다른 사람들, 즉 정신 같은 건 필요도 없는 푸른 눈동자를 가진 사람들은 온 적이 없습니다. 리자베타…….

만일 그와는 반대의 경우가 생겼다고 해서 기뻐한다면 결국은 딱한 모순이 아니겠습니까? 인생을 사랑하면서도 한편으로 인생을 자기 편, 즉 섬세라든가 또는 우울이라든가 문학의 완전히 병적인 고귀성을 위해서 끌어들이려고 법석을 떤다면 모순이겠지요. 이 지상에서는 지금 예술의 영역은 점점 늘어가지만 건강과 순수의 영역은 점점 줄어갑니다. 따라서 아직도 남아 있는 것을 아주 조심스럽게 보존해야 할 것이고, 고속으로 찍은 사진이 실린 승마에 관한 책을 더 좋아하고 그런 책을 읽는 사람을 문학으로 유혹해서 꾀어내려고 해서는 안 되겠지요!

그도 그럴 것이 결국에 가서—예술에서 인생을 맛보려는 순간보다 더 딱한 인생이 어디 있겠습니까? 우리들 예술가는 기회 있을 때마다 잠깐이나마 예술가가 될 수 있다고 믿는 딜레탕트, 저 펄펄 날뛰는 자들을 누구보다도 철저하게 멸시합니다. 정말입니다. 제 자신도 그런 부류를 멸시해본 경험이 있습니다. 어느 훌륭한 집에 모임이 있어서 갔는데 먹고 마시고, 떠들고, 모든 것이 잘 갖춰져 훌륭했으며, 저는 잠시 동안이나마 이러한 순진한 제대로의 인간들 틈에 끼여 그들과 같은 사람으로서, 휩쓸려 들어갈 수 있다는 것을 느끼곤 기분이 좋아졌고, 고맙게 생각하고 있었습니다. 그런데 느닷없이(딱한 일이라고 하겠지요) 한 장교가 홀쩍 일어섰습니다. 잘생기고 훤칠한 소위님이었고, 설마 그 명예로운 군복을 입고서 쓸데없는 짓은 하지 않으리라 믿고 있었는데 갑자기 그 친구가 한마디로 자작시를 낭송하겠노라고 허락을 구하지 않았겠습니까? 그러니 모두들 얼떨떨해서 비죽 웃고 그러라고 할 수밖에요─그런데 그 소위님은 그때까지 웃저고리의 주머니에 감추어두었던 종이 조각을 끄집어내어, 그것을 읽어댔습니다. 음악과 사랑에 대한 내용이었는데, 실감은 났지만, 보잘것없는 것이었습니다. 한번 생각해보세요. 소위라면 천하에 당당한 신사가 아닙니까! 그런 그가 그런 짓을 할 필요가 어디 있겠습니까……. 결국 결과는 뻔하여, 사람들은 멋쩍은 얼굴을 했고, 잠자코들 있었으며, 몇 사람이 칭찬을 했지만, 아주 답답한 분위기가 될 수밖에요. 그런데 제일 먼저 제가 생각한 것은 이 철 없는 젊은 친구가 저지른 혼란 상태에 대해서 나 자신도 죄가 있다고 느낀 사실입니다. 왜냐하면 이 친구가 저지른 일이 바로 내 직업이었기 때문에 조롱하는 듯한 놀란 눈초리가 내게로 쏠리게 되었습니다. 그러나 두 번째 사실은 내가 바로 조금 전까지도 진심으로 존경을 보내 마지않았던 이 장교에 대한 마음이 점점 내게서 사라졌다는 점입니다……. 저는 동정이 섞인 호의에 사로잡혀, 한두 사람의 용감하고 사람 좋은 신사들이 하는 것처럼 그 친구에게로 가서 말을 건네기까지 했지요. '축하합니다, 소위님! 참 훌륭한 솜씨를 가지셨군요. 아니 정말 좋았습니다!' 그리고 어깨까지 두드려줄 뻔했지요. 그렇지만 호의(好意) 같은 것이 소위라는 당당한 작자에게 보낼 성질의 감정입니까……? 제 잘못이지요. 그러니까 그 친구는 일어서서 어쩔 줄을 모르고 자기의 잘못을 뉘우쳤지요. 자기의 생명을 걸지 않고서는 예술의 월계수에서 한 잎이라도 뜯어서는 안 되는 것이니까요. 그러므로 역시 저는 저의 동업자인 그 전과자인 은행가 편을 들겠습니다―그런데 리자베타, 오늘은 제가 햄릿같이 잘 지껄인다고 생각하지 않으십니까?"

"끝나셨어요, 토니오 크뢰거?"

"아닙니다, 하지만 이젠 그만두겠습니다."

"그래요, 그만하면 됐어요―대답을 바라고 계세요?"

"대답하실 게 있나요?"

"물론 있어요―이야기는 잘 들었어요, 토니오, 처음부터 끝까지. 그래서 오늘 오후에 당신이 애기한 것을 통틀어 알맞는 대답을 해드리고 싶어요. 그리고 그 대답은 당신이 그렇게까지 풀지 못해 애쓰시는 문제에 대한 해답이기도 하지요. 잘 들어보세요! 해답은 말이에요, 거기 그렇게 앉아 계신 당신이란 분은, 아주 딱 잘라 말해서, 속인(俗人)이란 사실이에요."

"제가요?"

이렇게 말하며 토니오 크뢰거는 다소 주춤한 듯 보였다.

"그렇지요, 좀 심한 말일 거예요. 아마 그렇겠지요. 하지만 당신 마음을 조금 가볍게 해드리고 싶어요. 그럴 가능성이 있으니까요. 당신은 말이에요, 토니오 크뢰거, 길을 잘못 들은 서민(庶民)―길 잃은 속인입니다."

―침묵이 흘렀다. 그러고 나서 그는 결심한 듯 일어나서 모자와

지팡이를 손에 들었다.

"고맙습니다. 리자베타 이바노브나. 이제 마음놓고 집으로 돌아가겠습니다. 저는 끝장을 보았습니다."

5

가을이 다가올 무렵 토니오 크뢰거는 리자베타 이바노브나에게 말했다.

"실은 여행을 떠나려고 합니다, 리자베타. 숨을 돌려야겠어요. 도망치는 거지요. 먼 곳엘 갈까 합니다."

"아니, 웬일이세요, 아버지 같은 양반이, 또 이탈리아로 떠나실 채비라도 하시나요?"

"제발 이탈리아 얘긴 그만두십시오, 리자베타! 이탈리아는 이제 아무 의미도 없습니다. 멸시하고 싶습니다! 내가 있을 곳은 이탈리아밖에 없다고 주제넘게 생각했던 것은 벌써 옛날 이야깁니다. 예술 말씀이지요. 비단같이 푸른 하늘, 뜨거운 술, 그리고 달콤한 관능의 환락 말씀이지요……. 간단히 말씀드려 이젠 싫어졌습니다. 단념하겠어요. 그런 모든 아름다움이 신경을 곤두세울 뿐이지요. 그리고 거기 살고 있는, 동물 같은 까만 눈을 가진, 무섭게 팔팔 뛰는 인간들도 참을 수가 없고요. 그 라틴 인종의 눈에는 양심이 없어요……. 틀렸습니다. 저는 지금부터 잠깐 덴마크로 갈까 생각하고 있습니다."

"덴마크로 가신다고요?"

"네, 좋은 일이 많이 생길 것 같습니다. 아직 한 번도 가보지 못했습니다. 젊었을 때 줄곧 그 국경 가까이 있었으면서도 가보지는 못했는데 그 나라를 전부터 잘 알고 좋아했지요. 이렇게 북쪽 나라를 좋아하는 것은 아마 아버지의 피 때문인가 봅니다. 어머니야 모든 것에 관심이 없는 분이었고, 소위 그 미(美)라는 것을 좋아한 편이었으니까요. 그렇지만 그 북쪽 나라에서 나온 책들, 심각하고, 청순하고, 해학적인 그 책들을 생각해보세요, 리자베타―그보다 더 좋은 게 없어요. 저는 그런 책들이 좋습니다. 그리고 스칸디나비아 음식들을 보세요. 그 비교할 바 없는 음식 말이에요. 그것은 억센 바다의 짠바람을 맞으면서 먹을 수 있는 것들이지요. (아직도 내가 그것을 먹을 수 있을까 의심스럽기도 하지만) 그런 음식은 저도 전부터 조금은 알고 있었지요. 우리 고향에서도 꼭 그런 것을 먹기도 했으니까요. 그리고 그 사람들 이름을 보세요. 북쪽 사람들이 장식으로 삼고 있는 세례명 말이지요. 그것도 우리 고향과 퍽 닮은 점이 많았습니다. 잉게보르크 같은 음향을 좀 보세요. 한 점 나무랄 데 없는 시를 하프로 뜯는 소리 같지요. 그리고 다음에 그 바다―북유럽의 발트 해…… 어쨌든 저는 떠나겠습니다. 발트 해를 다시 보고 싶습니다. 이름을 다시 듣고 싶습니다. 그 고장의 책들을 그 고장에 가서 읽고 싶습니다. 그리고 햄릿에게 망령이 나타나 그 불쌍하고 고귀하던 청년에게 곤란과 죽음을 가져다준, 크론보르의 언덕에도 올라가볼 작정입니다……."

"어떻게 가실 건데요, 토니오? 가르쳐주세요, 어떤 길을 택하시겠어요?"

"보통 가는 길이지요."

그는 어깨를 으쓱하며 이렇게 말하고, 눈에 띄도록 낯을 붉혔다.

61

"실은 제가 본래 출발했던 곳에 잠깐 들를까 합니다. 리자베타! 벌써 13년이나 되었군요. 그러니 좀 어색한 기분이 들 겁니다."

그 여자는 눈웃음을 쳤다.

"제가 듣고 싶었던 것도 바로 그거예요. 토니오 크뢰거. 그럼, 안녕히 가세요. 그리고 제게 편지하시는 것도 잊으시면 안 돼요, 아시겠어요? 이번 여행에서 여러 가지 보고 느낀 편지를 고대하고 있겠어요─덴마크로 가신다고 하셨지요⋯⋯."

6

이렇게 해서 토니오 크뢰거는 북국으로 가는 여정에 올랐다. 그의 여행은 사치스러웠다. (보통 사람들보다 내적으로 훨씬 어려운 생활을 하는 사람은 얼마간 외적으로 쾌락을 요구해도 당연한 일이라고 그는 주장했다.) 그리하여 오래전 그가 떠났던 비좁은 도시의 탑이 회색 하늘에 솟아 있는 것을 다시 보게 될 때까지 계속하여 여행을 했다. 여기서 그는 짧은 시간이었으나 이상한 체류를 경험하게 된다⋯⋯.

날은 흐렸고 오후가 어느덧 저녁으로 기울어질 무렵에, 그가 탄 기차는 비좁고 시커멓게 그을린, 그러나 떠난 지 얼마 되지 않는 듯 정다워 보이는 정거장 구내로 들어갔다. 수증기가 뭉게뭉게 지저분한 유리 지붕 밑에 한데 뭉쳐 조각조각 길게 흩어지는 것도, 토니오 크뢰거가 조소만을 가슴에 품고 이곳을 떠났던 때와 조금도 다르지 않았다─그는 가지고 온 짐을 챙겨 호텔로 가져가도록 일러놓고 정거장을 나섰다.

정거장 밖에는 터무니없이 높고 넓은 시커먼 두 필의 말이 끄는 이 도시의 마차들이 옛날이나 다름없이 즐비하게 서 있었다. 그는 마차를 잡지 않고 다만 슬쩍 쳐다보았을 뿐이었다. 그리고 폭이 좁은 박공 구조의 집들과 그 이웃집 너머로 인사를 주고받는 뾰족한 탑들, 질질 끌면서도 빠른 말투를 가진 금발의 무기력하고 촌스러운 주위의 사람들을 쳐다보았을 뿐이었다. 그러자 신경질적인 웃음이 복받쳐 나왔는데 그것은 흐느낌 비슷했다 ─ 그는 끊임없이 불어오는 눅눅한 바람기를 얼굴에 느끼면서 아무것도 타지 않고, 아주 천천히 난간에 여러 신이 조각된 다리를 건너 한동안 항구를 따라 걸어갔다.

그런데 이게 웬일일까? 그의 눈에는 그 도시의 모든 것이 조그맣고 비좁게 보일 뿐이었다. 언제나 그렇듯 예전에도 이런 박공 건물들이 잇달아 서 있는 좁은 골목길이 이상하고도 가파르게 거리로 뚫려 올라갔던 것인가? 탁한 강물에는 황혼과 바람 속에 배들의 돛대와 굴뚝이 조용히 기울고 있었다. 지금 이대로 이 거리를, 내가 줄곧 생각했던 우리 집이 있던 거리를 올라가볼까? 아니 내일로 미루자. 지금은 졸립고 피곤하다. 여행에 시달려 머리는 무거웠고 안개처럼 갖가지 생각이 꿈틀거리며 머릿속을 더듬었다.

지나간 13년 동안, 위장병에 걸렸을 때에 그는 가끔 이런 꿈을 꾸었다. 옛날이나 다름없이 비탈진 거리에 자리한 역사 깊고 발소리 울리는 집으로 그가 돌아가보니, 아버지께서도 아직 거기 계시며 그의 색다른 생활 태도를 단단히 꾸지람하시는 것이었다. 그러면 그때마다 그는 그 꾸지람을 마땅한 일이라고 생각했다. 그런데 오늘도 그 꿈처럼 털어버릴 수 없었으며 마음을 휘어감은 꿈속에 얽혀든 것과 조금도 다르지 않았다. 우리는 그런 꿈속에서 곧잘 이것이 꿈이냐 생시냐 스스로 물으며, 어쩔 수 없이 이것은 분명 현실이려니 단정을 내리지만, 깨어보면 역시 꿈이었음을 깨닫는 그런 상태였다……. 인적이 드물고 바람이 휘몰아치는 골목길을 바람을 안고 목을 움츠리고서 몽유병 환자처럼 호텔이 있는 방향으로 걸어갔다. 오늘 들리고 생각한 그 호텔은 그 도시에서 제일급에 속하는 곳이었다. 다리가 몹시 휜 사나이가 끝에 불이 타고 있는 장대를 들고 뱃사람처럼 휘청거리며 앞으로 걸어가더니 가스등에 하나씩 불을 켰다.

그의 마음은 대체 어떠했을까? 고단한 마음 밑바닥 잿더미 속에서, 확하고 불꽃이 일어나는 것은 아니었지만 어렴풋이 뼈아프게 타고 있는 것은 무엇이었을까? 가만히 있자. 말을 해서는 안 된다! 지껄이면 안 되지! 그는 이 바람이 휘몰아치는 어둠에 싸여 꿈과 같이 정든 골목길을 끝없이 걷고 싶었다. 그러나 모든 것이 이렇게 비좁고 맞대고들 있었기 때문에 곧 목적지에 도착하고 말았다.

거리의 가로등엔 지금 막 불이 들어왔다. 근처에 호텔이 있었고, 호텔 정문 앞엔 두 마리의 시커먼 사자상이 있었다. 어렸을 때는 무섭기도 했던 사자상은 지금도 마치 재채기나 하려는 듯한 표정으로 서로 마주 보고 있었다. 그러나 그것도 옛날과 비하면, 퍽 작아진 듯 보였다─토니오 크뢰거는 사자들 사이를 지나서 호텔로 들어섰다.

걸어온 탓에 별로 신통한 영접은 받지 못했다. 수위와, 자그마한 새끼손가락으로 커프스를 양쪽 소매 속으로 밀어넣으면서 인사를 하는 검은 옷차림의 쏙 빠진 남자가 그를 머리 꼭대기에서 발끝까지 유심히 무슨 검사라도 하듯이 훑어보았다. 그의 확실한 사회적인 지위를 감정하고 계급 면에서는 시민이라고 생각하여 자기네들의 존경의 정도를 정하려고 애를 쓴 모양이지만, 아무리 해도 만족할 만한 결론을 얻지 못하는 것 같았다. 적당히 공손하게 대하는 편이 상책이라 생각하는 듯했다. '사환'으로 보이는 엷은 금발의 구레나룻을 길게 기르고 부드러운 인상을 주는 사나이가 낡아서 번쩍이는 프록코트를 입고 장미꽃 장식이 달린 소리나지 않는 구두를 신고서 3층에 있는 깨끗하고 고풍스럽게 꾸며진 방으로 안내했다. 뒷창 너머로는 마당과 박공 지붕과 가까운 데 있는 교회의 기묘하게 얽히고설킨 그림과 같은 중세풍의 풍경이 황혼을 받아 펼쳐지고 있었다. 그는 창가에 잠시 서 있었다. 그리고 팔짱을 끼고 커다란 소파로 가 앉아서 눈썹을 짓모으고 저도 모르게 휘파람을 불었다.

잠시 후 불을 가져왔고 짐도 도착했다. 아울러 그 순해 보이는 사환이 숙박계를 책상에 놓았다. 토니오 크뢰거는 머리를 갸우뚱한 채로, 성명, 신분 그리고 출발지라고 생각되는 것을 아무렇게나 그려놓았다. 그러고 나서, 간단한 저녁 식사를 주문하고 다시 전과 같이 소파의 한모퉁이에 앉은 채로 허공을 바라보고 있었다. 주문한 식사를 갖다놓았을 때만 해도 아주 오랫동안 손도 대지 않고 있다가 마침내 한두 입을 먹고서는 한 시간쯤 방 안을 오락가락 서성거리며, 가끔 걸음을 멈추고 눈을 감았다. 그러곤 천천히 옷을 벗고 잠자리에 들었다. 늦도록 늘어지게 잤다. 얽히고설킨 야릇하게 애틋한 꿈속을 더듬어가며—.

잠에서 깨어보니 밝은 빛이 온통 방 안에 넘쳐흐르고 있었다. 얼떨떨한 기분으로 지금 자기가 어디에 있는지를 생각하며 자리에서 일어나 커튼을 열어제쳤다. 어느덧 늦은 여름의 퇴색한 푸른 하늘에는 바람에 날려 갈갈이 흩어지는 엷은 조각 구름들이 떠 있었으나 그래도 태양은 고향 땅 위에 산산이 빛났다.

그는 보통 때보다도 더욱 정성을 들여 몸단장을 했다. 세수도 면도질도 아주 공을 들여 깨끗하게 했다. 마치 어느 점잖은 상류 계급의 가정이라도 찾아가기 위해, 세련되고 흠 잡힐 데 없는 인상이라도 주어야 되겠다고 생각하는 듯싶었다. 그는 분주하게 옷을 입는 동안에도 자기의 심장이 불안한 듯 뛰는 데 귀를 기울였다.

밖은 아주 맑은 날씨였다. 어제와 같이 거리거리가 황혼에 싸여 있었더라면 아마 더욱 기분이 가라앉았을 것이다. 그러나 오늘은 밝은 햇살 아래 지나가는 사람의 눈총을 받으며 걸어야만 한다. 혹시 아는 사람을 만나 붙잡혀서 지나간 13년 동안 어떻게 지냈느냐고 질문을 받고 대답을 해야 할 경우엔 어떻게 한다? 아니, 다행히도 그를 알아볼 사람은 하나도 없으니 가령 그를 기억한다 해도 알아보지는 못할 것이다. 사실 그는 그동안에 좀 변했던 것이다. 그는 거울에 비친 자기의 모습을 유심히 들여다보았다. 그러자 별안간 이 얼굴이면, 나이보다도 겉늙어 보이는, 너무나도 빨리 세상의 고초를 겪은 얼굴이면, 안전하다고 느꼈다……. 아침 식사를 방으로 가져오게 하여 식사를 한 후에 방을 나서 수위와 그 검은 옷을 쏙 빼입은 남자의 멸시하는 듯한 눈초리를 받으며 호텔 입구를 나와, 두 마리의 사자상 사이를 지나 밖으로 나왔다.

그는 어디로 향하는 걸까? 그는 알지 못했다. 어제와 꼭 같았다. 박공 건물이나 뾰족탑들, 회랑과, 분수 같은 이상하게 위엄 있는 옛날의 정든 건물들로 겹겹이 둘러싸인 것을 느끼고, 또한 아득한 꿈나라에서 부드럽고 예리한 향기를 가져다주는 바람, 그 거센 바람이 다시 얼굴에 부딪히는 것을 느끼자, 곧 마음에는 엷은 비단폭과 안개의 장막이 덮어씌워졌다……. 얼굴 근육의 긴장이 풀어지고, 생기를 잃은 눈초리로 사람들과 건물을 바라보는 그의 눈은 곧 흐려지고 말았다. 혹시 저 거리 모퉁이에 가면 그래도 이 꿈을 깨게 될 것인가…….

그는 어디로 향하는 걸까? 그가 지금 잡은 방향은 어젯저녁의 구슬프고 이상하게 후회로 가득했던 꿈과 관련이 되어 있는 것 같았다……. 그는 시청의 회랑 밑을 지나서 장터가 있는 광장으로 올라갔다. 높고 뾰족하게 솟은 채 화려한 고딕 분수가 서 있는 장터 광장에서는 고기 장수가 피묻은 손으로 물건을 저울질하고 있었다. 그곳 어느 집 앞에서 그는 발을 멈췄다. 폭이 좁고 장식도 별로 하지 않은 흔히 볼 수 있는 활같이 휘고 그물처럼 칠한 박공 구조의 집이었다. 그는 그 집 앞에서 정신을 잃은 채 서 있었다. 문에 붙은 문패를 들여다보고 잠시 창문을 하나씩 훑어본 뒤에 천천히 몸을 돌려 걷기 시작했다.

그는 어디로 향하는 걸까? 집으로 가는 길이었다. 하지만 그는 곧장 자신의 옛 집으로 가지 않고 돌아서 갔다. 시간적 여유가 있어 성문을 나서서 산책을 했던 것이다. 뮐렌 둑길과 홀스텐 둑길을 넘어서, 나무들을 꺾어버릴 듯 솨솨거리는 바람이 몰아치자 그는 모자를 잔뜩 짓눌러 썼다. 정거장에서 멀지 않은 데서 둑길을 내려서고, 기차가 덜커덕거리며 성급하게 연기를 뿜고 지나가는 것을 바라보며 할 일 없이 차량 수를 세어보다, 맨 끝에 달린 차량의 지붕에 앉아 있는 사나이를 바라보았다. 그러다 린덴 광장으로 나와서는 그곳에 가지런히 늘어선 별장 같은 어느 집 앞에 가서 발걸음을 멈추고, 오랫동안 정원 안을 들여다보고 창문을 지켜보았다. 슬쩍 격자 철문을 뒤흔들어보니, 경첩이 끼끽거리는 소리가 났다. 그러고는 잠시 제 손을 들여다보았다. 손은 차갑고 녹이 묻었다. 그런 다음 좀더 걸어서, 그 낡고 육중한 성문을 지나 항구를 끼고 걷다가, 가파르고 바람이 휘몰아치는 골목을 올라가 자기 아버지 어머니가 살던 집으로 발을 옮겼다.

그 집은 이웃집들에 둘러싸인 채 높은 지붕은 이웃집 위로 삐죽 솟아나오고 3백 년쯤이나 지난 것처럼 회색빛을 띠고 의젓하게 서 있다. 토니오 크뢰거는 문 앞에 반쯤 지워져버린 글씨의 경건한 글귀를 읽었다. 그런 다음 한숨을 내쉬고 안으로 들어섰다.

심장은 뒤숭숭하게 뛰었다. 그것은 지금 그가 걸어들어가고 있는 아래층 어느 문에선가 사무복을 입고 펜을 귀에 꽂은 아버지께서 나오셔서 그를 붙잡아 세우고, 그도 대단히 옳다고 생각하는 일이지만, 자기의 방탕한 생활을 엄격히 따지려고 한다는 생각이 들었기 때문이었다. 그러나 그는 아무런 방해도 받지 않고 그곳을 지날 수 있었다. 정문은 고리가 채워지지 않은 채 다만 짓눌러두었을 뿐이어서 그는 이런 짓을 책망하고 싶은 생각이 들었다. 그러나 동시에 장해물이 저절로 없어지고 뜻하지 않은 축복을 받아, 마음대로 앞으로 나갈 수 있는 그런 가벼운 꿈을 꾸고 있는 것 같은 기분이 들었다……. 커다란 네모진 돌을 깐 넓은 복도에 그의 발소리가 울렸다. 부엌 건너 괴괴한 곳에는 옛날이나 다름없이 지면보다 꽤 높은 곳에, 모양은 없지만 깨끗하게 칠을 한 목조의 방들이 벽에서 쭉 튀어나와 있다. 그 방은 하녀들이 쓰던 방이었는데 이동식 층층대를 놓고서만 복도에서 드나들 수가 있었다. 하지만 그 안에 놓여 있던 커다란 장롱이며 조각을 한 함은 이젠 없어져버렸다⋯⋯. 오래전 이 집 아들은 널찍한 층층대를 한 발씩 떼어놓을 때마다 흰 칠을 해서 여러 가지 모양의 장식이 있는 난간에 한 손을 놓았다 떼었다 하며 올라가곤 했다. 그러면서 마치 이 오래되고 튼튼한 난간에 대해서 예전에 가졌던 정다운 기분이 다시 되살아날 수 있을까 가만히 시험해보고 있는 것 같았다⋯⋯. 그러나 그는 계단의 중간 2층으로 들어가는 문 앞에서 발을 멈추었다. 문에는 흰 칠을 한 문패가 붙어 있었다. 거기에는 까만 글씨로 '민중 도서관'이라고 씌어 있었다.

민중 도서관? 민중이나 문학이 이곳과 무슨 관계가 있는지 모르는 토니오 크뢰거는 의아했다. 그는 문을 두드렸다⋯⋯. 들어오라는 소리를 듣고, 그는 문으로 들어갔다. 긴장해서 우울한 듯 들여다본 방 안은 너무나도 변해 있었다.

2층에는 방이 셋, 깊숙하게 연결되어 있는 방 사이의 문들은 모두 열려 있었다. 사방 벽에는 거의 천장에 닿도록 검은 서가에 길게 줄을 이어 똑같이 장정된 책들이 꽉 들어차 있었다. 어느 방이나 물건을 파는 책상 같은 것 위에, 궁상맞은 사람이 앉아서 무엇을 쓰고 있었다. 그중 두 사람은 고개만 들고, 토니오 크뢰거를 쳐다보았을 뿐이었다. 그러나 제일 앞에 있던 사람이 황급히 일어나 두 손으로 책상을 짚고 머리를 쑥 내밀며, 입술은 삐죽이, 눈썹은 치켜 올리고 끔뻑거리며 찾아온 사람을 쳐다보았다…….

"미안합니다."

토니오는 그 많은 책에서 눈을 돌리지 않은 채 말했다.

"다른 고장 사람인데 지금 이 도시를 구경하고 있습니다. 그러니까 여기가 민중 도서관이로군요. 장서를 좀 구경해도 될까요?"

"보실 수 있고 말고요!"

그 사무원은 이렇게 말하고, 더욱 빠르게 눈을 끔뻑거렸다…….

"좋습니다. 누구나 맘대로 보실 수 있습니다. 그냥 돌아보시겠습니까……. 목록은 필요하지 않으십니까?"

"괜찮습니다."

토니오 크뢰거는 대답했다.

"쉽게 찾을 수 있을 테니까요."

그리고 그는 책의 제목을 읽는 척하면서 벽을 따라서 천천히 걸어갔다. 그는 마지막으로 책 한 권을 꺼내어 펴들고 창가로 가 섰다.

그곳은 전에는 아침 식사를 하던 방이었다. 아침에는 여기서 식사를 했기 때문에 푸른 벽지에 흰색 신상(神像)들이 새겨진 위층의 커다란 식당은 쓰지 않았다……. 저 건넛방은 침실로 썼으며, 할머니께서 고령으로 오래 신음하던 끝에 그 방에서 세상을 떠나셨다. 할머니는 놀기 좋아하는 사교계의 부인답게 인생에 미련을 가졌으니 그럴 법도 한 일이었다. 그 다음에 그의 아버지 역시 그 방에서 숨을 거두었다. 키가 훤칠하고 단정하며 좀 우울하고 명상적인, 늘 단춧구멍에 들꽃을 꽂고 다니던 그의 아버지도 거기서…… 토니오는 아버지가 임종하는 침대 발치에 앉아서 눈시울이 뜨겁게 조용하고도 강렬한 감정과 애정과 고통에 온통 심신을 맡기고 있었으며, 그의 어머니도, 아름답고 정열적인 그의 어머니 역시 뜨거운 눈물에 정신을 잃고, 그곳에 무릎을 꿇고 엎드려 있었다. 그러던 어머니는 남쪽 나라의 예술가와 함께 푸른 하늘의 먼 나라로 가버리고 말았다. ……그리고 저기 맨 끝의 조그만 세 번째 방도 지금은 책으로 가득 차 있고 궁상맞은 사내가 지키고 있지만 여러 해 동안 토니오 자신의 방이었다. 바로 지금처럼 산책을 끝낸 그는 하교 후에 이 방으로 돌아왔고, 저 벽에는 책상이 있었으며 그 책상 서랍에는 맨 처음 썼던 은근하고 속절 없던 시가 들어 있었지……. 호두나무…… 그는 쑤시는 듯한 우울에 사로잡혔다. 그는 비스듬히 창밖을 내다보았다. 정원은 황폐해져 있었다. 그러나 늙은 호두나무는 여전히 제자리에 서 있었고, 축 늘어져 바람에 후닥닥거리며 쏴쏴 소리를 내고 있었다. 다음 순간, 토니오 크뢰거는 손에 들고 있던 책으로 눈을 떨어뜨렸다. 그 작품은 그도 잘 알고 있는 걸작이었다. 그는 잠시 검은 글줄을 따라 몇 구절을 눈여겨보고 창조적인 정열 속에 핵심 효과로 승화하여, 그것이 감명 깊은 결말로 이끌어나가는 저술의 절묘한 흐름에 잠시 몸을 맡겼다…….

"그것 참 잘됐는걸."

그는 작품을 제자리에 꽂고 돌아섰다. 그의 등뒤에선 아직도 사무원이 꼿꼿이 선 채 자기 일에 충실하려는 듯 못 미더워하는 표정을 하며 눈을 끔뻑이고 있었다.

"훌륭한 장서로군요."

토니오 크뢰거가 말했다.

71

"덕분에 잘 보았습니다. 그럼, 안녕히 계십시오."

그렇게 말하고 그는 방에서 나왔다. 그러나 그것은 의심을 받을 만한 행동이었다. 사무원이 잠시 그대로 서서 그런 방문객이 불안한 듯 눈을 끔뻑거리고 있는 것이 뚜렷하게 느껴졌다.

더는 어딜 가보고픈 생각이 나지 않았다. 집을 돌아보았으니 그만이었다. 위층의 원주(圓柱)가 서 있는 마루 안쪽 커다란 방들에는 낯선 사람들이 살고 있다는 것을 알 수 있었다. 계단 꼭대기를 유리문으로 막아놓은 것을 보니 그런 것 같았다. 예전에는 그런 것은 없었는데, 무슨 문패 같은 것이 그 문에 붙어 있었다. 그는 돌아서서 계단을 내려와 발소리가 울리는 복도를 지나 자기의 옛집을 나왔다. 그는 어떤 요리점의 한구석에서 생각에 잠긴 채 기름진 식사를 하고 나서 호텔로 돌아왔다.

"일이 끝이 났으니 오늘 오후에 떠나겠소."

그는 말쑥한 검은 옷차림의 사나이에게 일렀다. 그리고 계산서와 코펜하겐행 기선이 떠나는 항구로 타고 나갈 마차를 부탁했다. 그러고는 자기 방으로 올라가서 책상머리에 앉아 턱을 손으로 괴고 멍청한 눈으로 책상 위를 내려다보면서 조용히 또 꼿꼿이 앉아 있었다. 잠시 후에 그는 계산을 하고 짐을 챙겼다. 약속했던 시간에 마차가 왔다는 소리를 듣고 토니오 크뢰거는 준비를 갖추고 내려갔다.

아래층 계단 밑에선 검은 옷차림을 한 날씬한 사내가 그를 기다리고 있었다.

"죄송합니다!"

그는 새끼손가락으로 커프스를 소매 속으로 밀어넣으며 말했다.

72

"······용서하시기 바랍니다, 손님. 잠시 실례를 해야겠습니다. 제하제 씨가—호텔 주인 되시는 분이 몇 마디 말씀드릴 것이 있다고 하는군요. 사무상의 애기일 겁니다. ······저 안에 계십니다—저하고, 좀 어려우시더라도, 같이 들어가주시겠어요. ······안에는 호텔 주인 제하제 씨만 계십니다."

이렇게 말하고, '들어오십쇼' 하는 몸짓으로 토니오 크뢰거를 안내소 안으로 안내했다. 실제로 그곳에는 제하제 씨가 서 있었다. 토니오 크뢰거는 옛날부터 그를 보아서 알고 있었다. 그는 작달막한 키에 뚱뚱하고 다리가 휜 사내였다. 바짝 깎은 구레나룻은 백발이 되었다. 그러나 가슴패기를 넓게 파낸 프록코트와 풀색으로 수를 놓은 빌로드 모자를 쓴 것은 여전했다. 하지만 그는 혼자 있었던 것은 아니다. 제하제 씨 곁에는 벽에 붙여놓은 조그마한 책상에, 정복 차림의 경찰관이 책상 위의 복잡한 서류에 장갑을 낀 손을 얹고, 들어서는 토니오 크뢰거를 정직한 병정 같은 낯으로 맞아들였는데 그 눈초리에는 어떤 놈이라도 땅속으로 기어들지 않고는 못 배길 것이라는 느낌이 역력했다.

토니오 크뢰거는 두 사람을 번갈아 쳐다보며 참고 기다렸다.

"뮌헨서 오시는 길이라지요?"

이렇게 경찰관은 참다 못해 순하고 묵직한 목소리로 물었다. 토니오 크뢰거는 그렇다고 말했다.

"코펜하겐으로 가신다고요?"

"네, 덴마크의 해수욕장으로 가는 길입니다."

"해수욕장?—좋습니다. 증명서를 좀 보여주시지요."

경찰관은 '보여주시지요' 하는 말을 유난히 경쾌하게 발음했다.

"증명서요……?"

그에겐 증명서가 없었다. 수첩을 꺼내 들여다보았지만 몇 장의 지폐 말고는 도착지에 가서 끝을 내려고 가지고 온 단편 소설의 교정지밖에 없었다. 그는 공무원들을 대하는 것을 싫어했기 때문에 지금까지 한 번도 여권을 교부받은 적이 없었다…….

"미안합니다. 증명서는 가지고 있지 않습니다."

"그렇소?"

경관은 말했다.

"전혀 아무것도 없단 말이오? 성명이?"

토니오 크뢰거는 그에게 이름을 말해주었다.

"거짓말은 아니겠지?"

경찰관은 이렇게 말하며, 허리를 펴고 갑자기 될 수 있는 대로 크게 콧구멍을 열었다…….

"절대로 틀림없습니다."

토니오 크뢰거는 대답했다.

"대체 뭐 하는 사람이오?"

토니오 크뢰거는 침을 꿀꺽 삼키고 목소리에 힘을 주어 직업을 말했다―제하제 씨는 고개를 번쩍 쳐들고 호기심이 발동한다는 듯이 그의 얼굴을 올려다보았다.

"흠!" 하고 경관은 말했다.

"그러면 당신은 이런 이름의 인물과 동일인이 아니란 말이지요―."

그는 인물이란 말을 하고, 여러 인종의 언어로 이상하게 뒤범벅이 된 것 같은 까다롭고 낭만적인 이름을 복잡하게 쓴 서류를 쳐들고 한 자 한 자 읽었으나, 토니오 크뢰거는 들은 후 곧 잊어버렸다.

"그런데 이 인물은," 그는 계속했다.

"부모 미상에 신분도 확실치 않은 자로서, 여러 가지 사기와 기타의 범죄로 인하여, 뮌헨 경찰에 의해 수배 중인데 아마 덴마크로 도피하려는 흔적이 보인다고 하는데?"

"나는 같은 인물이 아닐 뿐만 아니라."

토니오 크뢰거는 이렇게 말하며 답답한 듯 어깨를 들먹거렸다—. 이것이 어떤 인상을 준 듯했다.

"뭐요, 아, 그렇소!"

경찰관이 말한다.

"하지만 아무런 증명서도 제시할 수 없다니 딱하지 않소."

제하제 씨 역시 달래는 듯 중간에 나섰다.

"이게 모두 형식적인 것입니다."

그는 이렇게 말했다.

"아무 일도 아닙니다. 경찰관도, 제 직무를 수행할 뿐이라는 것을 생각해주셔야죠. 무엇이든 신분을 증명할 만한 것이 있으면 좋겠는데……. 무슨 증명 같은 것 말이지요……."

모두 잠잠했다. 아주 신분을 밝히고, 내가 신원 미상의 사기꾼이 아니며, 날 때부터 푸른 마차를 타고 다니는 집시도 아니며, 영사 크뢰거 씨의 아들이고 크뢰거 가문의 사람이라는 것을 제하제 씨에게 털어놓고 이 일에 끝장을 내버릴 것인가? 아니 그는 그럴 필요를 느끼지 못했다. 그리고 사회적 질서를 준수하는 이 사람들이 결국에는 올바른 데가 있기도 한 것이 아닌가? 어느 정도 그들의 기분도 알 수가 있다……. 그는 어깨를 으쓱하고는 입을 다물어버렸다.

"그 속에 든 게 대체 무엇이오?"

경찰관이 물었다.

"그 수첩 속에 있는 것 말이오."

"이것 말입니까? 아무것도 아닙니다. 교정지지요."

토니오 크뢰거는 대답했다.

"교정지라니, 뭐죠? 어디 좀 보여주시오."

그래서 토니오 크뢰거는 그자에게 자기 작품을 넘겨주었다. 경찰관은 그것을 책상에 펴놓고 읽기 시작했다. 제하제 씨도 다가오더니 함께 읽는다. 토니오 크뢰거는 어깨 너머로 어디를 읽는지 넘겨다보았다. 그것은 그가 재치 있게 처리한 한 장면, 핵심적인 곳, 극적인 곳이었다. 그는 스스로 만족을 느꼈다.

"보십쇼!"

그는 말했다.

"거기 제 이름이 있지요. 제가 쓴 것인데 출판될 예정이지요. 아시겠습니까?"

"그럼, 됐습니다!" 이렇게 제하제 씨는 잘라서 말하고, 그 교정지를 한데 뭉쳐 접어가지고 돌려주었다.

"되지 않았습니까, 페테르전 씨?"

그는 몰래 눈을 감아 보이고 그만두라고 눈을 끔뻑거리고 머리를 저으면서 간단히 되풀이해서 말했다.

76

"더는 손님을 여기 계시라고 할 수는 없지 않소. 마차가 기다려요. 불편하게 해드려 죄송합니다, 손님. 경찰관도 자기 할 일을 했을 뿐이지요. 제가 진작 말씀드렸지요. 헛다리를 짚은 것이라고……."

'그랬을까?'

토니오 크뢰거는 생각했다.

경찰관은 완전히 납득한 것 같지는 않았다. 아직도 '인물'이니 '제시'니 하고 덤볐다. 그러나 제하제 씨는 미안하다는 말을 늘어놓으면서 손님을 입구로 안내하고, 두 마리의 사자상을 지나 마차가 있는 곳까지 따라와 몇 번이고 인사를 하면서, 손수 마차의 문을 닫았다. 그리하여 우스꽝스럽게 높고 넓은 마차는 쓰러질 듯 덜거덕거리며 가파른 골목길을 요란한 소리를 내며 항구로 내달렸다…….

이것이 토니오 크뢰거가 자기 고향 땅에서 겪은 이상야릇한 체류였다.

7

밤이 되어 토니오 크뢰거가 탄 배가 넓은 바다로 나왔을 때는 물 위로 흔들리는 은빛이 빛나면서 달이 이미 솟아올랐다. 그는 점점 세차게 불어오는 바람 때문에 외투로 몸을 싸고 뱃머리에 서서 바로 눈 아래에서 거세고도 미끄러운 파도가 어스름 속으로 밀려가는 모양을 내려다보고 있었다. 파도는 서로 엉켜 흔들리고 철썩거리며 부딪치고 엉뚱한 방향으로 흐트러져 별안간 거품이 되어 번쩍거렸다…….

흔들리는 그러나 고요하고도 황홀한 기분이 그의 마음에 넘쳐흘렀다. 그는 고향에 갔다가 사기꾼으로 체포당할 뻔한 일로 맥이 좀 풀렸다―하긴 그도 그것을 어느 정도는 그럴 법도 한 일이라고 생각했다. 그러나 배에 올라, 어릴 적에 아버지와 함께 가끔 구경한 일이 있는 덴마크 말과 독일 말의 북쪽 사투리가 뒤섞인 떠들썩한 소리 속에 화물이 깊은 선창 속으로 실려 들어가는 것을 보고 있자니 마음이 풀렸다. 짐짝과 궤짝뿐 아니라 북극의 곰과 맹호까지도 창살이 있는 우리에 갇혀 실려 내려가는데, 아마 함부르크에서 덴마크의 동물원에라도 가는 성싶었다. 배가 얕은 강 언덕 사이를 따라서 미끄러져 내려가는 동안 경찰관 페테르젠의 심문 같은 것은 고스란히 잊어버렸다. 그리고 그전에 일어났던 모든 일이, 이를테면 전날밤의 달콤하고 구슬프며 후회 섞인 꿈, 그리고 산책했던 일, 호두나무의 정경, 이 모든 것이 다시 마음속에 또렷하게 되살아났다. 그리고 이제 바다가 넓어지면서 어린 시절 바다의 아름다운 꿈을 느낄 수 있었던 그 바닷가를 멀리서 바라보았고, 등대의 불빛이며 부모님과 같이 묵었던 해안 요양소의 불빛을 보았다……. 동쪽 바다! 그는 마음대로 거칠 것 없이 불어오는 거센 바닷바람에 머리를 기대는 듯했다. 바람은 귓전에 울며 가벼운 현기증과 아득한 마비 상태를 자아내고, 모든 악덕과 괴로웠던 일, 그릇된 행동, 또한 의욕이나 혹은 힘들었던 일에 대한 추억이 맥없이 흐뭇함 속에 사라져버렸다. 그러자 그를 둘러싼 파도의 철썩거리는 소리, 거품이 일고 헐떡이며 울부짖는 소리 속에서 늙은 호두나무가 바람에 후드득거리고, 어떤 집의 봉당문이 삐걱대는 소리가 들려왔다……. 어둠은 점점 짙어갔다.

"자! 저 별을 좀 보십쇼, 저 별들을 보세요."

별안간 곁에서 술통 속에서 울려오는 듯한 무겁고도 노래 부르는 것 같은 목소리가 들렸다. 그 목소리를 그는 이미 알고 있었다. 그 목소리의 주인은 붉은빛 금발 머리의 눈 주위가 불그스레하고, 금방 목욕이라도 한 것처럼 축축하고 차디찬 피부를 가진, 간소하게 옷차림을 한 사나이였다. 식당에서 저녁을 먹을 때 그는 토니오 크뢰거의 곁에 자리를 잡고 수줍은 듯 겸손한 태도로 놀랄 만큼 많은 양의 새우 오믈렛을 먹어치웠다. 지금 그는 토니오의 곁에서 난간에 기대어 엄지손가락과 집게손가락으로 턱을 받치고 하늘을 쳐다보고 있었다. 틀림없이 이 친구는 보통 아닌 사치스럽고 명상적인 기분에 사로잡힌 듯하다. 사람들 사이에 가로놓인 벽이 무너지고, 서로 모르는 인간들에게 마음이 활짝 열려 평상시에는 부끄러워 입도 열지 못할 이야기를 뇌까리는 그런 기분이었다…….

"여보세요, 저것 좀 보십쇼, 저 별 좀 보십쇼, 저렇게 높이 떠 반짝이는군요. 정말 온통 별천지인데요. 그런데 이렇게 저 별들을 쳐다보고, 그중 수많은 별들이 지구보다도 백 배나 더 큰 것이라 생각하면 어떤 기분이 들까요? 우리 인간이 전신(電信)을 발명했고, 전화를 발명했고, 근래에 와서 여러 가지 문명의 이기를 발명했다고 하지만, 그럼에도 하늘을 한번 쳐다보면 우리 인간은 결국 벌레, 정말 불쌍한 구더기에 지나지 않는다는 것을 깨닫게 된단 말이지요―. 어떻습니까, 제 말이 틀렸나요? 그렇습죠, 우리는 구더기올시다."

그는 이렇게 혼자서 대답해버리고, 겸손하고 단념하는 듯 넓은 하늘가를 쳐다보며 머리를 끄덕거렸다.

"아, 이 사람은 문학하곤 담을 쌓은 친구로군!"

이렇게 토니오 크뢰거는 생각했다. 그리고 문득 그는 얼마 전에 읽은 유명한 프랑스 저술가의 우주론적이며, 심리학적인 세계관에 대한 논문이 생각났다. 그것은 무척 세련된 이야기였다.

그는 그 젊은 친구의 감격한 듯 보이는 의견에 대답 비슷한 이야기를 하고, 불안하게 밝고 활기 띤 밤을 바라보며, 난간에 기댄 채 서로 이야기를 주고받았다. 그 동행자는 함부르크의 젊은 상인이며, 휴가를 받고 휴양차 여행을 한다는 것이었다.

"잠깐."

그는 말했다.

"기선으로 코펜하겐에 가볼까 생각하고 있는데요. 아직은 그런 대로 괜찮습니다. 그런데 그놈의 새우 오믈렛은 좋지 않았습니다. 게다가 선장 얘기로는 오늘 밤에 비바람이 칠 것이라고 하던데, 두고 보시면 알겠지만, 이런 소화도 안 될 것을 뱃속에 넣고서야 어디 견딜 수나 있겠어요……."

토니오 크뢰거는 그런 거침없는 어리석은 이야기를 모두 정답고 친밀한 기분으로 엿듣고 있었다.

"그렇습니다."

그는 말했다.

"이 근처 사람들은 대체로 징건한 음식을 좋아합니다. 그 덕분으로 게으르고 우울해집니다."

"우울이라니요?"

젊은 친구는 그 말을 되받아 말하며 놀란 듯 그의 낯을 살폈다…….

"선생님은 다른 곳에서 오신 분이지요?"

그는 별안간 입을 열어 물었다.

"네, 먼 곳에서 왔습니다."

토니오 크뢰거는 애매하고 거절하는 듯한 손짓을 하며 대답했다.

"옳은 말씀입니다."

젊은 친구가 대답했다.

"우울하다고 말씀하신 것 참 옳은 말씀입니다. 더구나 이렇게 하늘에 별들이 총총한 오늘 같은 밤은 더욱 그렇지요."

그렇게 말하고 젊은이는 다시 턱을 엄지손가락과 집게손가락으로 괴었다.

이 사람 아마 시를 쓰고 있을 게다. 토니오 크뢰거는 이렇게 생각했다. 거짓이 전혀 없고, 실감이 나는 장사치다운 시를 쓸 게다…….

저녁이 깊어가자 바람은 점점 심하게 불어, 이야기를 주고받기도 어려웠다. 그래서 선실로 들어가기로 하고, 저녁 인사를 나누었다.

토니오 크뢰거는 자기 선실의 좁다란 침대로 가서 누웠으나 마음이 안정되지 않았다. 심한 바람과 그 강한 냄새가 이상하게도 그를 자극하고, 심장은 어떤 즐거운 일을 초조하게 기다리는 듯 불안하게 뛰었다. 배가 가파른 물결의 언덕을 타고 미끄러져 내려갈 때, 스크루가 경련을 일으킨 듯 물 밖에서 헛돌아가며 일어나는 동요 역시 욕지기를 일으켰다. 그는 옷을 모조리 주워 입고 갑판 위로 올라갔다.

구름이 달을 스치고 지나갔다. 바다는 춤을 추고 있었다. 둥근 모양의 파도가 질서 정연하게 다가오는 것이 아니라, 온통 넓은 바다 전체가 창백하고 흔들리는 빛을 띠고 찢어지고 채찍질당하고, 뒤흔들어놓아, 물결은 불꽃같이 크고 뾰족한 혓바닥이 되어 뛰어올라, 넘실거리고 있었다. 거품으로 가득 찬 깊은 골짜기 옆에선 뿔이 돋친 이상한 모양의 물결이 일어나, 마치 터무니 없이 큰 팔이 있는 힘을 다하여 미친 듯이 날뛰며 물거품을 사방에 집어던지는 듯했다. 배는 난항(亂航)이었다. 전후 좌우로 뒤흔들려 신음하며 미쳐 날뛰는 파도 속을 헤치며 나아가고 있었다. 가끔 곰과 맹호는 배 밑바닥에 떨어져 괴로워 울부짖는 듯, 으르렁거리는 소리가 들렸다. 비옷을 입고, 머리까지 푹 뒤집어쓴 사나이가 허리에 등불을 졸라매고 다리를 벌리고, 위태롭게 균형을 잡으며 갑판 위를 오락가락했다. 그런데 고물에는 함부르크에서 온 그 젊은 친구가 깊숙이 몸을 수그리고, 욕지기 때문에 기분이 좋지 않은 듯 보였다.

"원 제기랄."

그는 토니오 크뢰거를 보자 허공에 뜬 떨리는 목소리로 말했다.

"아, 이 물귀신이 난리치는 꼴을 좀 보십쇼, 선생님."

그러나 그는 말을 하다 말고 급히 돌아섰다.

토니오 크뢰거는 그곳에 매놓은 밧줄 하나를 움켜쥐고 걷잡을 수 없는 바다가 제멋대로 날뛰는 꼴을 내려다보고 있었다. 마음속에서는 환성 같은 것이 용솟음치고, 그 소리는 폭풍과 노도를 제압하고도 남을 것 같았다. 사랑에 도취하여 바다에 부치는 노랫소리가 마음속에서 울려났다. 너는 내 젊은 시절, 용감했던 친구, 이제 우리는 다시금 결합을 보았노라……. 그러나 시는 그것으로 그쳤다. 그것은 완성되지 않았다. 둥글게 자리잡지 못했고, 침착하게 어떤 전체를 우려내지는 못했다. 그의 마음은 살아 있었던 것이다…….

그는 오랫동안 그렇게 서 있었다. 그러고 나서 선실 곁에 놓인 벤치 위에 드러누워 별들이 반짝이는 하늘을 쳐다보았다. 그는 조금 졸기까지 했다. 이따금 얼굴로 튀어오르는 차디찬 물거품마저도 잠에 취한 자기를 애무해주는 것만 같았다.

달빛을 받아 무시무시하게 수직으로 곤두선 백악(白堊)의 절벽이 시야에 들어와 점점 다가왔다. 뫼인이라는 섬이었다. 그러곤 다시금 꾸벅꾸벅 잠에 취했다. 얼굴이 쏘는 듯 쑤시고 피부도 굳어버릴 것 같은 소금기 섞인 물방울의 훼방을 받으면서……. 잠에서 깨었을 때는 벌써 날이 새었고 밝은 회색빛의 상쾌한 아침이었다. 초록색 바다도 조용해지기 시작했다. 아침 시간에 어젯저녁에 본 젊은 상인을 만났는데 그는 낯을 붉혔다. 어둠 속에서 그런 시적인 창피한 이야기를 뇌까린 것이 부끄러웠던 모양이다. 그는 다섯손가락을 모두 겹쳐서 짤막한 붉은 수염을 쓰다듬어 올리고, 병정들처럼 멋없이 소리를 지르며 아침 인사를 하곤 불안한 듯 그를 떠났다.

그리하여 토니오 크뢰거는 덴마크에 상륙했다. 그는 코펜하겐에 머물면서 팁을 받았으면 하는 눈치를 보이는 사람에게는 누구에게나 돈을 주었고, 가지고 온 여행 안내서를 펴들고 투숙한 호텔을 중심으로 사흘 동안 시내를 걸어다니며 견문을 넓히려는 돈 많은 외국인처럼 행동했다. 그는 국왕의 신광장(新廣場)과 그 가운데 서 있는 말동상도 보았고 성모 성당의 원주(圓柱)도 경건한 마음으로 올려다보았다. 토르발트센(Thorwaldsens : 1768~1844, 덴마크의 조각가)의 고귀하고도 정다운 조각 앞에서도 오래 서성거렸다. 원탑에 올라 여기저기 성곽도 구경하고 티볼리에서는 이틀 밤을 화려하게 지냈다. 그러나 그가

83

구경한 것은 이런 것들이 전부는 아니었다.

고향의 휘어져 올라가고 얼기설기 장식을 한 오래된 건물과 똑같은 모양의 집들에서 옛날부터 낯익고, 정이 들고, 귀중한 것을 표시하는 듯한 이름들을 읽어보았다. 그런데 그런 이름들은 하소연과 또 잊어버린 것에 대한 동경 같은 것을 간직하고 있었다. 또한 눅눅한 바닷바람을 쐬며 천천히 생각에 잠겨 걷던 곳곳에서, 그는 고향에서 보내던 날 밤의 이상하게도 슬프고, 원한 섞인 꿈속에서 본 것과 똑같은 푸른 눈, 역시 금발의 머리카락과 같은 모양과 형태를 가진 얼굴을 보았다. 어느 길 한가운데서 어떤 눈길, 어떤 울림 있는 말, 어떤 웃는 소리가 그의 가슴을 파고드는 것도 느꼈다……

그런 활기 가득 찬 도시 안의 생활을 그는 오래 견디지 못했다. 즐거우나 어리석은 불안한 기분, 추억과 기대가 반반씩 뒤섞인 불안감을 느끼며 어느 해변에라도 가서 조용히 누워 뒹굴었으면 싶었고, 눈이 새빨개져서 돌아다니는 관광객 행세를 그만두고 싶은 생각이 그를 자극했기 때문에, 그는 다시 배를 잡아타고 어떤 흐린 날에(바다는 시커먼 색이었다) 젤란트 섬의 연안선을 따라 북으로 올라가 헬싱키 쪽으로 떠났다. 거기서부터 국도를 따라서 마차로 여행을 계속했다. 사십오 분쯤 가서, 바다를 눈 아래 내려다보며 겨우 이번 여행의 최후 목적지인, 초록색 차양 문들이 달린 조그맣고 흰 칠을 한, 해변 호텔에 도착했다. 그 호텔은 나지막한 집들의 한가운데 들어앉아 있었다. 그 집, 나무로 이엉을 엮은 탑 위에선 스웨덴 해안이며 그 해협이 건너다보였다. 거기서 그는 마차를 내렸다. 미리 예약했던 방을 차지하고서, 가지고 온 물건을 선반과 장롱 속에 넣고 잠시 거기서 살 차비를 차렸다.

8

벌써 9월도 다 지나고 알스가르드의 해수욕 손님들도 훨씬 줄었다. 유리로 된 베란다, 바다를 향해 높다랗게 마련된 창문이 있고, 천장의 대들보가 보이는 아래층 큰 식당에서 식사를 할 때면 이 집 여주인이 좌장(座長) 노릇을 했다. 머리는 흰데 눈은 빛을 잃었고, 뺨은 불그스레한 노처녀로, 줄곧 새처럼 재재거리고, 붉은 두 손을 늘 책상보 위에 놓고 조금이라도 맵시 있게 어울리도록 하느라고 애를 썼다. 뱃사람처럼 얼음 같은 회색빛 수염을 기르고, 검푸른 얼굴의 목이 짧은 늙은 신사가 동석했는데, 수도에서 온 어물 장사치였으며 독일 말을 할 줄 알았다. 심한 변비에 걸린 듯했고, 게다가 졸도할 위험성까지 보이고 내뱉듯이 받은 숨을 쉬고, 가끔 가다 반지를 낀 검지 손가락을 쳐들어 코에 대고, 한쪽 구멍을 막고 다른 구멍으로 킁킁거리며 조금이라도 공기가 통하게 하려고 애를 썼다. 그런 그는 아침, 점심, 저녁 세 끼 식사 때면 자기 앞에 놓인 화주(火酒)를 자꾸 마셨다. 그 밖에는 가정교사를 거느린 키 큰 미국 청년이 셋이 있었다. 그 가정교사는 잠자코 안경만 들먹거리고 날마다 청년들과 축구만 하고 있었다. 그들은 주황색 머리를 가운데서 갈라 붙이고, 길쭉하고 무표정한 얼굴이었다.

"미안하지만 그 소시지 같은 것 좀 집어줘!"

한 청년이 말한다.

"그건 소시지가 아냐, 햄이지."

다른 청년이 대꾸한다. 이것이 그들과 가정교사가 식사 때 나누는 대화의 전부였고 그 밖에 그들은 잠자코 앉아서 뜨거운 물을 마셨다.

토니오 크뢰거는 다른 부류의 손님을 더는 바라지 않았다. 그는 조용한 시간을 즐겼고 어물상과 주인 여자가 가끔 주고받는 대화에서 덴마크어의 후두음(喉頭音)이나, 맑고 흐릿한 모음들을 귀담아 듣거나, 때로는 어물상과 날씨를 화제 삼아 짤막한 대화를 주고받았다. 그마저도 잠시뿐으로 그는 곧 일어나서 베란다를 지나, 이미 아침에 오랫동안 시간을 보냈던 바닷가로 다시 내려가곤 했다.

바닷가는 때로 조용하고 여름 같기도 했다. 푸르고 유리병 같은 초록색 또는 붉은 줄기를 이루고 눈부신 은빛 햇빛을 반사하면서 바다는 늘어져 미끄럽게 휴식을 취하고 해초는 햇볕에 바싹 말라 지푸라기같이 되었다. 해파리가 여기저기 깔려 있었고 김이 무럭무럭 났다. 뭔가 썩는 냄새도 조금 풍겼다. 토니오 크뢰거가 모래밭에 앉아 등을 기대고 있던 고기잡이배에선 콜타르 냄새도 좀 풍겼다─그는 스웨덴의 해안선이 아니라 넓은 수평선이 보이는 쪽으로 몸을 돌리고 앉아 있었다. 그러면 바다의 어렴풋한 입김은 깨끗하고 싱싱하게 모든 것을 스치고 지나갔다.

그리고 때로는 회색빛을 띠고 사나운 날씨가 될 때도 있었다. 파도는 뿔로 받으려고 덤벼드는 황소처럼 머리를 짓수그리고 미친 듯 해변으로 몰려든다. 바닷가는 상당히 높은 언저리까지 물에 씻기고 젖어서 윤기 흐르는 해초와 조개들, 그리고 떠내려온 나무 조각들로 뒤덮여 있었다. 길게 뻗어나간 물결의 언덕 사이엔 구름이 뒤덮인 하늘 아래 퇴색한 초록색 거품이 이는 계곡이 열리고, 태양을 가리고 떠 있는 구름 근처 수면엔 흰 벨벳 같은 빛이 돌고 있었다.

토니오 크뢰거는 바람과 파도 소리에 휩싸여, 이 영원하고 육중하며 마비시키는 듯한 소음 속에 몸을 맡기고 있었다. 이 소음을 그는 진심으로 사랑했다. 몸을 돌려 그곳을 떠나면 별안간 주위는 조용하고 훈훈한 기가 떠도는 듯했다. 그러나 그는 등뒤에 바다를 느꼈으니 바다는 부르고 유혹하며 인사를 보냈다. 그러면 그는 웃었다.

그는 육지 안 호젓한 풀밭 위를 거닐었다. 그럴 때면 그 일대에 넓게 언덕을 이룬 참나무 숲이 그를 품에 안았다. 그는 나무에 기대어 푸른 이끼 위에 앉아보았다. 그러면 나무 사이로 한줄기 바다가 넘어다보였다. 가끔 바람이, 바닷가에 부딪쳐 흩어지는 파도 소리를 실어온다. 그것은 멀리서 널빤지가 겹쳐서 떨어지는 소리 같았다. 나뭇가지 위에선 까마귀가 목이 쉬어 처량하게 외로이 운다……. 무릎에는 책이 한 권 놓여 있었지만 그는 한 줄도 읽지 않았다. 그는 깊은 망각 속에서, 시공(時空)에서 해방되어 초월의 영역을 떠도는 감정을 마음껏 즐겼으나, 그래도 이따금 어떤 슬픔과, 그리움, 또는 콕콕 쑤시는 듯한 원한의 감정이 마음을 스치고 지나갔다. 그러나 그는 너그러이 자기까지도 잊고, 이런 감정이 무엇인지, 그리고 무엇에서 비롯된 것인지 따지고 싶은 생각도 일어나지 않았다.

이렇게 며칠이 지나갔다. 며칠이 흘렀느냐고 물어도 그는 대답을 못했을 것이고, 또한 그것을 알고 싶지도 않았다. 그런데 그사이 어떤 사건이 닥쳐왔다. 태양이 하늘에 빛나고 사람들이 모여 있을 때 그 사건은 일어났다. 그러나 토니오 크뢰거가 이 사건에 그리 크게 놀란 것은 결코 아니었다.

그날은 아침부터 화려하고 환희에 넘쳐흘렀다. 토니오 크뢰거는 뜻밖에도 아주 일찍, 갑자기 잠이 깨어 야릇하고 어렴풋한 놀라움을 느끼며 잠자리에서 일어났다. 그리고 무슨 기적을, 요정들의 빛의 장난을, 들여다본 것 같은 기분이었다. 해협 쪽으로 유리문과 발코니가 있는 그의 방은 엷은 흰 망사 커튼을 드리워 거실과 침실로 분리해두었고 벽지도 부드러운 색이었으며, 경쾌하고 밝은 색의 가구가 놓여, 늘 밝고 정다운 분위기가 감돌았다. 그런데 그날 아침에 잠에 취한 눈에는 이 방이 이 세상 같지 않은 광휘며 조명 속에 놓여, 사면 벽과 가구가 황금으로 물들고, 흰 망사 커튼 역시 부드럽고 붉게 타오르는 색이 되어 무어라 말할 수 없는 아담하고 향기로운 장밋빛 속에 잠겨 있었다⋯⋯. 토니오 크뢰거는 오랫동안 무슨 일이 일어났는지 알 길이 없었다. 그러나 유리문 앞에 서서 밖을 내다보았을 때, 그것이 이제 막 떠오르는 태양 때문이라는 것을 알았다.

그날까지 며칠을 두고 흐리고 비가 오락가락하는 날씨가 계속되었다. 그런데 그날 아침은 팽팽한 엷은 푸른색 비단을 펼쳐놓은 듯 하늘은 바다와 육지 위에서 눈이 부시도록 맑았다. 그리고 태양은 붉고, 황금빛으로 구름을 물들이면서, 설레이는 잔물결의 주름이 일고 있는 바다를 반짝반짝 비치면서 장엄하게 떠오른 것이다. 바다는 그 빛을 받아 몸을 떨고 붉게 타오르는 듯했다⋯⋯. 이렇게 그날은 시작되었다. 토니오 크뢰거는 마음에 혼란을 느끼며 즐거운 듯 옷을 걸쳐 입고, 누구보다도 먼저 아래층 베란다에서 아침 식사를 했다. 그리고 바닷가의 목조 오두막집에서 옷을 벗고는 잠깐 헤엄을 쳤다. 그러고는 한 시간쯤 해변을 거닐었다. 그가 돌아왔을 때 호텔 앞에는 합승 마차가 여러 대 멈춰 있었고, 식당에서 내다보니 옆 방 피아노가 놓인 오락실에도, 베란다와 그 앞의 테라스까지도 중류 계급의 옷차림을 한 사람들이 가득하고, 둥근 탁자를 가운데 놓고 앉아서, 활발하게 이야기를 주고받으며 버터를 바른 빵과 맥주를 마시고 있었다. 모두 가족 동반이었으며 늙은이와 젊은이들은 물론 어린애들까지도 몇이 섞여 있었다.

두 번째 아침 식사 때, 식탁에는 차가운 고기 요리에 훈제 고기며, 절이거나 구운 음식들이 푸짐했다. 토니오 크뢰거는 무슨 일이 일어났느냐고 물어보았다.

"손님들이지요."

어물상이 말했다.

"헬싱키에서 소풍 겸 춤추러 온 사람들이랍니다! 이거 큰일났습니다. 춤과 음악 때문에 시끄러울 테니 오늘 밤 잠은 다 잤지요. 좀처럼 빨리 끝날 것 같지 않은데요. 종친회나 야유회를 겸한 댄스 파티, 요컨대 회원을 모집한 소풍 같은 것으로, 재미있게 하루를 즐기려고 온 것이겠지요. 조그마한 배며 마차를 타고 와서, 지금 아침을 먹고 있습니다. 끝나면 마차를 타고 시골로 나갈 모양인데, 저녁에 다시 돌아와서 이 방에서 춤을 추며 놀겠지요. 정말, 야단났습니다. 덕택에 한잠도 못 자게 됐으니 말이지요……."

"그거 기분 전환이 될 테니 괜찮겠군요."

토니오는 대꾸했다.

그 다음엔 꽤 오랫동안 서로 말들이 없었다. 안주인은 분주하게 왔다갔다하며 정신이 없었고, 어물상은 조금이라도 공기를 통해 보려고 오른쪽 콧구멍으로 쿵쿵거렸다. 그리고 미국인들은 뜨거운 맹물을 마시며 멋쩍은 표정을 짓고 있었다.

그때 별안간 한스 한젠과 잉게보르크 홀름이 그 방 안을 지나쳐 갔다.

토니오 크뢰거는 아침 목욕을 하고 빠른 걸음으로 산책을 한 뒤 노곤한 피곤을 느끼며 의자에 기댄 채로 토스트 빵에다 훈제 연어를 얹어서 먹고 있었다―그는 베란다와 바다를 향해 앉아 있었다. 그런데 별안간 문이 열리고 손을 마주 잡은 두 사람이 들어왔던 것이다―태연히 조금도 서두름이 없이. 잉게보르크, 그 금발의 잉게는 크나크 씨에게 댄스를 배울 때 잘 입었던 것과 같은 엷은 색깔의 옷차림이었다. 날아갈 듯한 꽃무늬가 있는 옷은 간신히 정강이까지만 내려오고, 어깨에는 폭이 넓고 흰 그물 같은 레이스가 달려 있고, 등이 깊숙이 파여 부드럽고 날씬한 목덜미가 드러나 보였다. 양쪽에 끈이 달린 모자는 한쪽 팔에 걸고 있었다. 키는 옛날보다 자란 듯도 했으나 치렁치렁했던 머릿단을 지금은 머리 양편으로 돌려 붙이고 있었다. 그러나 한스 한젠은 옛날과 조금도 다른 점이 없었다. 금단추가 달린 선원들이 입는 것 같은 반외투를 입었고 어깨와 등허리에는 넓고 푸른 칼라가 달려 있었다. 그는 짧은 리본이 달린 해군 모자를 축 늘어뜨린 손에 들고선 자연스럽게 이리저리 흔들었다. 잉게보르크는 실낱 같은 눈을 옆으로 돌렸다. 아마 식당에서 식사를 하던 사람들의 시선을 받자 조금 부끄러웠던 것 같다. 그러나 한스 한젠은 버젓이 정면으로 식탁을 대하고 서서 식탁에 앉아 있는 사람들을 하나하나 그 강철같이 푸른 눈으로 싸울 듯이 들여다보았으며, 얼마간 경멸하는 듯이도 보였다. 그뿐 아니라 그는 잉게보르크의 손까지 놓아버리고, 제가 어떤 사나이라는 것을 보여주려는 듯 더욱 심하게 모자를 이리저리 흔들어댔다. 이렇게 두 사람은 고요한 푸른빛을 띤 바다를 배경으로 하고 토니오 크뢰거의 눈앞을 지나, 그 방을 빠져나가 반대편의 피아노가 놓인 방문으로 사라져버렸다.

그 일이 있었던 것은 오전 열한 시 반이었다. 그리고 아직도 휴양객들이 아침 식탁에 앉아 있을 무렵에, 옆 방과 베란다에 있던 사람들은 한 사람도 식당을 지나지 않고 옆문을 통하여 호텔 밖으로 나가 출발했다. 밖에서는 농담과 웃음이 뒤섞여 마차를 타고 차들이 하나씩 신작로 위를 덜거덕거리며 움직이고, 굴러가는 소리가 들렸다.

"그렇다면 다시 돌아오겠군요?"

토니오 크뢰거는 물었다…….

"오고 말고요!"

어물상이 말했다.

"답답한 노릇입니다. 음악은 벌써 준비시켜놓고 갔거든요. 나는 바로 이 윗방에서 자야 하는데."

"그것 참, 기분 전환이 되겠군요."

토니오 크뢰거는 되풀이했다. 그리고 일어나서 자리를 떴다.

그는 전과 같이 바닷가의 숲에서 무릎에 책을 올려놓고 햇빛을 눈부시게 쳐다보며 하루를 지냈다. 그는 오직 한 가지 생각만을 했다. 이를테면 그들은 돌아와서 어물상이 말한 대로 그 방에서 춤을 추며 놀 거라는 것이었다. 그리고 죽은 듯싶었던 몇 해 동안에 한 번도 맛볼 수 없었던 불안하며 달콤한 기쁨을 가슴에 품고서 그것을 기다리는 것 말고는 아무것도 하지 않았다. 단 한 번, 우연히 여러 가지 얽히고설킨 생각을 하다가 먼 곳에 있는 한 친구인 소설가 아달베르트의 일이 머릿속을 스쳐 지나갔다. 그는 자기의 갈 길을 확실히 알고 있어서 봄바람을 피해 다방으로 간 것이다. 토니오 크뢰거는 그를 생각하고 어깨를 으쓱했다…….

여느 때보다도 일찌감치 점심 식사가 나왔고, 식당 큰 홀에서는 벌써 무도회 준비가 시작되었기 때문에, 저녁 식사도 피아노가 있는 방에서, 역시 보통 때보다 이르게 마쳤다. 마치 잔치라도 하는 분위기마냥 모든 것이 뒤죽박죽이 되었다. 그리하여 벌써 어두워지고 토니오 크뢰거가 자기 방에 앉아 있을 무렵, 길과 집 안은 다시 떠들썩해졌다. 소풍 갔던 패들이 돌아온 것이다. 그뿐 아니라 헬싱키에서 자전거나 마차로 새로운 손님들이 몰려왔고, 벌써 아래에서는 바이올린의 음조를 맞추는 소리와 클라리넷의 콧소리 같은 연습 소리가 들려왔다…….. 이제 찬란한 무도회가 시작될 판이었다.

그리하여 작은 오케스트라가 행진곡을 연주하기 시작했다. 그것이 아련하게 박자를 맞추어 위층에까지 울려왔다. 춤은 폴로네즈로 막을 열었다. 토니오 크뢰거는 한참을 그대로 조용히 앉아서 귀를 기울였다. 그러나 행진곡의 템포가 왈츠의 박자로 넘어가는 것을 듣고서는 그는 일어나 소리를 내지 않고 방에서 빠져나왔다.

방 밖에 있는 복도에서 한쪽 계단을 내려가면, 호텔의 옆문으로 나갈 수 있고, 거기서부터는 어떤 방도 지나지 않고 유리로 둘러친 베란다로 나갈 수 있다. 그는 마치 들어가서는 안 될 소로를 지나가

듯 남몰래, 조용히 그 통로로 해서 어둠 속을 조심스럽게 더듬어 내려갔다. 이 어리석고도 즐겁게 마음을 뒤흔들어놓는 음악에 어쩔 수 없이 이끌려서 내려간 것이다. 그곳에 이르자 벌써 악기의 울리는 소리가 또렷또렷하고 거침없이 쏟아져나왔다.

베란다엔 인기척이 없고 불도 켜놓지 않았으나 댄스 홀로 통하는 문은 열려 있었다. 눈부신 반사경을 단 석유 등잔으로 그 홀은 환하게 밝았다. 그는 그쪽으로 발소리를 죽이고 들어가 밝은 불빛 아래 춤추는 군상들을 어둠 속에서 숨어 아무도 모르게 도둑처럼 훔쳐 보고 엿들었다. 그러한 즐거움은 그를 전율하게 했다. 성급하고 참을 수 없다는 듯이, 그는 보고 싶던 두 사람에게 눈길을 보냈다…….

시작한 지 30분이나 지났을까 말까 한데도 무도회의 흥겨운 기분은 벌써 활짝 피어 있었다. 아침부터 종일토록 한데 어울려 근심 걱정 모르고 즐겁게 놀다 온 까닭에, 이미 상당히 열기가 오르고 흥분되어 있었다. 조금만 더 몸을 앞으로 내밀면 피아노가 놓인 방도 내다볼 수가 있었다. 그 방에는 나이 먹은 남자들이 담배를 피우기도 하고 술을 마시며 카드놀이를 즐기고 있었다. 그리고 일부 사람들은 부인들과 같이 전면의 우단 의자에 앉아 있거나 벽 옆에서 춤추는 것을 구경하고 있었다. 남자들은 벌린 무릎 위에 두 손을 올려놓고, 돈깨나 있는 듯한 표정으로 뺨을 붉히고 있다. 어머니들은 끈이 달린 작은 모자를 머리에 얹은 채 두 손을 가슴 아래 마주 잡고서 고개를 갸우뚱하고 젊은이들이 법석대는 모양을 보고 있었다. 음악 연주단(壇)은 방의 긴 벽 쪽에 마련되어 있어 악사들은 힘껏 연주를 하고 있었다. 트럼펫까지 끼여 마치 제 소리를 겁내는 듯 주저하며 조심스럽게 불어대고 있었는데, 아니나다를까 자꾸 소리가 깨지고, 음색이 달라졌다……. 물결치듯 여러 쌍의 남녀가 빙빙 돌고 있는가 하면 다른 패들은 팔을 끼고 방 안을 돌아다니고 있었다. 그들은 무도회에 맞는 옷차림을 하지 않았고, 여름날 일요일에 교외로 놀러 나온 것 같은 옷을 입고 있었다. 소도시에서 흔히 볼 수 있는 양복을 지어 입은 젊은 신사양반들은 확실히 입지 않고 아껴두었던 옷을 입었다는 것을 알 수 있었고, 젊은 처녀들은 엷은 빛깔의 가벼운 옷차림으로 가슴에 들꽃 꽃다발을 달고 있었다. 홀 안에는 어린애들도 역시 있어서 자기들끼리 제멋대로, 음악이 끝나가는 동안에도 춤을 추고 있었

견미복 같은 양복 저고리를 걸쳐 입으신, 다리가 긴 사람은 아마 ○의 유지일 테고 안경을 쓴데다가 머리를 매만진 품이, 오늘 이 무도회의 사회자나 주관자 같았으며, 보아 하니 우체국 부국장이나, 뭐, 그런 것 같고, 어느 덴마크 소설에 나오는 우스꽝스런 인물을 쏙 빼놓은 듯했다. 성급하게 진땀을 흘리면서, 있는 정성을 다하여 여기 저기 참견하고, 재주도 좋게 발가락 끝으로 우선 한 발을 디뎌놓고 번쩍거리는 뾰족한 군대 구두 같은 것을 신은 발을 이상야릇하게 갈지자로 움직이며 방 안을 이거 왜 이렇게 바쁘냐는 듯이 꼬리를 치고 다니며 공중으로 팔을 휘두르고 이래라저래라 음악을 연주하라고 소리치고 손뼉을 친다. 그런 짓을 하고 돌아다니는 동안 어깨 위에는 그런 중요한 역할을 하는 명예의 표지로 단, 큼직한 색색의 댕기가 휘날리며 그를 쫓아다녔는데, 그는 가끔 만족한 듯이 고개를 돌려 그것을 쳐다보았다.

사실 그들도 거기 있었다. 오늘 낮에 토니오 크뢰거 옆을 지나갔

던 그 두 사람도 거기 있었다. 거의 한꺼번에 두 사람을 찾아냈을 때 그는 놀랄 만큼 기뻤다. 바로 가까이, 그와 아주 가까운 곳에 서 있는 한스 한젠은 다리를 벌린 채 몸을 좀 굽히고 커다란 카스텔라 한 조각을 느릿느릿 먹고 있었다. 그는 부스러기를 받치려고 오므린 손을 턱밑에 받치고 있었다. 그리고 저편 벽 쪽으로 잉게보르크 홀름이, 금발의 잉게가 있었다. 그런데 바로 그 부국장 양반이 꼬리치며 다가오더니, 한 손을 뒤로 돌리고 다른 손을 멋지게 가슴에다 대며 공들여 허리를 굽히고 춤을 추자고 했으나 그 여자는 머리를 저으며 숨이 가빠 좀 쉬어야 되겠다는 뜻을 보였기 때문에, 부국장님은 그대로 그 여자 옆에 앉게 되었다.

토니오 크뢰거는 그 두 사람을, 그 옛날 속절없는 사랑의 고민을 맛보게 했던 두 사람을—한스와 잉게보르크를 지켜보았다. 그는 그들이 똑같은 특징을 가졌다거나 옷차림이 옛날과 비슷했다는 데서 그렇게 괴로웠던 것은 아니다. 그것은 그 두 사람의 종족과 유행이 똑같다는 점, 청순하고 명랑하여 자신만만한 동시에, 소박하여 가까이 하기 어려운 싸늘한 인상을 주며, 맑고 강철 같은 푸른 눈과, 금발 머리가 같은 종족의 것으로 자기와는 다른 점이 있었기 때문이었다. 그는 두 사람을 지켜보았다. 한스 한젠은 옛날과 조금도 다름없이 여전히 도도하고 날씬하여 몸매가 좋았고, 어깻죽지는 넓고, 엉덩이는 가늘고, 해군복 같은 것을 입고 거기 서 있었다. 잉게보르크는 좀 지나칠 정도로 명랑하게 웃으며 고개를 외로 꼬았고, 특별히 가늘지도 않고 특별히 아름답다고도 할 수 없는 어린 처녀 같은 손을 머리 뒤로 가져가면, 가벼운 소맷자락이 팔꿈치에서 흘러내렸다—이렇게 두 사람을 보고 있으려니 향수(鄕愁)가 뼈저리게 가슴에 사무쳤다. 그리하여 제 얼굴에 나타나는 경련을 누구에게도 보이지 않으려고 저도 모르게 한 발짝 어둠 속으로 물러서기까지 했다.

내 그대들을 잊은 적이 있었던가? 그는 스스로 반문했다. 천만에, 한번도 잊은 적이 없었다. 한스, 너도 그렇거니와 금발의 잉게, 너 역시 잊은 적이 없다! 내가 일을 했던 것은 그대들 두 사람 때문이었고, 내가 박수갈채를 받을 때, 너희들이 그 속에 섞여 있지나 않을까 남몰래 돌아보곤 했다……. 네가 네 집 정원으로 들어가는 문 앞에서 약속했던 《돈 카를로스》를 이제 읽어보았느냐? 한스 한젠, 그런 짓은 그만둬라. 나는 지금도 네게 그것을 요구하지는 않겠다. 고독해서 우는 왕이 너와 무슨 상관이 있겠느냐? 너는 시(詩)와 우울을 넋 잃고 들여다보다 네 맑은 눈을 흐리거나 꿈꾸듯 몽롱하게 만들어서는 안 된다……. 나도 너처럼 되고 싶다! 다시 한번 처음부터 시작해서 너와 같이 자라나고, 마음을 곧고 즐겁게, 그리고 순박하고, 올바르고, 질서 있게, 신(神)과 사람들과도 뜻이 맞아 순진하고 행복한 자들의 사랑을 받게 되면 얼마나 좋겠느냐. 그리고 잉게보르크 홀름, 너를 아내로 맞이하고, 한스 한젠 너 같은 아들을 가질 수 있으면 얼마나 좋겠느냐─인식(認識)과 창조의 고뇌라는 저주를 벗어나 복된 평범함 속에 살고, 사랑하고 찬양할 수 있다면 얼마나 좋겠느냐……! 다시 한번 시작한다? 그러나 아무 소용도 없을 게다. 또다시 지금처럼 되어버릴 테지─모든 것이 지금과 마찬가지가 되고 말 것이다. 그것은 어떤 종류의 사람들에게는 도대체가 올바른 길이란 것은 없기 때문에, 어쩔 수 없이 길을 헤매게 마련인 까닭이다.

이제 음악이 끝났다. 중간 참이 되어 마실 것이 돌았다. 부국장님이 손수 청어 샐러드를 담뿍 담은 쟁반을 들고 오락가락하며 부인들을 대접했다. 그러나 잉게보르크 홀름 앞에 와서는 한쪽 무릎까지 꿇고 그 접시를 내밀었고 그 여자는 기뻐서 얼굴을 붉혔다.

　그러나 결국, 홀 안에 있던 사람들은 유리문 아래 서 있던 구경꾼의 존재를 눈여겨보게 되었다. 상기된 어여쁜 얼굴들의 의아한 듯 살피는 눈초리가 그에게로 쏠렸다. 하지만 그는 자신이 서 있는 자리를 고집하고 서 있었다. 잉게보르크와 한스도 거의 동시에 그 멸시에 가까운 온통 무관심한 태도로 그를 훑어보았다. 그러나 그는 별안간 어떤 눈길이 어디선가 자기를 쏘아보고 자기 위에서 떠나지 않는다는 것을 의식했다……. 그는 머리를 돌려, 바로 자기를 보고 있다고 느꼈던 눈과 마주쳤다. 창백하고 갸름하며 오목조목한 얼굴을 가진 처녀가 그로부터 별로 떨어지지 않은 곳에 서 있었다. 그는 그 처녀를 벌써부터 보고 있었다. 그 여자는 별로 춤을 추지도 않았을뿐더러 사내들도 특별히 그 여자 때문에 애를 태우지 않았다. 그는 그 처녀가 홀로 쓸쓸하게 입을 꼭 다물고 벽 근처 의자에 앉아 있는 것을 보았다. 지금도 역시 그 여자는 홀로 서 있었다. 다른 여자들과 마찬가지로 엷은 색의 보드라운 옷차림이었으나, 들여다보일 듯 엷은 천의 옷 밑에 벌거숭이 어깻죽지가 앙상하게 드러나 있었고, 희뿌옇게 눈부시고 바싹 마른 목덜미는 그 앙상한 어깻죽지 사이에 깊이 들어박힌 것 같아 이 조용한 처녀가 혹시 병신이 아닐까 생각될 정도였다. 얄팍한 반장갑을 긴 손을 그 여자는 손끝이 슬쩍 닿을 정도로 그 판판한 가슴 앞에 쥐고 있었다. 그 여자는 머리를 수그리고, 검고 몽롱한 눈으로 밑에서부터 토니오 크뢰거를 쳐다보고 있었다. 토니오는 외면해버렸다……

여기 바로 토니오 가까운 곁에 한스와 잉게보르크는 앉아 있었다. 그는 제 누이동생인 듯한 여자 옆에 앉아 있었다. 그들은 뺨들이 붉은 다른 사람들에 둘러싸여 먹고 마시며, 떠들어대고, 흥에 겨워 낭랑한 목소리로 서로 농담을 주고받으며 맑은 웃음소리를 공중에 퍼뜨렸다. 조금만이라도 저들에게 가까이 갈 수 없을까? 머리에 떠오르는 농담 한마디라도 한스와 잉게한테 건네볼 수는 없을까? 그리고 그들이 내 농담에 조금이라도, 눈웃음만으로라도 대답해줄 수는 없는 것일까? 그러면 나는 얼마나 행복할 것인가 하고 그는 진심으로 그렇게 되기를 바랐다. 그러면 자기는 만족하고 조금은 그들과 같이 지낼 수 있었다는 만족감을 가지고 자신의 방으로 돌아갈 수 있을 터인데, 그는 자기가 할 수 있는 말이 무엇일까 이것저것 생각해보았다. 그러나 그것을 말할 용기가 없었다. 그리고 말을 건네보았자 언제나 같은 결과밖에 없을 것이다. 그들은 자기를 이해하지 못할 것이고, 그가 겨우 입 밖에 낼 수 있었던 말을 그들은 의아한 표정으로 들을 것이다. 그가 하는 말은 그들의 말이 아니니 그럴 수밖에 없을 것이다.

이제 다시 춤이 시작될 모양이었다. 그 부국장 나리는 여러 가지 역할을 한꺼번에 했다. 그는 이리저리 뛰어다니며 온통 춤을 추도록 부추기고, 사환들의 도움을 받아 의자와 유리잔을 치우고, 악사들한테 명령을 내리고, 어떻게 해야 좋을지 몰라 우물쭈물하는 친구들의 어깨를 낚아채어 앞으로 몰아냈다. 무엇을 시작하려는 것인가? 네

명씩 남녀 짝을 지어 카레〔Karrees : 사인조 무도의 한 형식〕를 이루었다……. 그것을 보니 고통스런 추억이 되살아와 토니오 크뢰거는 얼굴이 붉어졌다. 그 춤은 카드리유였던 것이다.

음악이 시작되고, 한 쌍씩 뒤섞여 허리를 굽히면서 움직였다. 부국장이 그것을 지휘했다. 더욱 놀랄 일은 그가 프랑스 말로 지휘를 한 것이다. 그리고 견줄 데 없이 세련된 품으로, 콧소리를 냈던 것이다. 잉게보르크 홀름은 바로 토니오 크뢰거의 눈앞 유리문 가까이에서 춤을 추었다. 그 여자는 그의 눈앞을 전후좌우로 거닐고 몸을 움직이고 있었다. 머리에서인지 혹은 옷에서 풍기는 것인지 모를 향기로운 냄새가 가끔 그의 코를 스쳤다. 그는 옛날부터 잘 알고 있던 어떤 감정에 사로잡혀 눈을 지그시 감았다. 그는 이 감정의 향기며 억센 자극을 근래 며칠 동안 어렴풋이 느꼈던 것이다. 그런데 그것은 지금 달콤한 고뇌를 지니며 다시 그의 마음에 넘쳐흘렀다. 그것은 대체 어떤 감정이었던가? 동경, 애정, 시기, 혹은 자조(自嘲)……. 그 옛날 내가 여자도 아니면서 선무를 추어 딱하게도 창피를 당했을 때, 그대, 금발 머리 잉게여! 너는 웃었지. 죽어라고 웃었지. 하지만 내가 유명한 인물이 된 오늘날에도 너는 나를 비웃을 것이냐? 옳지, 너는 여전히 웃을 것이고, 또 그래야 마땅하지. 그리고 내가, 정말 혼자서, 아홉 개의 교향곡과 《의지와 표상으로서의 세계》와 《최후의 심판》을 만들어냈다 해도, 너는 웃어야 마땅하다. 그는 잉게를 지켜보았다. 그리고 어떤 시 한 구절이 머리에 떠올랐다. 오랫동안, 잊어버리고 있었지만 퍽 정들고 친근한 시 한 구절이었다. "잠을 자고 싶은데 춤을 추잔다." 그는 그 시가 풍기는 우울하고 북방적이며, 절실하고도 무딘 감정의 지둔한 맛을 샅샅이 느끼고 있었다. 잠잔다는 것……이 행동하고 춤춘다는 의무를 걸머지지 않고, 달콤하고 늘어지게 자신 속에 쉰다는 감정, 그런 감정을 좇아서, 완전히 살아갈 수 있었으면 하면서—그래도 춤을 춘다. 민첩한 가운데 침착함을 잃지 않으려고 하면서 두 번 다시 어렵고 위험한 예술이란 칼춤을 끝까지 추어야만 된다……. 그러면서도 사랑하면서 춤을 추어야만 한다는 데에 깃들여 있는 굴욕적인 모순을 조금도 잊어버릴 수가 없는 것이다.

갑자기 전체가 미친 듯이 제 마음대로 움직이기 시작했다. 카레는 흩어지고 모두가 뛰고 미끄러지며 사방으로 빙글빙글 돌기 시작했다. 카드리유 춤이 급템포로 끝나려는 것이다. 쌍쌍이 음악의 미친 듯한 급한 박자에 맞춰, 두 사람이 동시에 발을 바꾸어 가며 급하게 쫓고 쫓기며 숨 가쁘게 답답한 웃음을 터뜨렸고 어떤 처녀 하나는 모두가 덤비는 바람에 빙글빙글 돌면서 다가왔다. 그 처녀는 창백하고 오목조목한 얼굴에, 쑥 나온 어깻죽지가 앙상한 아가씨였다. 그런데 별안간 바로 그의 발밑에서 누군가 실수로 미끄러져 넘어졌다……. 보니, 그 창백한 처녀가 나자빠진 것이다. 그 여자는 그대로 두면 위태로운 생각이 들 정도로 심하게 쓰러졌다. 그리고 그 여자와 함께 그녀를 상대하던 남자도 넘어졌다. 이 친구는 상대방 여자를 잊을 만큼 지독하게 다친 모양이다. 그는 간신히 몸을 반쯤 일으키고 상을 찌푸리면서 무릎을 두 손으로 어루만지고 있었다. 그런데 그 처녀는 쓰러지면서 완전히 정신을 잃었는지 그대로 마루에 누워 있었다. 토니오 크뢰거는 얼른 앞으로 나가 그 여자의 팔을 가볍게 붙잡아 일으켰다. 피로한데다 혼란스런 가운데 불행한 눈빛으로 그 여자는 그를 올려다보고 순식간에 연약한 얼굴을 붉혔다.

"감사합니다. 정말 감사합니다."

그 여자는 이렇게 말하고 검고 몽롱한 눈으로 그를 쳐다보았다.

"춤은 더 추지 마세요, 아가씨."

그는 부드럽게 말했다. 그러고 나서 그는 다시 한번 그 두 사람 쪽, 한스와 잉게보르크를 쳐다보고 그곳을 떠나 베란다와 무도회를 뒤로 하고 자기 방으로 올라갔다.

그는 자기와 상관도 없는 잔치에 취했고, 시기심 때문에 피곤을 느꼈다. 옛날과 같았다. 정말 똑같았다! 얼굴에 열을 올리고, 그는 어두운 곳에서 서성거리며 그들 때문에, 즉 너희들 금발의 씩씩하고 복된 사람들 때문에, 쓰라린 마음을 안고 외롭게 떠나온 것이다. 누구건 지금 내게로 와야 하는 것이 아닌가! 잉게보르크가 지금이야말로 와주어야 할 것이다. 그리고 내가 사라졌다는 것을 알고 몰래 나를 따라와서 어깨에 손을 얹고 말해야 할 것이 아니냐.

"자, 여러분 있는 데로 가세요! 기운을 내세요! 저는 당신이 좋은 걸요?"

……그러나 그 여자는 절대로 올 리가 없었다. 그런 일이란 있을 수 없다. 그렇다, 옛날과 똑같다. 그리고 그도 옛날과 같이 행복했다. 그의 심장이 살아 있기 때문이었다. 그러나 현재의 이 모습을 갖기 위해 그동안 지냈던 많은 날들…… 도대체 거기엔 무슨 의미가 있었던가? ─응고, 황폐, 빙결(氷結) 그리고 정신, 예술이 있었다.

그는 옷을 벗고 자리에 누워 불을 껐다. 두 사람의 이름을 베개에 대고 속삭였다. 근래 그에게 근본적인 사랑, 고뇌, 행복의 본질, 생명, 단순하고 진실한 감정과 고향을 의미하는 그 몇 마디의 순결한 북쪽 이름을 속삭였다. 그는 그때부터 오늘날에 이르기까지의 긴 세월을 돌이켜 생각해보았다. 자기가 송두리째 경험한 관능이며 신경이며 사상의 추악한 모험을 회상해보았다. 그리고 조롱과 정신으로 자기를 잠식당하고, 인식함으로써 황폐해지고 마비되어 창조의 열기와 오한에 거의 닳아서 없어지고, 극단과 극단 사이를, 성스러운 것과 욕정 사이를 양심의 가책을 받으며 의지할 곳도 없이 이리저리 헤매고, 교활하고 빈곤해지고 차갑고 인공적으로 꾸며낸 흥분 상태에 기운을 탕진하며, 길을 잃고 황폐해진 채 괴로워하고, 병든 자기를 보았다―그리고 원한과 향수에 젖어 흐느껴 울었다.

주위는 고요하고 어둠에 싸였다. 그러나 아래층에서는 마음을 뒤흔드는 듯한 삶의 즐겁고도 어리석은 삼박자 음악이 어렴풋이 귀에 울려왔다.

9

토니오 크뢰거는 북쪽 나라에 앉아 약속했던 대로 자기의 친구, 리자베타 이바노브나에게 편지를 썼다.

남국 멀리 낙원에 계신 경애하는 리자베타, 곧 그곳으로 돌아가려고 합니다. 이렇게 그는 썼다. 전에 약속한 대로 편지를 씁니다. 그러나 이 편지에 당신은 환멸을 느끼실 것입니다. 저는 편지란 것을 조금은 아무런 의미도 없다고 생각하기 때문에 그런 말씀을 드렸습니다. 그렇다고 이야깃거리가 전혀 없다거나 이것저것 경험한 바가 없다는 것은 아닙니다. 고향에서는 경찰이 나를 체포하려고까지 했으니까요—. ……그러나 거기에 대해서는 직접 만나서 말씀드리기로 하겠습니다. 지금 저는 그 사건을 이야기하고 싶은 생각보다, 아무런 가치도 없는 것을 재미있게 말씀드리고 싶다고 생각하는 날이 더욱 많습니다.

리자베타, 당신은 아마 아직도 기억하고 계실 것이라 생각합니다. 당신은 언젠가 저에게 속인(俗人), 그것도 길 잃은 속인이라고 하셨지요. 그렇습니다, 그것은 제가 미리 제 입에서 흘러나온 다른 고백에 그만 정신을 잃고, 제가 삶이라 부르는 것에 대한 제 자신의 사랑을 당신한테 고백한 그때 일이었습니다. 그런데 그 말씀으로 당신이 얼마나 진실을 꿰뚫었는지를, 그리고 내 속인적인 존재감과 삶에 대한 내 사랑이 얼마나 같은 것이며 하나인가를 지금 저는 제 자신에게 묻고 있습니다. 이번 여행은 이런 일에 대하여 반성해볼 기회를 제게 주었습니다. 아시다시피 저의 부친은 북방 사람다운 기질을 가지고 있었습니다. 명상적이며 철저하고 청교도주의를 신봉했으니, 깔끔하고도 우울한 성질에 가까운 분이었습니다. 그러나 어머니는 어딘지 이국적인 피가 흘러, 아름답고 관능적이며, 순진하고, 동시에 절도 없이 정열적이어서 순간적으로 정에 쏠려, 주착없는 일을 저지르는 그런 사람이었습니다. 그러니 저는 의심할 바 없이, 그런 요소들의 혼합체로서 여러 가지 굉장한 가능성과—그리고 굉장한 위험성을 가지고 있다고 할 수 있겠지요. 거기서부터 나온 것이 바로 예술 속으로 길을 잃고 들어온 속인, 바로 저입니다. 착한 어린아이들의 방에 대한 향수를 가진 보헤미안, 양심에 거리끼는 것이 있는 예술가입니다. 즉 내게 모든 예술가의 생활, 모든 비범한 것, 모든 천재들을 아주 애매한 그 무엇, 추악한 것, 극히 의심스러운 그 무엇으로 생각하게 하고 단순, 성실, 중용(中庸), 천재적이 아닌 것, 혹은 예의 바른 것에 대한 맹목적인 사랑으로 내 마음을 가득 채우고 있는 것, 그것이 바로 저의 속인다운 양심입니다.

저는 두 가지 세계 속에 서 있습니다. 그 어느 쪽 세계에도 제가 안주할 집이 없고, 그런 이유로 산다는 것이 꽤나 어렵습니다. 당신들 예술가는 나를 속인이라 부르고, 속인들은 그들대로 저를 의심스러워하며 체포하려 하고……. 하긴 그 어느 쪽이 저를 더욱 쓰리고 슬프게 하는지는 저도 모르겠습니다. 속인들은 우매합니다. 그러나 나를 점액질이며 동경도 없다고 말하는 당신네들 미(美)의 숭배자들도 다음과 같은 점들을 한번 깊이 숙고해보실 필요가 있다고 생각합니다. 즉 이 세상에는 평범함이 주는 여러 가지 즐거움에 대한 동경보다도 더욱 달콤하고 가치 있고 보람이 있는 것은 없을 만큼 그렇게 심각하고, 그렇게 처음부터 숙명적인 예술가의 세계도 있다는 것을 생각해보아야 할 것입니다.

저는 위대하고 영감으로 가득 찬 미(美)의 소로에서 여러 가지 모험을 하여 '인간을 멸시하는 자랑스럽고 냉정한 사람들에' 놀라고 있습니다. 그러나 부러워하지는 않습니다. 왜냐하면 어떤 문필가를 진정한 시인으로 만드는 데 어떤 가능한 길이 있다면, 바로 이러한 인간적인 것, 생명 있는 것, 또는 평범한 것에 대한 저와 같은 속인다운 사랑이라고 생각하기 때문입니다. 온갖 훈훈하고 따뜻한 기운, 모든 자비로운 것, 모든 해학은 이러한 사랑에서 나오는 것입니다. 그리고 이러한 사랑은 '설령 온갖 사람들과 천사들의 입을 가졌다 해도, 사랑이 없으면, 오직 공허한 종소리요, 들려오는 방울 소리일 뿐'이라고 기록되어 있는 것처럼 사랑이 없으며 의미 없고 공허하다는 생각이 듭니다.

지금까지 제가 해놓은 것은 무(無)라고 하겠습니다. 대단치 않은 일이니 무라고 해도 좋을 것입니다. 이제부터 좀 나은 일을 해야겠습니다. 리자베타─약속하겠습니다. 이 글을 쓰고 있는 동안에도 바다 소리는 이곳까지 들려옵니다. 그리하여 저는 눈을 감습니다. 저는 마음속에 있는 정리되고 형성될 것을 원하는, 아직 탄생되지 않은 그림자와 같은 세계를 들여다봅니다. 거기에 얽힌 그림자와 인간의 모습이 보입니다. 그들은 모두 제가 붙잡았다 놓아줄 것을 암시하고 제게 손짓하고 있습니다. 비극적인 또는 희극적인 그리고 이 두 가지를 합친 모든 그림자의 모습입니다─그리고 저는 이런 그림자들에게 애정을 기울이고 있습니다. 하지만 저의 정말로 깊고 가장 은밀한 짝사랑은 금발 머리, 푸른 눈을 가진, 맑고 씩씩한, 행복스럽고 사랑스러운 평범한 사람들에게 바쳐지고 있습니다. 이런 사랑을 꾸짖지는 마세요, 리자베타. 그것은 선량하고 진실 가득한 사랑입니다. 그 속에는 그리움이며 우울한 선망 그리고 얼마 안 되지만 멸시하는 마음과 아주 청순한 행복감이 섞여 있습니다.

환멸

Enttäuschung

나는 솔직히 고백한다. 그 이상한 사나이가 들려준 이야기는 나를 완전히 혼란에 빠뜨리고 말았다. 그러므로 그날 밤 나 자신이 감동을 받았던 것처럼 다른 사람들에게도, 그와 비슷한 감동을 줄 수 있도록 그 사나이의 이야기를 어떻게 다시 되풀이해야 할까 적이 의심스러운 생각이 든다. 아마 그 이야기의 효과는 전혀 얼굴도 모르는 사나이가 어처구니없을 만큼 솔직하게 털어놓은, 그 태도에 원인이 있었던 것 같다…….

　그 낯도 모르는 사나이가 산 마르코 광장에서 내 눈에 띄었던 것은 지금부터 약 두 달 전 어느 가을날 오전이었다. 넓은 광장에는 얼마 되지 않는 사람들이 오락가락할 뿐이었으나, 그 사치스럽고 동화 같은 황금색 장식들이 부드럽고 연푸른 하늘에 황홀할 만큼 선명하게 드러난 다채로운 건물에는 가벼운 바닷바람에 깃발이 여러 개 나부끼고 있었다. 정면 출입구 앞에서 콩을 뿌리고 서 있는 한 소녀를 에워싸고 수많은 비둘기 떼가 몰려들었는데, 한편에선 새로운 새 떼들이 사방에서 자꾸만 날아들고 있었다……. 그것은 견줄 데 없이 맑고 화려하며 아름다운 정경이었다.

그때 나는 그 사나이를 만났다. 그리고 이렇게 이 글을 쓰고 있는 동안에도 그 사나이의 모습은 뚜렷하게 내 눈에 선하다. 그는 중키가 될 듯 말 듯하고 허리는 구부정하니, 뒷짐을 진 두 손에 지팡이를 들고 성급하게 걷고 있었다. 또 검고 빳빳한 모자를 쓰고 엷은 색 여름 외투와 거무튀튀한 줄무늬 바지를 입고 있었다. 나는 웬일인지 몰라도 그를 영국인이라고 생각했다. 그의 나이는 30쯤 되어 보이기도 했다가 한 50쯤 되어 보이기도 했다. 코는 두툼하고, 피곤한 듯 두 눈이 희끄무레한 그 얼굴은 말쑥하게 면도를 하고 있었다. 입가에는 언제나 설명할 수 없는 조금은 수줍은 듯한 웃음이 떠돌았다. 다만 때때로 눈썹을 치켜들고 주위를 살피듯이 두리번거리다가는 다시 발밑을 내려다보고 혼자서 한두 마디 중얼거렸다. 이따금 그는 머리를 흔들며 웃었다. 그는 이런 모습으로 끈기 있게 광장을 오락가락하는 것이었다.

그때부터 나는 매일같이 그를 살펴보았다. 그것은 그 사나이가 날씨가 좋건 나쁘건, 오전이건 오후건 가리지 않고 늘 혼자서 그렇게 이상한 태도로 똑같이 서른 번이고, 쉰 번이고, 광장을 오르락내리락 걸어다니는 것 외에는 아무 다른 일도 하지 않는 것같이 보였기 때문이다.

내가 지금 말하려고 생각하는 그날 저녁은 군악대의 연주회가 있던 날이었다. 나는 카페 플로리안에서, 넓은 면적을 차지하고 내놓은 작은 탁자에 앉아 있었다. 그때까지 벅찬 물결처럼 이리저리 몰리던 사람들이 연주회가 끝나고 흩어지기 시작하자 그 알 수 없는 사나이는 늘 하던 대로 정신 나간 듯한 미소를 지으면서 내 옆에 있는 빈자리에 앉았다.

시간이 흘러감에 따라 주위는 점점 더 조용해지고, 모든 좌석은 텅 비었다. 지나다니는 사람이 여기저기 가끔 눈에 띌 정도였다. 엄숙한 정적이 온 광장에 깔리고, 하늘은 별들로 덮였다. 산 마르코 성당의 찬란한 극장 같은 건물 위 하늘에는 반달이 걸려 있었다.

내 옆에 있는 사나이에게 등을 돌린 채 신문을 들여다보고 있다가 막 그 사나이를 혼자 내버려두고 일어나려고 하던 순간 그 사나이에게로 몸을 반쯤 돌리지 않을 수 없었다. 왜냐면 여태껏 쥐죽은 듯 소리 하나 내지 않던 그 사나이가 별안간 말을 하기 시작했기 때문이다.

"베니스엔 처음이신가요, 선생님?"

그는 서투른 프랑스 말로 물었다. 내가 그에게 영어로 대답하려고 애를 썼을 때, 그는 사투리 하나 없는 독일어로 말을 이어나갔다. 그리고 그 나직하고 쉰 목소리를, 자주 기침을 함으로써 생기를 돋우려 하는 것 같았다.

"모두 처음 보시는 것이군요? 기대에 어긋나지 않으셨나요?—아니 기대했던 것 이상인가요?—흐흠, 이보다 더욱 아름다울 것으로는 생각하지 않았단 말씀인가요?—진실한 말씀이겠지요—그렇게 말씀하시는 것은 행복하고 부러워할 만한 인간으로 보이기 위한 것만은 아니겠지요?—흐흠!"

사나이는 뒤로 몸을 기대고 눈을 깜박거리며 무어라 설명할 수 없는 표정으로 나를 뚫어지게 쳐다보았다.

스며든 침묵은 꽤 오래 흘렀다. 이 이상한 이야기를 어떻게 이어

나갈 것인지 어리둥절해서, 내가 다시 몸을 일으키려고 하자 사나이는 덤비듯 몸을 앞으로 들이댔다.

"짐작이 되십니까? 선생은 '환멸'이 무엇인지를?"

그는 두 손으로 자기의 지팡이에 의지한 채 나지막하고 심금을 울리는 목소리로 묻는 것이었다.

"힘써 노력했지만, 예상했던 결과를 가져오지 못한 실패나, 목적을 이루지 못한 낭패와 같은 그런 사소한 개개의 환멸이 아니라 넓고 일반적인 의미의 환멸 말입니다. 인생이 우리에게 마련하고 있는 전부인 그런 의미의 환멸 말입니다. 그렇지요, 당신은 그것들을 짐작 못하실 것입니다. 그러나 제겐 어렸을 때부터 그놈이 그림자처럼 따라다녔단 말씀이에요. 그리고 그놈 덕택에 저는 고독하고 불행한 그리고 좀 괴상한 인간이 되었습니다. 이 점 저도 부정하지 않겠습니다.

여보쇼. 제가 이런 말씀을 드려도 당신은 이해를 못하시겠어요? 하지만 미안한 말씀이지만 2분만 제 이야기를 들어주신다면 쉽게 이해하게 될 겁니다. 금방 끝날 수 있는 이야기니까요…….

우선 제가 어떤 아주 작은 도시의 목사관에서 자라났다는 것을 말씀드려야겠습니다. 그 목사관의 아주 청결한 방들엔 고풍스럽고 장중한 학자적 낙천주의가 감돌고 있었습니다. 그리고 저는 거기서 설교하는 과장된 말들이 빚어내는 독특한 분위기를 호흡하며 자랐습니다—즉 선악과 미추(美醜)에 대한 그 어마어마한 말들이 자아내는 분위기 말씀이죠, 그 말들을 저는 지독하게 미워합니다. 왜냐하면 지금 제가 가진 고뇌는 아마 그런 말들, 단지 그 말들 탓으로 생겼을 것이라고 생각하기 때문입니다.

인생이란 저에게는 온통 이런 어마어마한 말로 성립되어 있다고 생각합니다. 저는 이런 말들이 내 마음속에서 불러일으키는 광대하고도 터무니없는 예감밖에는 인생에 대하여 전혀 아는 바가 없었기 때문에 드리는 말씀입니다. 저는 인간으로부터 신과 같은 선량함과 동시에 몸서리쳐지는 악마적인 것을 기대했습니다. 또한 황홀한 미(美), 동시에 추악함을 인생으로부터 기대하고 있었지요. 그리고 저의 가슴은 그러한 모든 것에 대한 욕심으로 가득 차 있었습니다. 다시 말하면 그것은 광대한 현실에 대한 동경이었고, 그것이 어떤 종류의 것이건 간에 체험에 대한 동경이라고도 할 수 있는 취할 듯이 희한한 행복에 대한 동경이었으며 동시에 생각도 못할 고뇌에 대한 동경이기도 했습니다.

저 보세요, 저는 제 일생의 최초의 환멸을 슬픈 일이지만 똑똑하게 기억하고 있습니다. 다만, 이 대목에서 주의를 하셔야 할 점은 그 환멸이라는 것이 결코 아름다운 희망이 수포로 돌아갔을 때 생긴 것이 아니고, 어떤 불행이 시작되었을 때 그걸 느꼈다는 점입니다. 제가 아직 어렸을 적, 어느 날 밤 제 고향집에 불이 났습니다. 불길은 모르는 사이에 고약하게 사방으로 마구 퍼져서 조그만 2층 전체에 불이 붙고 어느새 제 방 문 앞까지 타 들어와 계단 역시 곧 불이 붙게 될 지경이었습니다. 그것을 제일 먼저 발견한 것은 저였습니다. 그리고 아직도 기억하지만, 집 안을 뛰쳐나가면서 저는 자꾸만 되풀이하며 소리쳤습니다. '불이야! 불이 났다!' 저는 이 말을 지금도 또렷또렷하게 기억하고 있으며, 또한 어떤 감정이 그 말 밑바닥에 숨어 있었는지 잘 알고 있습니다. 물론 당시에도 그런 것을 의식했던 것은 아니었지만, 이것이 화재로구나 하고 느끼고 있었습니다. '이제 나는 그것을 경험한다! 하지만 화재는 좀더 지독한 것이 아닐까? 불이 고작 요것뿐인가……?'

물론 그 불은 결코 사소한 것은 아니었습니다. 집은 홀랑 타버리고 쓰러졌으며, 우리는 모두 간신히 아슬아슬한 위험에서 벗어나 목숨을 건질 수 있었으니까요. 그리고 제 자신도 그 불로 해서 상당한 부상을 입게 되었습지요. 그리고 또한 저의 공상이 이 사건을 미리 짐작하고 있었고, 자기 집의 화재를 실제보다 더 무서운 것이라고 머릿속에서 상상했다는 것을 말씀드린다면 그것이 꼭 그른 것이라고 할 수 있을까요. 그러나 무엇인지 훨씬 더 무시무시한 것에 대한, 막연한 예감이라 할까, 혹은 무형의 관념 같은 것이 제 마음속에 살고 있었고, 그러한 예감이나 관념과 비교할 때 현실은 제게는 김빠지는 것이었습니다. 그 화재는 제게 최초의 커다란 경험이었습니다. 그리하여 한 가지 무서운 희망이 그것으로 말미암아 환멸을 맛보았던 것입니다.

겁내실 건 없습니다. 저는 계속해서 제가 겪은 여러 가지 환멸을 자세히 말씀드리고 싶지는 않습니다. 다만 이것만 말씀드리면 족합니다. 불행한 일이라고 생각되지만 나는 열성을 다하여 온갖 책들을 섭렵함으로써 인생에 대한 나의 웅장한 기대를 북돋우었던 것입니다. 시인들의 작품으로 말씀이죠. 그리고 저는 그 작자들을 미워하게 되었습니다. 그 시인이라는 작자들 말입니다. 그 작자들은 그들이 가진 어마어마한 말들을 벽이란 벽에 모조리 써 붙이고 싶어하고, 베수비오(Vesuvio : 나폴리 만 동쪽에 있는 이중 활화산으로서 폼페이 등을 파묻었던 용암이

114

아직도 흐르고 있다)에 담근 왕솔나무로 넓은 하늘에 그려대고 싶어하지요—그런데 어떻게 해도 제게는 이러한 어마어마한 말 하나하나가 거짓말이요, 조롱으로밖에 느껴지지 않습니다.

잘났다고 날뛰는 시인 녀석들은 글쎄, 언어란 빈곤한 것, 오, 그 것은 빈약한 것, 이렇게 노래 불러주었지요. 원 천만에요, 선생님! 언어는 인생의 그 빈곤, 그 국한됨에 비하면 풍부하기 한량없이 풍성한 것이라고만 생각되거든요. 고통에도 한계가 있습니다. 그것이 육체적 고통이라면 졸도가 고작일 테고, 정신적 고통이라면 백치가 그 끝이겠지요. 행복이라고 다를 것이 없습니다. 그런데 인간의 말에 대한 욕심은 이러한 한계를 넘어서 허풍을 떠는 칠현금을 발명했던 것입니다.

이런 생각이 저 혼자만의 탓일까요? 어떤 말들의 작용이 이상하게 척수신경을 뒤흔들고 스며들어 전혀 존재도 하지 않는 여러 가지 경험과 예감이 심중에 일어나게 되는 것은 제게만 있는 일일까요?

저는 그 이름도 드높은 인생 속으로 나아갔습니다. 저의 어마어마한 예감이 들어맞을 수 있는 경험이 하나라도 있었으면, 하는 열망을 듬뿍 안고서 말입니다. 하지만 부질없는 일이었습니다. 그런 것은 제 몫이 아니었습죠! 저는 사방을 떠돌아다니며 지구상의 가장 이름난 곳들을 찾아가보았어요. 인간들이 위대한 말로써 칭송하고, 춤을 추며 야단을 치는 수많은 예술 작품 앞에 가서 서 있어 보기도 했답니다. 그러나 그 앞에 설 때면, 저는 제 자신에게 말했습니다—참 아름답다. 하지만 이렇게 말하기도 했습니다—그렇지만 더 아름다울 수는 없을까? 이것이 전부란 말인가?

저는 사실이란 것에 대한 감각이 전혀 없다고, 이렇게 말씀드리면 아마 완전한 설명이 될지도 모르겠군요. 한번은 제가 깊은 산중에 들어가 깊고 좁은 심연 위에 서본 일이 있습니다. 암벽은 나무 하나 없이 수직으로 낭떠러지였고 바위들이 깔린 밑바닥엔 물이 세차게 흘러내렸습니다. 저는 그곳을 내려다보며 생각했습니다. 내가 여기서 떨어지면 어떻게 될까? 그러나 저는 지금까지의 많은 경험으로 스스로 이렇게 대답했습니다. 만일 그런 일이 생기면 나는 떨어지면서 이렇게 생각할 것이다. '지금 너는 떨어지고 있다. 이제 이것은 사실이다! 그러나 이것이 결국 어쨌단 말인가—?'

저도 남과 더불어 이야기를 할 수 있을 만큼 경험께나 넉넉히 쌓았다고 보이시는지요? 몇 해 전에 저는 한 여자를 사랑한 적이 있습니다. 곰살맞고 순한 여자였지요. 저는 그 여자를 내 손으로 인도하고 보호하며 살아가고 싶었습니다. 그런데 그 여자는 나를 사랑하지 않았어요. 늘 그렇듯이 그 여자는 다른 남자에게 가버렸지요……. 세상에 글쎄 이런 경험이 있을까요? 이보다 더 괴로운 일이? 정욕과 결합한 극도로 쓰라린 비애보다 더한 오뇌(懊惱)를 주는 것이 어디 있겠습니까? 여러 날 밤을 저는 뜬눈으로 새웠습니다. 게다가 무엇보다도 슬프고 괴로웠던 것은 늘 '이것이야말로 크나큰 고통이다! 지금 나는 그것을 당하고 있다—그래 그것이 도대체 어쨌단 말인가—?' 하는 생각을 하고 있었다는 사실입니다.

제가 행복했던 일에 관해서도 말씀드려야 할까요? 이렇게 말하는 것은 저도 행복을 맛본 일이 있기 때문입니다. 그런데 그 행복도 저에게 환멸을 주었지요……. 이런 말은 할 필요가 없을 듯합니다. 지금까지 온통 너무나 졸렬한 예만 들었지만 결국 내게 몇 번이고 환멸을 주게 한 것이 바로 전체적이며 보편적인 인생이고, 또한 평범하고 아무런 흥미도 없고 맥빠진 채 계속되는 인생이었다는 것을 당신께 설명을 못하겠으니 하는 말입니다.

젊은 베르테르는 어느 때 이렇게 쓴 적이 있습니다. 인간이란 무엇인가? 이 찬양받은 반신(半神)이란 어떤 존재인가? 그들이 가장 힘을 필요로 하는 순간에 가서 그 힘이 모자라게 되는 것이 인간이 아닌가? 그리고 환희를 맛보고 날개를 펴려고 하거나 혹은 고민에 빠졌을 때, 어쨌든 양단간에 인간이 무한의 충일 속에 자기를 없애고 융합하려 할 그 순간에 덜미를 잡혀 중지당하고, 무디고 냉정한 의식의 세계로 다시 끌려나오게 되는 것이 인간이 아닌가?

난생 처음으로 바다를 보았던 그날을 저는 지금도 곧잘 회상합니다. 바다는 크지요. 바다는 넓습니다. 저의 눈길은 바닷가 멀리를 바라보았습니다. 나가서 자유로이 해방되기를 바랐지요. 그러나 바다 저쪽에는 수평선이 있었습니다. 왜 수평선 같은 것이 있게 마련일까요. 저는 인생에서 무한한 것을 기대하고 있었던 것입니다.

혹 제 시야가 다른 사람들보다 좁은 것일까요! 제게는 사실에 대한 감각이 없다고 말씀드렸지만 ─ 아마 그런 감각이 지나치게 발달한 것은 아닐까요? 제 능력이 곧 닳아 없어지는 것일까요? 제게는 모든 것이 너무 빠르게 끝장이 나는 것일까요? 저는 행복이고 고통이고 간에 가장 낮은 정도로만, 그리고 가장 희박한 상태로만 맛보게 되는 것일까요?

저는 그렇다고는 생각지 않습니다. 그리고 저는 인간을 믿지 않습니다. 더구나 인생에 직면하여 시인이란 작자들의 그 어마어마한 말들에 부화뇌동하는 자들을 가장 믿을 수 없습니다—그것은 비겁이요, 거짓입니다! 그건 그렇고 여보십쇼, 당신은 세상에 이런 종류의 인간들이 있다는 것을 의식하셨는지요. 허영심이 강하고 남의 존경을 받으려고 기를 쓰고 남들이 남몰래 부러워해주기를 탐낸 나머지, 오직 행복에 대한 어마어마한 말들로만 살아나가지, 불행에 대한 것은 겪은 바 없다고 떠들어대는 인간이 있다는 것을 아시고 계시느냔 말씀이에요?

어두워졌습니다. 게다가 당신도 내 이야기를 귀담아들으시는 것 같지 않고 하니, 저는 오늘 다시 한번 제 스스로에게 고백이나 하겠습니다. 저도 역시, 저 같은 사람도 한때 제 자신에게나 혹은 남들에게나 행복한 체하려고 그런 인간들과 어울려 속여보려고 한 적이 있었습니다. 그러나 그런 허영심이 없어진 것도 벌써 옛날이야기입니다. 그 후로 저는 고독하고, 불행하며, 좀 괴상하게 되었지요. 그것을 부정하지는 않겠습니다.

제가 가장 좋아하는 것은 밤하늘의 별들을 관찰하는 것입니다. 그것은 이 지상과 인생에서 눈을 돌리는 데 그보다 더 좋은 방식이 없다고 생각하기 때문입니다. 그리하여 별을 보며 내 예감만이라도 마음속에 고이 간직하는 데 관심을 갖는다면, 그것은 혹 용서받을 수 있는 일이 아니겠습니까? 현실이 나의 그 위대한 예감 속에서 환멸이라는 쓴 찌꺼기를 맛보지 않고 용해되어버릴 수 있는 그런 자유로운 생활을 꿈꾸는 것은 상관없을 테지요. 수평선이 더는 존재하지 않는 그런 생활을 말씀드린 것입니다.

그런 것을 꿈꾸며 저는 죽음을 기다리고 있습니다. 네, 저는 죽음도 이미 자세히 알고 있지요. 이 인생의 최후의 환멸을 저는 잘 압니다. 이것이 죽음이다? 하고 최후의 순간에 저는 마음속에서 이렇게 말할 것입니다. '지금 나는 죽음을 경험하고 있다!—그래 그게 도대체 어쨌단 말이냐?'

　그런데 이제 광장도 추워졌군요. 저 같은 사람도 그것은 느낄 줄 알지요. 헤헤! 이거 너무 실례가 많았습니다. 안녕히 가십시오—!"

트리스탄

Tristan

1

이곳은 아인프리트 요양소. 길게 뻗은 요양소의 본관과 그 옆면 흰 건물은 곧바로 널찍한 정원 한가운데 자리잡고 있고, 정원에는 동굴이랑 그늘진 통로, 그리고 나무 껍질로 지은 작은 오두막들이 재미나게 배치되어 있다. 그리고 슬레이트 지붕 뒤로는 전나무처럼 푸르고 육중한 산들이 부드럽게 계곡을 이루며 하늘로 치솟아 있었다.

예나 지금이나 레안더 박사가 이 병원을 관리하고 있었다. 그는 마치 가구들을 틀어막는 말총처럼 뻣뻣하고 곱슬곱슬한 검은 팔자 수염에, 두툼하고 번득거리는 안경알, 그리고 과학이 냉정하게 단련시켜 조용하고 관용적인 비관론으로 채워놓은 사람 같은 면모로써 간단하고 폐쇄적인 방식으로 환자들을 묶어놓고 있었다—이 사람들이야말로 모두가 자기 스스로 규율을 정하고 그것을 지키기에는 너무나 약해서 자신들의 재산을 그에게 바치면서 그의 엄격함 속에서 보호받을 필요가 있는 사람들이었다.

오스터로 양, 그 여자는 지칠 줄 모르는 헌신으로 요양소를 돌보고 있었다. 정말 그 여자처럼 부리나케 계단을 오르내리고, 건물 한쪽에서부터 다른 쪽 끝까지 부지런히 서둘러대는 여자는 없을 것이다! 오스터로 양은 부엌과 창고를 다스리고, 세탁함을 이리저리 뒤지고, 일꾼들에게 지시를 내리고, 절약, 위생, 미각, 그리고 미적인 관점에서 식탁을 차리며, 지나칠 정도의 조심성으로 살림을 꾸려나간다. 그 여자의 극단적인 유용성 속에는 아직까지 그 누구도 그 여자를 데려갈 생각을 하지 않고 있는 모든 남성 세계에 대한 끊임없는 비난이 숨겨져 있다. 그러나 그 여자의 뺨 위, 두 개의 동그란 진홍색 반점 속에서는 언젠가는 레안더 박사의 부인이 되리라는 꺼질 줄 모르는 희망이 불타오르고 있다……. 오존과 고요한, 고요한 공기……. 레안더 박사를 시기하는 사람들이나 경쟁자들에게도 아인프리트는 결핵 환자에게 적극적으로 추천할 만한 곳이었다. 그러나 비단 결핵 환자뿐 아니라 온갖 병을 가진 환자들, 남자들, 여자들, 심지어는 어린아이들까지도 이곳에 머무르고 있다. 레안더 박사는 다방면에서 업적을 남겼다. 이곳에는 위장병 환자들— 시의원 부인인 슈파츠 여사는 거기다 귀까지 앓고 있었다—심장병, 진행성 뇌성마비, 류머티즘, 그리고 온갖 중증 신경성 질환을 앓는 사람들이 있다. 당뇨병을 앓는 한 장군은 시종 웅얼웅얼대면서 여기서 자기 연금을 갉아먹고 있다. 얼굴이 수척한 몇몇 남자들은 다리를 잘 가누지 못하면서 걷는데, 이는 별로 좋은 징조가 아니었다. 50세의 부인, 횔렌라우흐 목사 부인은 애기를 열아홉이나 낳고는 사고 능력을 거의 상실했는데, 그렇다고 평안에 이르른 것이 아니라, 멍청한 불안감에 휩싸여 벌써 일년 전부터 개인 간호사의 팔에 의지한 채 멍하니, 말없이, 목적 없이 온 집안을 기분 나쁘게 헤매고 있다.

자기 방에 누워서, 식사 시간에도 휴게실에도 모습을 보이지 않는 중환자들 중 누군가가 이따금 죽어가도, 이웃 방의 사람들조차 아무도 이 사실을 알지 못한다.

고요한 밤에 이 밀랍 같은 손님은 처리되고, 그러면 아무 일도 없었다는 듯이 아인프리트의 분주한 일과는, 즉 마사지, 전기 요법과 주사, 관수욕, 목욕, 체조, 땀내기, 그리고 흡입 등이 다양한 현대적 설비를 갖춘 장소에서 순조롭게 진행된다.

정말 이곳은 활기에 차 있다. 이 병원은 번창하고 있다. 수위는 측면 건물의 현관에서 새 손님들이 들어설 때마다 커다란 종을 울리고, 레안더 박사는 오스터로 양과 함께 떠나는 사람들을 정중히 차까지 전송한다. 도대체 아인프리트에 묵어보지 않은 유의 사람들이 있을지! 심지어는 작가 하나도 이곳에 있다. 무슨 광물인지 보석 같은 이름을 갖고 있는 조금은 괴팍한 이 사람은 쓸데없이 여기서 허송세월을 하고 있다…… 레안더 박사 외에도 가벼운 환자들이나 절망적인 환자들을 담당하는 의사가 하나 더 있다. 그의 이름은 뮐러이지만 별로 얘기할 만한 사람은 못 된다.

2

1월 초, A. C. 클뢰터얀 상회의 거상 클뢰터얀이 자기 부인을 아인프리트로 보내왔다. 수위가 종을 울리고, 오스터로 양이 먼데서 오신 손님들을 아래층 응접실로 맞아들였다. 그 방은 거의 모든 고상한 옛 저택들과 마찬가지로 정말 순수한 앙피르 양식으로 꾸며놓았다.

곧이어 레안더 박사도 나타나서 허리를 굽히고, 그들 사이에 첫 대화가 이루어졌다.

밖에는 거적을 씌운 화단과 눈 덮인 동굴들, 고적하고 자그마한 성당과 함께 겨울의 정원이 깔려 있었고, 두 명의 하인들이 격자문 앞 보도에 세워놓은 마차로부터―집 안으로 마차가 들어올 수 없기 때문에―새 손님들의 짐을 끌어내고 있었다.

"천천히, 가브리엘레, 테이크 케어(take care), 여보, 그리고 입을 꼭 다물어요."

클뢰터얀 씨는 이렇게 말하면서 부인을 정원으로 인도했다. 그리고 누구든 온화하고 떨리는 심정을 가진 사람이라면 이 여자를 볼 때 이 테이크 케어라는 말에 공감했을 것이다―물론 클뢰터얀 씨가 이 말을 대뜸 독일어로 할 수 있었으리라는 건 두말할 나위 없지만 말이다.

역에서 요양소까지 손님들을 모시고 온 마부는 좀 거친데다가 섬세함이라곤 찾아볼 수 없는 무식한 사람이었지만, 그 거상이 마차에서 내리는 자기 부인을 거드는 동안 자기도 모르게 조심스러운 듯 이로 혀를 깨물고 있었다. 정말 두 마리의 갈색 말도 적막하고 차가운 공기를 내뿜으면서 그토록 연약한 우아함과 부드럽고 사랑스런 정경이 조심스러워 못 견디겠다는 듯이 이 안쓰러운 광경을 연신 눈이 휘둥그레져서 열심히 뒤쫓는 듯이 보였다.

클뢰터얀 씨가 발트 해 해변으로부터 아인프리트 원장에게 보낸 편지에도 명백히 씌어 있듯이 그 젊은 부인은 기관지를 앓고 있었다. 정말이지 그게 폐가 아닌 것이 다행인지! 그리고 설사 그것이 폐였다

할지라도 이 새 환자가 지금 건강한 자기 남편 곁에서 부드럽고 지친 듯, 하얀 칠이 된 팔걸이 의자에 기대어 이야기를 듣고 있는 지금보다 더 부드럽고 고상하고 매혹적이면서도 청초한 모습을 지닐 수는 없으리라.

간단한 결혼 반지 이외에는 아무런 장식도 없는 아름답고 창백한 그녀의 두 손은 모직물로 된 무겁고 어두운 치맛자락의 주름 위에 머물러 있었고, 그녀가 입고 있는 몸에 착 달라붙는 빳빳한 스탠드 칼라의 은회색빛 보디스는 우단으로 도드라지게 수놓은 당초 무늬로 덮여 있었다. 그러나 무겁고 따뜻한 이 옷감은 말할 수 없이 부드럽고 달콤하고 무기력하기까지 한 작은 머리 모양을 더욱더 감동적이고, 사랑스럽고 이 세상 사람이 아닌 것처럼 보이게 해주었다. 그녀의 담갈색 머리카락은 목 깊숙이 한다발로 묶여 곱게 뒤로 쓰다듬어져 있었으며, 단지 오른쪽 관자놀이 가까이에 곱슬곱슬하고 헝클어진 곱슬머리가 이마 위로 흘러내려 있었고, 그 가까이 선명하게 나타난 눈썹 위쪽에 자그마하고 기묘한 핏줄 하나가 파르스름하고 병적으로, 이 투명하고 맑고 깨끗한 이마에 가지를 내고 있었다. 눈 위의 이 작고 푸른 핏줄은 전체적으로 동그스름한 얼굴을 불안하게 지배하고 있었다. 이 부인이 말을 하거나, 아니 단지 웃기만 해도 이 핏줄은 선명하게 드러났으며, 그러면 얼굴에 무언가 긴장감 같은 것이, 심지어는 압박감 같은 것이 생겨서, 막연한 두려움을 일깨워주었다. 하지만 그녀는 말을 했고 또 웃었다. 그녀는 약간 쉰 듯한 목소리로 활발하고 다정하게 말을 했고 웃을 때의 그녀의 눈은 약간 고통스러운 눈초리에 이따금씩 조금은 빛을 잃어버리는 기미를 보였다. 좁다란 코허리 양편에 위치한 눈 모서리엔 깊은 그늘이 졌을 뿐아니라, 그녀의 아름답고 갸름한 입은 창백하면서도 입술 윤곽이 너무나도 날카롭고 분명해서 마치 빛을 발하는 것처럼 보였다. 때때로 그녀는 기침을 했다. 그러면 그녀는 자기 손수건을 입으로 가져가고 그러고 나선 그걸 들여다보았다.

"기침하지 말아요, 가브리엘레."

클뢰터얀 씨가 말했다.

"힌츠페터 박사가 집에서 특별히 하지 말라고 그러지 않았소. 그리고 그건 단지 주의만 하면 되는 거요, 여보. 당신은 단지 기관지를 앓고 있을 뿐이에요."

되풀이해서 그는 말했다.

"난 정말이지 처음 기침을 시작했을 적엔 결핵인 줄 알고 얼마나 놀랐는지 모르오. 그렇지만 그건 결핵이 아니오. 정말이지 아니란 말이오. 그런 것에 우리 신경 쓰지 맙시다, 가브리엘레. 허허."

"의심할 나위 없습니다."

레안더 박사는 이렇게 말하고 번득거리는 안경 너머로 그녀를 노리듯 바라보았다.

그러자 클뢰터얀 씨가 커피를—커피와 버터빵을 청했다. 그는 K 발음을 명백히 아주 목구멍 깊숙이에서 냈고 누구라도 식욕을 돋울 만큼 '버터'를 '보터'라고 말하는 버릇이 있었다.

그는 자기가 원하던 것을 얻었고 또한 자신과 부인의 방도 얻게 되어 자리를 잡았다.

그 밖에 레안더 박사가 손수 치료를 맡게 됨으로써 뮐러 박사는 이런 경우 관계치 않아도 되었다.

3

이 새 환자의 인품은 아인프리트에선 볼 수 없었던 센세이션을 불러일으켰고, 클뢰터얀 씨는 그런 일에 익숙한 듯 사람들이 보여주는 모든 경애를 만족스럽게 받아들이고 있었다. 당뇨병을 앓는 장군은 처음으로 그녀와 얼굴을 마주 대하자 일순간 웅얼거리기를 중단했고, 수척한 얼굴의 남자들은 그녀가 가까이 다가서자 미소를 흘리면서 열심히 그네들의 다리를 가누려고 애쓰고 있었으며, 시의원 부인 슈파츠 여사는 대번에 그녀와 가까워져 손위 친구가 되었다. 정말 그녀는, 클뢰터얀이라는 이름을 갖고 있는 그 부인은 그곳에 감명을 주고 있었다. 몇 주일 전부터 아인프리트에서 소일을 하던 한 작가, 그 이름이 마치 어느 보석 이름처럼 들리는 이 불쾌한 친구는 복도에서 그녀가 자기 곁을 지나가자 곧 안색이 변하더니, 우뚝 멈춰 서서 그녀가 이미 멀리 사라져버렸는데도 여전히 뿌리박은 듯 서 있었다.

이틀도 채 못가 이 여자 얘기는 온 요양객들에게 친숙해져 있었다. 그녀는 브레멘 출생이고―그것은 그녀가 말할 때 발음이 약간 귀엽게 변형되는 데서도 알아볼 수 있었다―바로 거기서 이 년 전에 거상 클뢰터얀 씨의 구혼을 받아들였다. 그녀는 발트 해 해변 북쪽에 있는 남편의 고향으로 따라가서 약 열 달 전에 아주 유난히 어렵고 위험한 상태에서 아이를, 놀랄 만큼 건강하고 생기발랄한 아들이며 상속자를 그에게 선사했다. 그러나 이 끔찍한 일이 있은 뒤 이 여자는 다시는 기력을 회복하지 못했다—예전엔 기력이 조금이라도 있었다면 말이다. 영영 산욕에서 벗어나지를 못하고 극도로 쇠약해져 원기를 잃자 그녀는 기침을 하면서 약간 피를 쏟았다—오, 그렇게 많이는 아니고 대수롭지 않을 정도로 약간의 피였지만, 피를 쏟지 않았으면 더 좋았을 것이다. 그리고 심각한 점은 이런 사소하지만 불유쾌한 일이 얼마 후 재발되었다는 사실이다. 이번에는 조치가 강구되어 주치의 힌츠페터 박사가 그녀를 보살피게 되었다. 절대 안정이 취해졌고, 얼음 조각을 삼키고, 기침 발작을 막기 위해 모르핀이 공급되었으며 가능하면 심장을 안정시키게 했다. 그러나 그녀는 좀처럼 회복될 것 같지는 않았다. 우량아인 그 아기, 안톤 클뢰터얀 2세가 어마어마한 활력과 무분별로 자기 몫의 생을 정복하고 주장하는 데 비해 그 젊은 어머니는 부드럽고 조용히 작열하며 사라져버리는 것 같았다……. 그것은 이른바 기관지였다. 힌츠페터 박사의 입에서 나온 이 한마디 말은 뜻밖에도 모든 사람들을 위로하고, 안심시키고, 거의 원기를 북돋아주는 효과를 냈다. 그러나 폐가 아니라 할지라도 박사는 결사적으로 온화한 기후의 요양원에 머무르는 것이 회복을 촉진하기 위해서는 절실히 바람직하다고 주장했고, 나머지 문제는 아인프리트 요양소와 그 원장의 명성이 해결해주었다.

사정은 그러했다. 대강 그러했다. 클뢰터얀 씨 자신이 이에 대해 관심과 궁금증을 표명하는 사람들에겐 누구에게나 이 이야기를 해주었다. 그는 큰 소리로 천박하게 그리고 마치 자기 돈주머니와 마찬가지로 소화 상태가 아주 양호한 사람처럼 그렇게 느긋하게 입술을 삐죽이 내밀어 움직이면서 북부 해안 지방 특유의 장황하면서도 성급한 말투로 이야기했다. 때때로 그는 발음 하나하나를 마치 작은 폭발물처럼 내뱉었으며, 그러고 나선 마치 무슨 근사한 농담이나 한 것처럼 웃어젖히는 것이었다.

그는 중키에 어깨가 넓고 건장했으며, 짤막한 다리에, 아주 밝은 금빛 속눈썹으로 그늘진 푸르스름한 눈을 가지고 있었고 널찍한 콧구멍, 젖은 입술에 둥글고 붉은 얼굴이었다. 그는 영국식 구레나룻에 옷차림도 완전히 영국식이었으며, 아인프리트에서 한 영국 가족, 즉 아버지, 어머니, 그리고 세 명의 귀여운 아이들과 그들의 보모를 만났을 때에는 황홀해서 어쩔 줄 몰라했다. 마땅히 머무를 데를 찾지 못해 여기 눌러 살게 된 그 가족들과 그는 아침 식사를 같이 했다. 일반적으로 그는 푸짐하고 좋은 음식을 먹고 마시는 일을 좋아했고, 실제로 요리나 술에 대해서도 일가견이 있었으며, 집에서 베푼 자기 친지들과의 정찬이라든가, 여기서는 듣도 보도 못한 까다로운 음식들을 자세하게 설명해가며 흥미롭게 요양객들과 얘기를 나누곤 했다. 그럴 때면 그의 두 눈은 한데 몰려 다정한 표정을 지었으며, 그의 말은 목구멍에서 가벼운 입맛 다시는 소리를 섞어가며 약간 구개음과 비음을 내곤 했다. 그가 그 밖의 속세의 즐거움을 원칙적으로 싫어하지는 않는다는 사실은 어느 날 밤, 아인프리트의 한 요양객, 즉 직업이 작가라는 사람이 그가 복도에서 아주 용서받을 수 없는 태도로 한 하녀와 농담을 하는 것을 목격하는 것으로 증명되었다. 이 사소하고 유머러스한 광경을 보고 그 작가는 우스꽝스러울 정도로 구역질나는 표정을 지었다.

클뢰터얀 부인이 그를 충심으로 좋아한다는 것은 명백하고 뚜렷하게 드러났다. 그녀는 많은 환자들이 건강한 사람에게 대하는 거만한 관용이 아니라 착실한 환자들이 건강한 체취를 풍기는 사람들의 민음직스러운 생의 표현에 보이는 귀염성 있는 기쁨과 관심을 가지고 웃으며 남편의 말과 행동을 따랐다.

클뢰터얀 씨는 오랫동안 아인프리트에 머무르지는 않았다. 그는 자기 부인을 이곳까지 데려왔지만, 일주일이 지나 그녀가 극진한 대우를 받고 잘 보호받고 있음을 알게 되자 더는 지체하지 않았다. 자기의 막 피어오르는 아이와 동시에 번창일로에 있는 사업이라는 똑같이 중요한 일이 그를 고향으로 돌아가게 했다. 그런 일들 때문에 자기 부인을 최상의 시설과 간호에 맡겨두고 그는 출발하지 않을 수 없었다.

4

몇 주일 전부터 아인프리트에서 살고 있는 그 작가는 슈피넬이라 했다. 데틀레프 슈피넬이 그의 이름이었고, 그의 외모는 기묘했다.

30대 초반의 장중한 갈색 머리의 남자를 눈앞에 그려보라. 그의 머리는 벌써 관자놀이에서부터 반백이 되어가고, 그의 둥글고 흰, 약간 부어오른 얼굴에는 수염이 자란 흔적이 보이지 않았다. 연약하면서도 흐릿한 인상의 동안에는 단지 드문드문 잔 솜털이 자리잡고 있는 것으로 보아 면도를 하지 않았다는 것을 알 수 있었다. 그리고 그것은 아주 이상하게 보였다. 노릇빛으로 빛나는 그의 눈초리는 부드러운 인상을 주었으며, 코는 옆으로 퍼진데다 약간 도톰한 편이었다.

게다가 슈피넬 씨는 로마인 특유의 툭 불거지고 땀구멍이 많이 난 윗입술과 크게 벌레먹은 이를 가지고 있었으며 보기 드물게 발이 컸다. 다리를 잘 가누지 못하는 남자들 중에 야유와 익살이 심한 어떤 사람이 그가 없는 데서 그에게 '몹쓸 애숭이'라는 별명을 붙였는데 물론 그것은 악의에 찬 것이었고, 별로 적당치 못했다. 그는 유행에 맞춰서 옷을 잘 차려 입었으며, 기다란 검정 상의에 점 무늬가 찍힌 조끼를 걸치고 있었다.

그는 비사교적이었고 누구와도 사귀지 않았다. 단지 이따금씩 붙임성 있고 사랑스러운 기분이 용솟음치는 듯 그를 덮칠 때가 있었다. 슈피넬 씨가 미적인 상태에 빠졌을 때, 즉 어떤 아름다운 광경이, 두 색깔의 조화라든가, 고상한 형태의 화병이라든가, 또는 낙조에 물든 산들이 그를 순수한 경탄 속에 사로잡히게 할 때는 언제나 그런 일이 일어났다. 그러면 그는 "얼마나 아름다운가!" 하고 말하며, 고개를 옆으로 젖히고 어깨를 움츠리면서 두 손을 활짝 펴고 코와 입술을 오무려뜨렸다. "보세요, 얼마나 아름다운가!"라고 말하며 그는 그런 순간적인 감동에 사로잡혀 남자나 여자나 가리지 않고 그 고귀한 사람들을 덮어놓고 포옹하려 했다.

그의 책상 위에는 항상 그의 방에 들어서는 모든 사람의 눈에 띄게 그가 쓴 책 한 권이 놓여 있었다. 표지에 야릇한 그림이 있는 상당히 두꺼운 이 소설은 커피 여과지 같은 종이에 자모 하나하나가 마치 고딕 성당처럼 보이는 글자가 인쇄되어 있었다. 오스터로 양이 한가한 틈을 타 그것을 읽고서는 그것이 '꽤 세련된' 것임을 알아냈는데 이 말은 곧 몹시 지루한 것이라는 판단을 둘러 말하는 그 여자

133

의 표현이었다. 소설은 사교적인 살롱, 사치스러운 부인들의 거실이 무대였는데, 그곳은 썩 훌륭한 물건들, 고블랭 직물이라든지, 골동품 가구들이라든지, 값진 도자기, 값비싼 옷감들과 온갖 보물급 예술품들로 가득 차 있었다. 소설은 이런 물건들의 묘사에 꽤 치중되어 있는데, 여기서 우리는 코를 오므려가면서 "얼마나 아름다운가! 정말 보세요, 얼마나 아름다운지를!"이라고 말하는 슈피넬 씨를 엿보게 된다……. 게다가 그가 겉으로는 열정적으로 글을 쓰고 있었지만 이 작품 외에는 더 저술이 없었다는 사실은 이상한 일임에 틀림없다. 그는 낮 동안 대부분 자기 방에서 글을 쓰고, 유난히도 많은 편지들을, 거의 매일같이 한 통이나 두 통씩 부쳤는데 이상하고 재미있는 사실은 그 자신이 편지를 받는 것은 극히 드문 일이라는 점이다…….

5

슈피넬 씨는 클뢰터얀 부인의 식탁 건너편에 앉았다. 모든 사람들이 자리를 함께한 첫 번째 식사 시간에 그는 약간 늦게 측면 건물 아래층에 있는 커다란 식당에 나타나서 작은 목소리로 모든 사람들에게 인사말을 하고는 자기 자리로 갔다. 그러자 레안더 박사는 간략하게 그를 새로 온 사람들에게 소개했다. 그는 허리를 굽히고 나서 분명히 약간 당황해서 아주 좁다란 소매 밖으로 나온 커다랗고 예쁘장한 두 손으로 포크와 나이프를 꽤 어색하게 놀리면서 식사를 시작했다. 얼마 후 여유가 생기자 그는 침착하게 클뢰터얀 씨와 그의 부인을 번갈아가면서 관찰했다. 클뢰터얀 씨도 식사를 하는 도중 아인프리트의 시설과 기후에 관해 몇 가지 질문과 소견을 그에게 던졌으며, 그 부인은 그녀 나름의 귀여운 말투로 두세 마디 거들었고, 이에 대해 슈피넬 씨는 공손하게 대답했다. 그의 목소리는 부드럽고 정말 기분 좋은 목소리였지만, 그는 마치 이가 혀에 걸리적거린다는 듯이 약간 더듬거리며 말리는 듯한 투로 얘기했다.

식사가 끝나고 사람들이 휴게실로 건너가고 레안더 박사가 각별히 새 손님들에게 식후 인사를 할 때 클뢰터얀 부인이 자기 건너편 사람이 누구인지를 물었다.

"저분 성함이 어떻게 되시죠?"

부인이 물었다.

"……슈피넬리? 무슨 이름이 뭔지는 못 알아들었어요."

"슈피넬…… 슈피넬리가 아닙니다. 부인, 이탈리아 사람이 아니라 제가 알기로는 렘베르크 출신이라죠……."

"뭐라 그러셨죠? 작가인가요? 아니면 뭐죠?"

클뢰터얀 씨가 물었다. 그는 편안한 자신의 영국식 바지 주머니에 두 손을 넣고 박사에게 귀를 기울이면서, 사람들이 늘 그러하듯이 입을 벌린 채 듣는 시늉을 했다.

"그렇다죠, 전 잘 모르겠지만 — 글을 쓴답니다……."

레안더 박사가 대답했다.

"제가 알기로는 책을 하나 냈다죠, 소설 같은 걸, 전 자세히는 모릅니다……."

"전 모릅니다"라는 말을 반복하는 것은 곧 레안더 박사가 그 작가에 대해 별반 관심이 없으며 그에 대한 모든 책임을 거부하고 있음을 암시했다.

"그렇지만 재미있군요!"

클뢰터얀 부인이 말했다. 그녀는 지금까지 작가라는 사람과 얼굴을 마주 대해본 적이 한번도 없었던 것이다.

"아, 예."

레안더 박사가 대꾸했다.

"이름이 꽤 알려졌다고 하죠……."

그 말을 끝으로 박사는 그 작가에 대해선 더는 언급하지 않았다.

그러나 잠시 후 새 손님들이 물러나고 레안더 박사가 휴게실을 막 나가려 할 때 슈피넬 씨는 그를 붙잡고는 역시 질문을 했다.

"그 부부의 이름이 뭡니까?"

그가 물었다.

"……무슨 말인지 도대체 알아들을 수가 없었습니다."

"클뢰터얀."

레안더 박사는 대답을 하고는 곧 가려고 했다.

"그 남자 이름이 뭐라고요?"

슈피넬 씨가 물었다…….

"클뢰터얀이라고 해요!"

레안더 박사는 이렇게 말하고 자기 길을 갔다—그는 이 작가에게 별로 큰 관심이 없었다.

6

클뢰터얀 씨가 고향으로 되돌아갔다는 것까지 벌써 얘기했던가? 그렇다, 그는 다시금 자기 사업과 자기 자식, 자기 엄마에게 아주 많은 고통과 기관지에 작은 흠집을 희생으로 남긴 이 방약무도하고 원기 왕성한 꼬마 녀석과 함께 발트 해 해변에 머물러 있었다. 그러나 그 젊은 부인은 아인프리트에 남아 있었고, 시의원 부인 슈파츠가 손위 친구로서 그녀와 가까워졌다. 그렇다고 그녀가 클뢰터얀 부인이 다른 요양객들과 좋은 친교를 맺는 데 방해가 된 것은 아니었다. 예를 들어 슈피넬 씨 같은 이는 모든 사람들이 놀라울 정도로—왜냐하면 그는 지금까지 그 어느 누구하고도 교제를 하지 않았다—처음부터 이상할 정도의 복종과 친절을 클뢰터얀 부인에게 베풀었으며, 그녀도 엄격한 하루 일과에서 풀려나는 자유 시간에 그와 담소하는 것을 별로 싫어하지 않았다.

그는 엄청난 조심성과 존경심을 가지고 그녀에게 접근해갔으며, 그녀에게 말할 때는 꼭 조심스럽고 가라앉은 목소리로만 얘기해서 귀앓이를 하는 슈파츠 시의원의 부인은 그가 말하는 것을 대부분 알아들을 수 없는 형편이었다. 그는 자기의 큼지막한 걸음걸이로 클뢰터얀 부인이 웃으며 우아하게 기대어 있는 의자로 다가갔으며, 두 걸음 떨어져 멈춰 서서 한쪽 발을 뒤로 세우고 상체는 앞으로 굽힌 채 그 나름의 더듬거리며 홀짝거리는 듯한 말투로 나지막하고 집요하게, 그리고 어느 순간이고 그녀의 얼굴에 피로나 권태의 기색이 나타나면 즉각 재빨리 뒤로 돌아서서 사라져 버릴 채비를 갖추고 얘기를 했다. 그러나 그는 그녀를 싫증나게 하지는 않았다. 그녀는 그에게

137

자기와 시의원 부인에게로 와 앉을 것을 권유했고, 모종의 질문을 그에게 던지고 나서는 웃으면서 호기심을 보이며 귀를 기울였다. 그 이유는 그가 그토록 재미있고 기묘하게 자주 얘기하는 일들이 여자에게는 일찍이 없었기 때문이었다.

"당신이 아인프리트에 있게 된 이유가 뭐죠?"

그녀가 물었다.

"무슨 치료를 받으시죠, 슈피넬 씨?"

"치료요……? 전기 치료를 좀 받죠. 아닙니다, 그건 말할 만한 것도 못 됩니다. 제가 여기 있는 까닭을 말씀드리면, 부인―그건 스타일 때문입니다."

"아!"

클뢰터얀 부인은 이렇게 말하면서 턱을 두 손으로 괴고 마치 무언가를 이야기하려는 어린아이들에게 보여주는 것과 같은 과장된 열의를 가지고 그에게로 몸을 돌렸다.

"예, 부인. 아인프리트는 순수한 앙피르 스타일입니다. 제가 듣기로 이곳은 예전에는 여름 휴양지로 쓰이는 성이었습니다. 이 측면 건물은 후에 증축되었지만 본관은 오래되었고 진짜입니다. 가끔 앙피르가 없으면 못 살 것 같은 때가 있는데, 그럴 때 앙피르는 약간의 건강 상태에 도달하기 위해서도 필요불가결한 요소입니다. 분명한 사실은 이 직선인 탁자라든가, 의자라든가, 책상보 가운데 있으면, 부드럽고 음욕스러울 정도로 안락한 가구들 틈새에 있는 것과는 또 다른 느낌이 든다는 점입니다……. 이 밝음과 딱딱함, 이 차갑고 준엄한 단순성과 제어된 엄격함은 제게 절제와 위엄을 가져다줍니다, 부인. 결과적으로 그것은 오랫동안에 걸쳐 내적 소화와 재건을 이룩하고 저를 윤리적으로 고양시켜줍니다. 말할 것도 없이……."

"예, 그건 좀 이상하군요."

그녀가 말했다.

"좀 어렵지만 이해는 하겠어요."

이에 대해 그는 별로 어렵지 않다고 답변했고, 그러자 그들은 함께 웃었다. 슈파츠 부인도 웃었으며, 그것을 이상하게 생각하긴 했지만 이해한다는 말은 하지 않았다.

휴게실은 넓고 훌륭했다. 옆에 붙은 당구장으로 통하는 높고 흰 날개문은 활짝 열려 있었으며, 그곳에서 다리를 가누지 못하는 남자들과 다른 사람들이 즐기고 있었다. 다른 편 유리문을 통해서는 널따란 테라스와 정원을 한눈에 볼 수 있었다. 그 옆으로는 피아노가 한 대 놓여 있었고 또 푸른 덮개를 한 놀이판이 하나 있었는데 거기서는 당뇨병 장군이 한 쌍의 다른 신사들과 휘스트 놀이〔Whist : 카드 놀이의 일종〕를 하고 있었다. 부인들은 독서를 하거나 뜨개질에 열중하고 있었다. 쇠난로가 난방을 맡고 있었지만 유쾌하게 담소할 장소는 새빨간 종이 조각으로 붙여 만든 모조 석탄이 있는 멋진 벽난로 앞에 마련되어 있었다.

"당신은 일찍 일어나시더군요, 슈피넬 씨."

클뢰터얀 부인이 말했다.

"우연히 두세 번이나 아침 일곱 시 반경에 당신이 건물을 나서는 걸 보았어요."

"일찍 일어난다고요? 아, 전혀 그렇지 않습니다, 부인. 실은 제가 본래 늦잠꾸러기라서 일찍 일어나는 것입니다."

"설명을 좀 해주셔야겠어요. 슈피넬 씨!"

—슈파츠 여사 또한 그것에 대해 해명해주기를 원했다.

"그러시다면…… 만일 부지런한 사람이라면 전혀 그렇게 일찍 일어날 필요가 없다고 생각합니다. 양심이죠, 부인…… 그건 양심상 좋지 않은 일이죠! 나나 나와 같은 친구들은 평생토록 그놈과 토닥거리고, 틈나는 대로 양심을 속이고 약간의 교활한 만족감이나 얻어내려고 항상 바쁩니다. 우리들은, 저나 또는 저 같은 사람들은 쓸모없는 사람들이죠. 그나마 이따금 좋은 때를 제외하고는 질질 끌려서 자신이 쓸모없다는 자책감에 멍들고 병들어버립니다. 우리들은 유용한 것을 혐오합니다. 우리는 그것이 천박하고 흉측하다는 것을 알고 있으며, 사람들이 절대적으로 필요한 진실만을 지키듯이 우리는 그 진실을 지켜나갑니다. 그렇지만 우리는 온통 나쁜 양심에 짓이겨져서, 이젠 더는 성한 데라곤 없을 지경입니다. 게다가 상황을 더욱 악화시키는 것은 우리의 온갖 내적 요소들, 우리의 세계관, 우리가 작품을 쓰는 방식 등이…… 끔찍할 정도로 건강하지 못하고, 위태롭고, 소모적이라는 점입니다. 하지만 그나마 자신을 부지하기 위해서는 약간의 완화책이 있습니다. 예컨대 일종의 품위라든가 생활을 엄격하게 절제하는 것이 우리들 대부분이 필요로 하는 것이죠. 일찍 일어나기, 꼭두새벽의 냉수욕, 눈 내린 날 밖으로의 산책…… 이런 것들은 잠시나마 우리에게 만족감을 가져다줍니다. 본래 제 모습대로 행동한다면 전 오후까지 잠자리에 누워 있을 겁니다. 제가 일찍 일어난다면 그건 순전히 위선입니다."

"그렇지 않아요, 슈피넬 씨! 난 극기라 부르고 싶어요……. 그렇지 않아요, 사모님?"

─슈파츠 여사도 그것을 극기라고 이름붙였다.

"위선과 극기라, 부인! 이제 어떤 말을 택할까요. 저는 비통할 정도로 정직한 성격이라서……."

"그래요. 확실히 당신은 너무 비통해요."

"네, 부인, 전 너무 비통해합니다."

─좋은 날씨가 계속되었다. 딱딱하고 깨끗하게, 바람은 자고 가벼운 추위 속에, 눈부시도록 밝고 푸르른 그늘 속에, 산과 집과 정원이 밝게 빛나고, 무수히 어른거리는 빛덩어리와 번쩍거리는 수정들이 춤추듯 보이는 연푸른 하늘은 티 하나 없이 활처럼 이 모든 것을 덮고 있었다. 이즈음 클뢰터얀 부인은 건강이 좋아졌다. 열이 내리고, 기침도 거의 하지 않고, 큰 부담을 느끼지 않고 식사도 했다. 때때로 그녀는 몇 시간 동안이나 자신에게 내려진 처방대로 양지바른 테라스의 냉기 속에 앉아 있곤 했다. 그녀는 온통 이불과 모피로 감싼 채 눈 속에 앉아 희망에 차서 자기 기관지를 이롭게 할 맑고 얼음처럼 찬 공기를 호흡하고 있었다. 그럴 때 그녀는 때때로 역시 따뜻한 옷차림에 자기 발을 어마어마하게 크게 보이게 만드는 모피 구두를 신고 정원을 지나치는 슈피넬 씨를 목격하곤 했다. 그는 가벼운 발걸음에다 약간 조심스러운 태도로 뻣뻣하고 애교 있게 팔을 저으며 눈 속을 지나서 테라스까지 와서는 부인에게 공손히 인사를 하고, 아래 계단을 올라와서는 대화를 시작하는 것이었다.

"오늘 아침 산책길에 전 아름다운 부인 한 분을 보았습니다…….

정말로 아름다운 부인이었죠!"

그는 이렇게 말하며 머리를 옆으로 젖히고 두 손을 펼쳤다.

"정말이에요, 슈피넬 씨? 그 여자 얘기 좀 해주세요!"

"아닙니다. 할 수 없습니다. 그 여자의 모습을 당신에게 전해드릴 수가 없을 것 같습니다. 전 지나가면서 그 부인을 힐끗 스쳤을 뿐 실제로 본 것은 아닙니다. 그렇지만 제가 그 여자로부터 받은 희미한 영상은 제 상상력을 자극시키고 어떤 모습을 떠오르게 하기에 충분했습니다. 아름다웠습니다. ……정말 아름다운 모습이었습니다!"

그녀는 웃었다.

"당신은 아름다운 여자들을 그런 식으로 관찰하시나요, 슈피넬 씨?"

"네, 부인. 그리고 그보다 더 좋은 방법은 없습니다. 뻔뻔하고 현실적인 욕망으로 그네들의 얼굴을 뚫어지게 쳐다보고는 실제론 결점 투성이라는 인상을 받느니보다는……."

"현실적 욕망……. 그건 좀 이상한 표현이군요! 정녕 작가들의 말이에요, 슈피넬 씨! 하지만 제겐 인상 깊은 말이었다고 말씀드리고 싶어요. 그 말 속에는 제가 조금밖에 이해하지 못할 많은 것들이 들어 있어요. 무언가 독자적이면서도 자유스러운, 그러면서도 현실에 대해서도 존경을 표시하고, 물론 그것이 모든 것 중에 가장 존경받을 만한 것이지만, 네, 존경받을 만한 것, 그 자체죠……. 그리고 제가 파악하기로는 무언가 손에 쥘 수 있는 것 말고도 또 다른 더욱더 미묘한 그런 것이……."

"제가 알고 있는 얼굴은 하나뿐입니다."

갑자기 그는 묘한 기쁨에 젖은 감동의 목소리로 말하면서 주먹을 쥔 두 손을 어깨까지 들어 올리고는 썩은 이를 드러내며 흥분해서 웃었다.

"제가 알고 있는 얼굴은 하나뿐입니다. 그 고귀한 현실을 제 상상력을 가지고 바꾸려 하는 것이 물론 죄스러운 일일지 모르지만, 전 그 얼굴을 바라보고, 거기 머물러 있고 싶고, 몇 분, 몇 시간이 아니라 내 평생토록 그 속에 푹 빠져서 모든 세상을 잊고 싶습니다······."

"네, 네, 슈피넬 씨. 그런데 오스터로 양은 굉장히 귀가 밝은걸요."

그는 입을 다물고 허리를 깊숙이 숙였다. 다시 그가 허리를 폈을 때 그의 두 눈은 당황하고 고통스러운 표정을 띤 채 맑고 투명한 그녀의 이마 위에 창백할 정도로 푸르고 병적으로 가지를 내고 있는 작고 기묘한 핏줄 위에 머물러 있었다.

7

괴짜야, 정말 이상한 괴짜야! 클뢰터얀 부인은 생각할 시간이 아주 많아졌기 때문에 이따금 그에 대해서 곰곰이 생각했다. 공기를 바꾼 것이 효과가 없어졌는지 아니면 무언가 결정적으로 치명적인 영향이 미쳤는지 병세는 다시 악화되었고, 아무래도 기관지에 이상이 생긴 것 같았다. 그녀는 다시 쇠약해지고, 피곤함을 느끼고, 가끔 열도 났다. 레안더 박사는 절대 안정과 휴식, 그리고 주의를 권했다. 그래서 그녀는 누워 있지 않을 때에는 슈파츠 여사와 친구가 되어 앉은 채 안정을 취했고, 하지도 않는 일감을 무릎에 올려놓고는 이 생각, 저 생각을 하는 것이었다.

그렇다, 그가 이 여자로 하여금 생각하게 만들었다. 이 괴상한 신사 슈피넬 씨가, 그리고 이상한 점은 그에 대해서뿐만 아니라, 그 여자 자신의 성격에 대해서까지도 생각하게 만들었다. 무슨 수를 썼는지 그는 그 여자 내부에서 기묘한 호기심을, 자기 자신에 대해 여태까지 알지 못했던 관심을 불러일으켰다. 어느 날인가 그는 이야기 도중에 다음과 같이 말했다.

"참 수수께끼 같은 일입니다. 여자라는 건…… 별로 새롭지도 않지만, 그 앞에 서서는 경탄을 금할 수가 없거든요. 여기 멋있는 여자가 하나 있습니다. 공기의 요정이랄까, 꽃향기의 화신이랄까, 꿈속의 동화에 나오는 것 같은……. 그 여자가 어떻게 할까요? 그 여자는 장터의 씨름꾼이나 소백정 같은 녀석들한테로 달려가서 몸을 내맡깁니다. 그 녀석의 팔에 안겨서, 아마도 머리를 그 어깨에 기댄 채 간사한 웃음을 지으며 주위를 둘러봅니다. 마치, 자, 이 모습을 보고 너희는 골치나 썩히라는 듯이 — 그리고 우리는 그 여자 때문에 골치를 썩힙니다."

클뢰터얀 부인은 이 말을 되새기고 또 골똘히 생각했다.

또 어느 날은 슈파츠 여사가 놀라워할 정도의 대화가 그들 사이에서 오고갔다.

"무얼 하나 여쭤봐도 좋을까요? 부인(물론 코먹은 소리로), 성함이 어떻게 되시는지, 본래 당신 이름이 무엇인지요?"

"클뢰터얀이죠, 슈피넬 씨……."

"음—그건 알고 있습니다. 그보다는 오히려 전 당신의 본래 이름, 처녀적 이름을 묻는 겁니다. 부인께선 부인을 클뢰터얀 여사라고 부르려는 자는 누구든 매를 맞아도 마땅하다는 점을 충분히 용인하시겠죠."

그러자 그녀는 지나치게 웃어서 눈썹 위의 작고 푸른 핏줄이 안쓰럽게 뚜렷이 드러났다. 부드럽고 다감한 얼굴에는 깊은 불안감이 느껴지는 긴장과 고민의 흔적이 드러났다.

"아니, 저런 슈피넬 씨! 매라니요? 클뢰터얀이란 말이 그렇게 끔찍해요?"

"네, 부인, 전 그 이름을 처음 들었을 때부터 마음속 깊이 혐오했습니다. 그건 우스꽝스럽고 더할 나위 없이 흉칙한데다가 관습상 당신이 남편 이름을 따르게 된다는 것은 야만적이고 파렴치한 행위입니다."

"그러면 엑호프는요? 엑호프가 더 낫나요? 아버지 이름이 엑호프예요."

"오, 보십시오! 엑호프는 무언가 완전히 다르지 않습니까! 어느 유명한 배우 이름도 엑호프예요. 엑호프가 어울립니다—당신 아버지만 말씀하셨는데, 당신 어머님은……."

"어머니는 제가 아주 어릴 때 돌아가셨어요."

"아! 당신에 대해서 조금만 더 이야기해주실 수 있으십니까? 피로하시다면 그만두고요. 그렇다면 쉬십시오. 전처럼 파리 얘기를 계속하도록 하죠. 그렇지만 아주 나지막하게 얘기하실 순 있겠죠. 당신이 속삭인다면 모든 게 더 아름다워질 테니까요……. 브레멘에서 태어나셨나요?"

그는 이 물음을 거의 억양 없이, 마치 브레멘이 더할 나위 없는 도시이며, 형언할 수 없는 모험과 은밀한 아름다움으로 가득 찬 도시이고, 거기서 태어나는 것이 신비스러운 영광을 주는 것처럼 존경에 가득 차고 의미심장한 어조로 말했다.

"네, 그래요!"

여자가 마지못해 말했다.

"브레멘에서 태어났어요."

"그곳에 한번 간 적이 있습니다."

생각에 잠긴 듯 그가 말했다—.

"어머나, 브레멘에도 가보셨다고요? 아니, 슈피넬 씨는 투니스와 스피츠베르겐 사이엔 안 가 보신 데가 없나봐요!"

"네, 그곳에 한 번 가 본 적이 있습니다."

그가 되풀이했다.

"저녁때 한두 시간 잠깐. 오래되고 좁다란 골목길이 생각납니다. 그 합각 지붕 위로 비스듬히 기묘하게 달이 걸려 있고……. 그리고 절어서 포도주 냄새와 곰팡이 냄새가 나는 술집으로 갔죠. 기억에 사무치는군요……."

"정말이에요? 그게 어디였을까요?—네, 그런 낡은 박공집, 소리가 울리는 현관과 하얗게 칠한 회랑이 달린 상인의 집에서 전 태어났어요."

"그렇다면 아버님은 상인입니까?"

그는 약간 주저하듯 물었다.

"네, 하지만 본래는 상인이라기보다는 예술가라 해야겠죠."

"아, 아, 어떤 예술인가요?"

"바이올린을 연주하셨지요……. 그렇다고 썩 뛰어났던 건 아니고요. 하지만 바이올린은 어떻게 켜느냐가 관건이에요, 슈피넬 씨! 어떤 곡은 들으면 이상하게도 눈물이 마구 솟아오르곤 했어요. 다른 때는 그런 적이 없었는데. 믿지 않으시겠지만……."

"믿습니다! 아, 제가 그걸 믿냐고요……. 말해주십시오, 부인. 꽤 오래된 집안이었죠? 벌써 몇 세대가 그 낡은 박공집에서 살고, 일하다가 세상을 떠났죠?"

"네. ─그런 건 왜 물어보시죠?"

"왜냐하면 가끔 실제적이고, 서민적이고 건조한 전통을 가진 가문의 마지막 무렵에 가서는 다시 한번 예술로서 빛을 발하는 일이 드물지 않게 일어나죠."

"그래요? ─네, 아버지에게는 확실히 예술가로 자처하고, 또 그 명성으로 사는 다른 사람들과는 또 다른 점이 있었어요. 전 피아노를 조금 치죠. 요즘은 못 치게 하지만요. 그렇지만 그 당시, 집에 있을 때에는 쳤거든요. 아버지와 저, 둘이 함께 연주를 했죠……. 그 시절은 온통 아름다운 추억 속에 간직되어 있어요. 특히 그 정원, 우리집 정원, 뒷뜰에 있는……. 그 정원은 몹시도 황폐하고 잡초가 무성하고 깨지고, 이끼 긴 담장이 둘러싸고 있었지요. 하지만 그게 더 매력이 있었거든요. 그 한가운데에는 아이리스 꽃으로 촘촘하게 빙 둘러싼 분수가 있었지요. 여름이면 거기서 친구들과 함께 오랜 시간을 보냈어요. 우리는 모두 그 분수 주위 작은 야외용 의자에 빙 둘러앉아 있었어요⋯⋯."

"얼마나 아름답습니까!"

슈피넬 씨는 이렇게 말하면서 어깨를 으쓱했다.

"앉아서 노래를 불렀습니까?"

"아녜요. 대부분 뜨개질을 했어요."

"어쨌든⋯⋯ 어쨌든⋯⋯."

"네, 우린 뜨개질을 하고 재잘거렸어요, 친구 여섯과 저는⋯⋯."

"얼마나 아름답습니까! 정말 보세요, 얼마나 아름답습니까!"

슈피넬 씨는 이렇게 외쳤으며, 그의 얼굴은 완전히 일그러졌다.

"대체 그 사실이 뭐가 그렇게 특별히 아름답게 느껴지시죠? 슈피넬 씨?"

"오, 당신 말고 여섯이 있었다는 것, 당신은 그 숫자에 포함되어 있는 것이 아니라 마치 여왕처럼 두드러졌다는 것⋯⋯. 당신은 그 여섯 친구들 중에서도 빼어났습니다. 조그만 황금빛 왕관이, 전혀 눈에 띄진 않지만 의미 깊게 당신 머리에서 반짝이고 있었죠⋯⋯."

"아니, 그런 터무니없는 말씀을⋯⋯ 왕관 같은 건 없었어요."

"아닙니다. 그건 남몰래 반짝이고 있었습니다. 제가 그때 아무도 모르게 나무 덤불 속에 서 있었더라면 그 왕관을 보았을 것입니다. 당신 머리에서 똑똑히 그것을 보았을 것입니다⋯⋯."

"당신이 무얼 보셨을지는 모르겠어요. 그렇지만 거기 서 있었던 것은 당신이 아니라 지금의 제 남편이었어요. 어느 날인가 제 남편은 우리 아버지와 함께 숲에서 튀어나왔어요. 우리들이 재잘거리는 걸 다 들었을까봐 전 걱정을 했죠⋯⋯."

"그렇다면 부인께서 부군을 알게 된 것이 그곳이었나요?"

"네, 거기서 처음 만났어요!"

그녀는 큰 소리로 명랑하게 말했다. 그녀가 웃자 연푸른 작은 핏줄이 긴장한 듯 이상하게 눈썹 위로 솟아올랐다.

"그이는 사업상 아버지를 방문했는데 그 다음날 식사에 초대되었고, 사흘 후 제게 청혼을 했어요."

"정말인가요! 모든 게 그렇게 빠른 속도로 진행되었나요?"

"네……. 그렇지만 그 다음부터는 조금 천천히 진행되었죠. 아버지가 제 결혼에 별로 마음이 기울지 않았고 좀 생각할 여유를 조건으로 했기 때문이에요. 첫째로 아버지는 오히려 저를 곁에 두기를 원한데다가 아버지를 주저하게 만든 다른 이유가 있었어요. 그렇지만……."

"그렇지만?"

"그렇지만 제가 원했지요."

그녀가 웃으면서 이렇게 말하자 다시금 그 작고 푸르스름한 핏줄은 고통스럽고 병적인 표정으로 그녀의 사랑스런 얼굴 전체를 덮었다.

"아, 당신이 그걸 원하셨다고요?"

"네, 그리고 전 아주 확고하고 훌륭하게 의사 표현을 했어요, 당신도 아시다시피."

"저도 알다시피"

"……그래서 아버지도 결국엔 제 말에 따를 수밖에 없었죠."

"그리하여 당신은 당신의 아버지와 그 아버지의 바이올린을 버리고, 그 오랜 집과 울창한 정원과 분수, 그리고 여섯 명의 친구들을 저버리고 클뢰터얀 씨와 더불어 떠나버렸군요."

"더불어 떠나버리다……. 묘한 말투시군요, 슈피넬 씨! —거의 성경 같아요! —네, 전 모든 걸 버렸어요, 그것이 자연스런 일이었으니까요."

"네, 그럴 테죠."

"그러고 나선 바로 제 행복이 문제였어요."

"그럼요. 그리고 찾아왔죠, 그 행복이……."

"그 행복이 찾아온 것은 슈피넬 씨, 제가 귀여운 안톤을, 우리들의 안톤을 얻었을 때, 그리고 그 작고 건강한 가슴으로 힘차게, 지금처럼 강하고 건강하게 울음을 터뜨렸을 때였죠……."

"부인께서 그 귀여운 안톤의 건강에 대해 얘기하는 걸 듣는 건 처음이 아니군요. 그 애는 지나칠 정도로 건강하죠?"

"그래요, 그 아인. 그리고 그 애는 우스울 정도로 제 남편을 닮았어요!"

"아! —그러니까 일이 그렇게 되었군요. 그래서 당신은 더는 엑호프가 아니라 다른 이름으로 불리고, 그 귀엽고 건강한 안톤을 가지자 기관지를 약간 앓게 되셨군요."

"네. —그런데 당신은 철두철미하게 수수께끼 같은 분이에요, 슈피넬 씨. 당신은 확실히……."

"그래요. 정말이지 당신은 그래요!"

슈파츠 여사도 말했다. 슈파츠 여사는 줄곧 곁에서 그들의 이야기를 듣고 있었다.

그러나 클뢰터얀 부인은 내심으로는 여러 번 이 대화에도 골몰했다. 그것은 대수로운 것은 아니었지만 그 밑바닥에는 자기 자신에 대한 그녀의 생각에 자양분을 공급하는 뭔가가 숨겨져 있었다. 이것이 그녀를 건드린 치명적인 영향이었던가? 그녀는 점점 쇠약해져갔으며, 가끔 열도 났고, 부드럽게 고양되는 느낌으로 조용한 열정 속에서 사색적이며, 새침한, 자기도취적이며 약간은 모욕적인 기분으로 이 열정에 스스로를 내맡기곤 했다. 그녀가 침대를 지키지 않거나 슈피넬 씨가 자기의 커다란 발의 뒤꿈치를 들고 어마어마한 조심성을 가지고 그녀에게로 와서 두 걸음 간격으로 서서는 한쪽 발을 뒤로 세우고 상체를 앞으로 굽혀서 마치 그녀를 외경심을 가지고 부드럽고 높게 치켜올려서 어떤 소음도, 지상의 어떤 접촉도 닿지 않는 구름의 침상 위에 누이려는 듯이 존경 어린 목소리로 잠깐 그녀에게 말을 걸 때면 그녀는 클뢰터얀 씨가 종종 "조심해요, 가브리엘레, 테이크 케어, 여보, 그리고 입을 다물어요!"라고 말하곤 하던 어투가, 마치 그가 어떤 사람의 어깨를 기분 좋게 툭툭 두드리는 것과 같은 말투가 생각나곤 했다. 그러나 그럴 때면 그녀는 재빨리 이런 생각에서 벗어나서 슈피넬 씨가 자기를 위해 마련한 유약하고 숭고한 구름의 침상 위에서 몸을 푸는 것이었다.

어느 날은 그녀가 그와 더불어 자기의 출생과 젊은 시절에 대해 이야기를 나누었던 그 짤막한 대화로 다시 되돌아간 적이 있었다.

"그렇다면 정말인가요?"

그녀가 물었다.

"슈피넬 씨, 당신이 왕관을 보셨으리라는 것이……?"

그러자 그는 그 얘기가 이미 열나흘 전의 일이었지만 단번에 무슨 얘기인가를 알아차렸고, 감동 어린 목소리로, 그가 그 당시 분수가에서 그녀가 여섯 명의 자기 친구 가운데 앉아 있을 때 그 작은 왕관이 반짝이는 것을—남몰래 그녀의 머리에서 반짝이는 것을 보았으리라고 다짐했다.

며칠 후 한 요양객이 호의를 가지고 그녀에게 집에 있는 꼬마 안톤의 안부를 물었다. 그녀는 가까이 있던 슈피넬 씨를 힐끔 쳐다보더니 약간 귀찮은 듯이 대답했다.

"고마워요. 잘 있냐고요? —그 애와 남편은 잘 있어요."

8

2월 말의 어느 추운 날, 여태까지의 어떤 날보다도 맑고 밝은 어느 날 아인프리트는 온통 들뜬 기분에 젖어 있었다. 심장병 환자들은 발그레 상기된 뺨으로 서로 말을 주고받았으며, 당뇨병을 앓는 장군은 젊은이처럼 흥얼거리고 있었고, 다리를 잘 가누지 못하는 신사들은 완전히 정신 나간 사람들 같았다. 도대체 무슨 일이 있기에. 그것은 방울 소리를 울리고, 채찍을 휘두르며 몇 대의 마차를 타고 산 속으로 썰매를 타고 가는 단체 소풍이 있을 것이라는 얘기 때문이었다. 레안더 박사가 환자들의 기분 전환을 위해 이 같은 결단을 내렸던 것이다.

물론 중환자들은 남아 있어야 했다. 불쌍한 중환자들! 사람들은 고개를 끄덕이며 그들이 무슨 일이 있는지 전혀 모르게 하자고 약속했다. 아무튼 약간의 동정이나마 베풀어서 고려를 할 수 있다는 것은 좋은 일이었다. 그러나 소풍에 충분히 참가할 수 있을 것 같던 사람들 중에서도 몇몇이 제외되었다. 오스터로 양은 두말할 나위 없이 불참 의사를 표시했다. 그 여자처럼 의무감에 사로잡힌 사람은 썰매 대회 같은 건 진지하게 생각할 여지가 없는 일이었다. 집안일이 지상 명령처럼 그 여자를 필요로 했고, 그런 이유로 그 여자는 아인프리트에 머물렀다. 그러나 클뢰터얀 부인 역시 집에 머무르겠다고 밝혔을 때엔 여러모로 기대가 어긋났다. 레안더 박사가 신선한 바람을 쐬는 것이 몸에 좋을 것이라고 설득해도 헛수고였다. 그녀는 마음이 내키지 않으며, 편두통이 있고, 무력감을 느낀다고 주장했고, 그래서 사람들은 포기할 수밖에 없었다. 게다가 빈정거리기와 야유를 잘하는 사람이 기회를 놓치지 않고 한마디 했다.

"두고 보세요. 이제 그 몹쓸 애숭이 녀석도 같이 안 갈 테니."

그리고 그가 옳았다. 슈피넬 씨는 오늘 오후에 일을 할 것이라고 알려왔기 때문이다―그는 자기의 의심스러운 행동에 곧잘 "일한다"라는 말을 즐겨 썼다. 그 밖에 아무도 그가 남는 것을 한탄하지 않았으며, 슈파츠 여사가 마차를 타면 멀미를 하기 때문에 손아래 친구와 함께 머무를 것을 결정했을 때에도 마찬가지로 잠깐 마음 아파했을 정도였다.

오늘은 다른 때보다 조금 이른 열두 시경에 점심 식사가 끝났고 식사가 끝나자마자 썰매들이 아인프리트 앞에 멈췄다. 요양객들은 모두 따뜻하게 둘러쓰고 호기심과 흥분에 젖어 쾌활하게 떼를 지어 정원을 지나갔다. 클뢰터얀 부인은 슈파츠 여사와 함께 테라스로 통

153

하는 유리문가에 서 있었고, 슈피넬 씨는 자기 방 창가에서 사람들이 출발하는 것을 구경하고 있었다.

그들은 농담과 웃음보가 터지는 가운데 좋은 자리를 차지하기 위해 작은 싸움이 벌어지는 것을, 오스터로 양이 털목도리를 두르고 썰매 이쪽저쪽으로 뛰어다니며 먹을 것이 든 바구니를 좌석 밑에 밀어 넣는 것을, 그리고 레안더 박사가 털모자를 이마까지 쓰고 그의 번쩍거리는 안경으로 다시 한번 전체를 살펴보고, 그러고 나서 마지막 자리를 차지하고 출발 신호를 보내는 것을 지켜보았다······. 말이 움직이자 몇몇 부인들이 소리를 지르며 고꾸라졌다. 방울 소리가 짤랑거리고, 손마디가 짤막한 채찍이 쉭 소리를 내고 그 기다란 끈은 썰매 활목(滑木) 뒤 눈 속으로 끌려들어갔다. 오스터로 양은 목책 문가에 서서 미끄러져가는 일행들이 길 모퉁이를 돌아 사라지며 그 즐거운 소란함이 아득해질 때까지 손수건을 흔들고 있었다. 그러고 나서 그 여자는 자기 임무를 다하려고 정원을 통해 되돌아갔으며, 두 부인은 유리문을 떠났고, 거의 동시에 슈피넬 씨 역시 자기가 구경하던 지점에서 물러났다.

아인프리트에는 평온이 감돌았다. 일행은 저녁 전까지 돌아오기 어려웠다. 중환자들은 그들의 방에 누워서 앓고 있었다. 클뢰터얀 부인과 손위 친구는 간단한 산책을 했고, 그러고 나서—자기들 방으로 되돌아갔다. 슈피넬 씨 역시 자기 방에서 자기 나름대로 열중하고 있었다. 네 시경 부인들은 각기 반 리터의 우유를, 슈피넬 씨는 가벼운 차를 받았다. 그러고 나서 얼마 안 되어 클뢰터얀 부인이 슈파츠 여사의 방과 자기의 방을 가르는 벽을 두드리면서 말했다.

"우리 휴게실로 내려가실래요, 슈파츠 여사? 여기선 이제 무엇을 해야 좋을지 모르겠군요."

"곧 갈게요!"

여사가 대답했다.

"장화 신을 시간을 좀 줘요. 난 여태 침대에 누워 있었거든요."

마치 기다리고나 있었다는 듯이 휴게실은 비어 있었다. 부인들은 벽난로가에 자리를 잡았다. 슈파츠 여사는 한 폭의 수틀 위에 꽃을 수놓았고, 클뢰터얀 부인도 몇 번 수를 놓다가는 일감을 무릎에 내려놓은 채 의자 팔걸이에 팔을 늘어뜨리고 멍하니 공상을 했다. 마침내 그녀는 공연히 하나마나 한 이야기를 했다. 그러나 공연스레 슈파츠 여사가, "뭐라고요?" 하고 묻는 바람에 그녀는 고분고분 그 말을 전부 다시 반복해야만 했다. 슈파츠 여사는 또다시 "뭐라고요?" 하고 물었다. 그러나 그 순간 출입구 쪽에서 발소리가 커지더니 문이 열리고 슈피넬 씨가 들어섰다.

"방해가 될까요?"

그는 여전히 문턱에서 부드러운 음성으로 물었다. 그러는 동안 그는 줄곧 클뢰터얀 부인만을 쳐다보면서 상체를 약간 우아하면서도 불안정하게 앞으로 굽히고 있었다……. 젊은 부인이 대답했다.

"아이, 무슨 말씀이세요? 첫째로 이 방은 자유항이나 마찬가지고, 슈피넬 씨, 그리고 당신이 뭐가 방해가 되겠어요. 지금 막 슈파츠 여사를 지루하게 만들고 있다는 느낌이 드는 참이었는데요……."

이 말에 그는 아무 대꾸도 못하고 단지 미소를 지으면서 자기의 썩은 이를 내보이며 부인들이 보는 가운데 아주 부자유스러운 발걸

음으로 유리문까지 가서는 거기 멈춰 서서 좀 교양 없는 태도로 부인
들에게 등을 돌리고 밖을 내다보았다. 그러고 나서 그는 반쯤 몸을
돌리고서는 계속해서 정원을 내다보면서 말했다.

"해가 없어졌군요. 어느새 하늘이 흐려요. 벌써 어두워지기 시작
하는데요."

"정말 그렇군요. 모두 그늘 속에 잠겼어요."

클뢰터얀 부인이 대답했다.

"소풍 나간 사람들이 눈을 맞을 것 같은데요. 어제 이 시간에는
아직도 대낮이었는데 오늘은 벌써 땅거미가 지는군요."

"아, 요즘처럼 내내 쾌청한 날씨 다음에는 어두움이 눈에 좋습니
다. 아름다운 것과 추한 것을 다 똑같이 뚜렷하게 밝혀주는 태양이
마침내 조금이나마 감춰졌다는 걸 전 감사하고 있습니다."

그가 말했다.

"태양을 싫어하시나 보죠, 슈피넬 씨?"

"전 화가가 아니기 때문이죠……. 태양이 없으면 내향적이 됩니
다—회백색의 구름이 두껍게 끼었군요. 아마 내일은 날씨가 풀릴
모양입니다. 그런데 그쪽 뒤에서 여전히 일감을 들여다보는 건 권하
고 싶지가 않은데요, 부인."

"아, 걱정 안 하셔도 돼요. 절대 안 할 테니까요. 그렇지만 뭘 해
야 하죠?"

그는 피아노 앞의 회전 의자에 가 앉아 피아노 뚜껑 위에 팔을 괴
고 있었다.

"음악이죠."

그가 말했다.

"지금 누가 약간의 음악이나마 들을 수 있습니까. 가끔 영국 애들이 '니그로 송'을 부르는 게 고작이죠."

"그렇지만 어제 오후에 오스터로 양이 아주 급하게 〈수도원의 종소리〉를 연주했죠."

클뢰터얀 부인이 언급했다.

"그래도 연주해주십시오, 부인."

그는 간청하며 일어섰다…….

"그전에 매일같이 아버님과 연주하시지 않았습니까."

"네, 슈피넬 씨, 그건 그때 일이었죠! 분수 시절이잖아요……."

"그걸 오늘 하십시오!"

그가 간청했다.

"이번 한 번만 몇 곡이라도 듣게 해주십시오! 제가 얼마나 원하는지를 아신다면……."

"우리집 주치의도, 그리고 레안더 박사도 그건 분명히 금지했어요, 슈피넬 씨."

"그들은 둘 다 여기 없습니다. 우린 자유입니다……. 부인께서는 자유입니다! 몇 개의 화음만이라도……."

"아녜요, 슈피넬 씨, 그래도 안 돼요. 제게서 기적 같은 일을 기대하시다니! 그리고 전 다 잊어버렸어요, 절 믿으세요. 기억하고 있는 건 거의 없어요."

"오, 그러시다면 그 '거의 없는 것'이라도 연주해주십시오! 여기 악보가 남아돌아갈 만큼 있군요, 여기 있어요, 저 위 피아노 위에. 아니 여기 이건 별거 아니고. 그런데 여기 있는 건 쇼팽이군요……."

"쇼팽이라고요?"

"네, 야상곡이에요, 그리고 이제 촛불을 켜는 것만 남았군요……."

"제가 칠 거라고 기대하지 마세요, 슈피넬 씨! 전 안 돼요. 몸에 해롭대도요!"

그는 입을 다물었다. 그리고 일어섰다. 커다란 두 발과 길고 검은 상의, 그리고 회색 머리칼과 흐릿하고 수염 없는 얼굴로 피아노 위에 있는 두 개의 촛불의 빛을 받으며, 두 손을 밑으로 내리고 있었다.

"그러면 더는 청하지 않겠습니다."

마침내 그가 나지막하게 말했다.

"몸에 해로울까 걱정이 되신다면, 부인, 당신의 손가락 사이에서 소리 내기를 바라는 아름다움을 죽은 채 소리 없이 놔두십시오. 항상 그토록 분별이 있으셨던가요! 적어도 그와는 반대로 아름다움을 저버리는 문제에 있어선 그렇지 않았습니다. 당신이 그 분수를 내버리고 그 작은 금관을 벗어던졌을 때 당신은 몸을 생각하지 않고 생각할 수 없을 정도로 확고한 의사를 보였습니다……. 들어보세요."

잠시 후 그가 말했고 그의 음성은 더욱 가라앉아 있었다.

"만일 당신이 지금 여기 앉아서 그 옛날 당신 아버지가 당신 곁에 서서, 당신을 울린 그 곡을 바이올린으로 켰을 때처럼 연주하신다면……. 그러면 다시금 당신 머리에서 그 작은 금관이 남몰래 반짝이는 것을 볼 수 있게 될 것입니다……."

"정말이에요?"

그녀가 물으면서 미소를 지었다……. 우연히도 그녀의 목소리는 이 말에서 막혀버려 반은 쉰 듯이, 반은 억양 없이 튀어나왔다. 그녀는 기침을 하고 나서 말했다.

"저기 갖고 계시는 게 정말 쇼팽의 야상곡이에요?"

"그럼요. 펼쳐져 있으니까, 이제 준비는 다 되어 있습니다."

"그러면, 정말이지 꼭 그중의 하나만 치겠어요."

그녀가 말했다.

"한 곡만이에요, 아셨죠? 그 정도면 무슨 일이 있더라도 만족하실 거예요."

그러고 나서 그녀는 몸을 일으키고, 일감을 제쳐놓고는 피아노 쪽으로 갔다. 그녀는 한 묶음의 악보가 놓인 회전 의자에 자리를 잡고, 촛대의 방향을 맞추고 악보를 뒤적거렸다. 슈피넬 씨는 의자 하나를 그 옆에 옮겨다놓고 그녀 옆에 마치 음악 선생처럼 앉았다.

그녀는 야상곡, 내림마장조, 작품 9, 제2번을 연주했다. 그녀가 잊어버렸다는 게 사실이라면 예전의 연주는 예술적으로 완벽했었음에 틀림없다. 피아노는 중급품에 불과했지만 그녀는 첫손에 벌써 확고한 감식력으로 이를 다루기 시작했다. 그녀는 각각의 음색에 대한 예민한 감각과, 환상적인 데까지 이끌어가는 리드미컬한 감동의 즐거움을 보여주었다. 그녀의 터치는 확고하면서도 유연했다. 그녀의 두 손에서 멜로디가 그 마지막 감미로움을 끝내자 머뭇거리는 듯한 우아함으로 장식음이 그 마디마디를 휘감아 돌았다.

그녀는 도착하던 날 입고 있던 옷, 머리와 손을 이 세상 사람이 아닌 것처럼 보이게 하는 어둡고 묵직한, 입체적인 우단 당초 무늬가 있는 보디스를 입고 있었다. 연주하는 동안 그녀의 안색은 변하지 않았지만, 입술의 윤곽이 훨씬 뚜렷해진 것 같았고, 두 눈 모서리의 그림자가 깊어진 것 같았다. 연주를 끝내자 그녀는 두 손을 무릎에 올려놓고 계속 악보를 바라보고 있었다. 슈피넬 씨는 아무 말 없이, 움직이지 않은 채 앉아 있었다.

그녀는 야상곡 하나를 더, 이어서 두 번째, 세 번째 곡을 연주했다. 그러고 나서는 위쪽 피아노 뚜껑 위의 새 악보를 찾을 양으로 몸을 일으켰다.

슈피넬 씨는 마침 회전 의자 위에 놓여 있던 검은 표지의 책 묶음을 뒤적이고 있었다. 갑자기 그는 괴상한 소리를 내뱉고는 그의 큼지막하고 흰 손으로 아무도 거들떠보지 않는 그 책들을 격정적으로 가리켰다.

"이럴 리가…… 어떻게 이런 일이…… ."

그는 말했다…….

"그래도 내가 잘못 본 건 아닌데……. 이게 뭔지 아십니까……? 여기 있는 것이……? 여기 제가 가지고 있는 것이……?"

"그게 뭐예요?"

그녀가 물었다.

그러자 그가 말없이 표지를 가리켰다. 그는 아주 창백해져 그 책을 아래로 내려뜨리고는 입술을 떨며 그녀를 바라보았다.

"정말이에요? 어떻게 여기에 그 곡이 있을까? 줘보세요."

그녀는 단조롭게 말하고서는 그 악보를 악보대에 세우고 앉아서 잠깐 동안 가만히 있다가 첫 페이지를 시작했다.

그는 그녀 곁에서 앞으로 몸을 굽히고 무릎 사이에 두 손을 깍지 끼운 채 머리를 수그리고 앉아 있었다. 그녀는 극단적으로, 고통스러울 정도로 천천히, 그리고 각 음표 간에 불안할 정도로 쉼을 두며 첫 부분을 연주했다. 동경의 모티브, 외롭고 방황하는 밤의 소리가 불안한 질문을 들려준다. 한 차례 정적과 기다림. 그리고 보라, 대답한다. 똑같이 불안하고 외로운 음향이, 단지 더 밝고 부드럽게. 또 한 차례 침묵. 그러자 저 가라앉고 경악스러운 스포르찬도로, 마치 정욕이 황홀하게 치솟아 용솟음치듯 사랑의 모티브가 들어서서 상승하여 황홀하게 솟구쳐 달콤하게 엇갈리다간 가라앉으며, 풀려나가며, 뒤로, 그러곤 무겁고 고통스러운 환희의 낮은 선율과 더불어 첼로가 나타나서 곡을 이끌어간다…….

연주자가 그 빈약한 악기로 오케스트라의 효과를 암시하고자 한 것은 헛된 일이 아니었다. 커다란 상승의 바이올린 활강부는 현저히 간결하게 울려왔다. 그녀는 짐짓 경건하게 연주를 했으며, 모든 형상에 충실함을 견지했고, 마치 사제가 성체를 자기 머리 위로 떠받들듯 하나하나를 겸허하고 뚜렷하게 드러내보였다. 무엇이 일어났는가? 두 개의 힘이, 서로 떨어져 있는 두 존재가 괴로움과 행복 속에 서로를 갈구하며 영원과 절대를 향한 황홀하고 광란 어린 욕구로 서로를 포옹한다……. 서곡의 불꽃이 마지막으로 피어올랐다가는 수그러지기 시작했다. 그녀는 막이 열리는 데에서 끝을 내고는 계속 아무 말 없이 악보를 들여다보고 있었다.

그러는 동안 슈파츠 여사는 지루함이 극에 달해 얼굴 모양이 일그러지고, 눈알이 휘둥그레져서, 송장처럼 겁에 질린 표정이 될 지경에 이르렀다. 게다가 이런 유의 음악은 그녀의 위에 영향을 미쳐서 소화가 잘 안 되는 그 기관을 불안 상태로 만들고 여사가 경련 발작을 일으킬까 두려워하게 만들었다.

"난 내 방으로 가야겠어요."

슈파츠 여사는 작은 소리로 말했다.

"안녕히, 난 돌아가겠어요……."

그러고 나서 그녀는 갔다. 어스름이 잔뜩 깔렸다. 밖에서는 눈이 두껍고 소리 없이 테라스로 떨어져 내리는 것이 보였다. 두 개의 촛불은 좁다란 불빛을 한들거리고 있었다.

"제2장을."

그가 속삭였다. 그러자 그녀는 책장을 넘겨서 제2장을 치기 시작했다.

뿔피리 소리가 저 멀리로 사라진다. 어떻게? 아니면 그것은 살랑거리는 나뭇잎 소리인가? 부드럽게 졸졸거리는 샘물 소리인가? 벌써 밤은 구석구석 침묵을 쏟아 붓고 어떤 간절한 경고도 벅찬 그리움을 더는 멈추게 하지 못한다. 성스러운 비밀이 완성된다. 촛불이 꺼지고 기묘하고 갑작스럽게 뒤덮인 음색과 함께 죽음의 모티브가 내려앉고 추적하는 듯한 초조 속에 팔을 벌리고 어둠 속으로 다가오는 연인을 향해 그리움은 그 하얀 면사포를 나풀거린다.

오, 사물의 영원한 피안에서의 한없고 끝없는 환희의 결합이여! 괴로운 오류에서 벗어나, 시간과 공간의 사슬로부터 빠져나와 너와 나, 네 것과 내 것이 한데 녹아들어 숭고한 기쁨이 된다. 간악한 낮의 환영이 그들을 갈라놓을 수 있을지라도 그 허황된 거짓말은 마력의 영약으로 밤을 꿰뚫어볼 수 있는 혜안을 가진 이들을 현혹시킬 수는 없다. 사랑하며 죽음의 밤과 그 달콤한 비밀을 들여다보는 자에게는 빛의 망상 속에서 오직 동경만이, 성스러운 밤, 영원하고, 진실되고, 하나로 만드는 밤으로의 그리움만이 남아 있다.

오 내려앉을지어라, 사랑의 밤이여, 그들에게 그들이 바라는 망각을 주고, 너의 기쁨으로 그들을 힘껏 감싸안아 거짓과 이별의 세계로부터 그들을 풀어줄지어다. 보라, 마지막 불꽃이 꺼져간다. 생각과 사고는 성스러운 어스름 속에 가라앉고, 그 어스름은 세계를 구원하여 망상의 고통 위로 퍼져간다. 그러고 나서 환영이 빛을 잃고, 황홀감에 내 눈이 멀지라도 대낮의 거짓이 그로부터 나를 내쫓고, 그칠 줄 모르는 내 그리움의 고통을 기만으로 대적할 때일지라도—그럴지라도, 오 기적의 실현이여! 그럴지라도 나는 세계—그러자 브랑게네(Brangäne : 바그너의 악극 〈트리스탄과 이졸데〉에 나오는 이졸데의 몸종)의 어두운 경고의 노래에 뒤이어 모든 이치보다 더 높은 바이올린의 상승이 뒤따른다.

"전 다 이해할 수가 없어요, 슈피넬 씨. 거의 다 막연한 느낌뿐이에요. 그런데 이건 무슨 뜻이죠—그럴지라도—난 세계이다—?"

그는 그녀에게 이를 짤막하고 조용히 설명했다.

"네, 그렇군요—하지만 그렇게 그걸 잘 이해하시는 분이 어째서 연주는 못하시지요?"

이상하게도 그는 이 악의 없는 질문에 어쩔 줄을 몰라했다. 그는 얼굴을 붉히고, 두 손을 비비면서 의자와 함께 가라앉는 듯했다.

"그것이 합치하는 경우는 드뭅니다."

마침내 그는 괴로운 듯이 말했다.

"그래요, 전 연주는 못합니다—그러니까 당신이 계속하십시오."

그래서 그들은 계속 황홀한 노래의 신비극 속으로 빠져들어갔다. 사랑이 죽었단 말인가? 트리스탄의 사랑이? 너 그리고 나의 이졸데의 사랑이? 오, 죽음의 손길도 그 영원한 사랑에는 미치지 못하나니! 방해받고 속아서 하나로 된 이들을 갈라놓는 것, 그것 외에 무엇이 죽어야 좋단 말인가? 감미로운 '그리고'로 사랑은 그들 두 사람을 묶는다……. 죽음이 이를 떼어놓는다면 한 사람의 생명만으로, 다른 사람에게 죽음을 내리지 않고서야 어찌하겠는가! 그러자 신비한 이 중창이 사랑의 죽음, 언제까지나 헤어지지 않는 광활한 기적의 나라, 밤의 세계에 대한 이름 없는 소망 속에서 이들을 결합시킨다. 감미로운 밤이여! 영원한 사랑의 밤이여! 만물을 품는 행복의 나라여! 너를 느끼며 예지하는 자가 어찌 아무 두려움 없이 황량한 낮으로 깨어 되돌아갈 수 있단 말인가? 그대 다정한 밤이여, 두려움을 물리쳐라! 그대 이제 저 그리워하는 이들을 깨어남의 궁핍으로부터 완전히 풀어줄지어다! 오 걷잡을 수 없이 쏟아지는 리듬이여! 오 반음색 치솟아 밀려드는 황홀한 형이상학적 인식이여! 광명이 주는 이별의 고통으로부터 멀리 떨어진 이 환희를 그들은 어찌할 것인가? 거짓과 두려움이 없는 포근한 그리움이여, 고귀하고 괴로움이 없는 소멸이여, 헤아릴 길 없는, 넘치는 행복의 황홀이여, 당신은 이졸데, 난 트리스탄, 이제는 더는 트리스탄도, 이졸데도 아니리…….

갑자기 놀랄 만한 일이 벌어졌다. 연주자가 갑자기 연주를 중단하고 손을 이마에 댄 채 어둠 속을 살폈으며, 슈피넬 씨는 재빨리 자기 자리에서 몸을 뒤틀었다. 저쪽 뒤, 복도로 통하는 문이 열리더니 한 사람의 모습이 또 다른 사람의 팔에 의지해서 들어섰다. 그것은 아인프리트의 요양객인, 썰매 파티에 참가하지도 못하고 이 저녁나절에 본능적으로, 그리고 슬프게도 이 병원을 배회해야만 하는 그 환자, 열아홉 명의 아기를 세상에 내놓고 사고 능력을 상실한 채 간호사의 팔에 의지한 횔렌라우흐 목사의 부인이었다. 그들을 거들떠보지도 않은 채 그녀는 더듬거리며 비틀거리는 걸음걸이로 그 방의 뒤쪽을 가로질러 맞은편 문으로 사라졌다—묵묵히, 멍하니 정처 없이 아무 의식도 없이—정적이 감돌았다.

"횔렌라우흐 목사 부인이에요."

그가 말했다.

"네, 가엾은 횔렌라우흐 부인이군요."

그녀가 말했다. 그리고는 악보만을 뒤적이더니 마지막 부분을, 이졸데의 사랑의 죽음을 연주했다.

그녀의 입술은 어쩌면 그렇게 창백하고 선명한지, 그리고 눈밑의 그림자는 어쩌면 그렇게 깊이 파였는지! 눈썹 위 속이 비칠 것 같은 이마에는 긴장한 듯, 불안하게 그 창백한 푸른 핏줄이 점점 더 뚜렷이 솟아올랐다. 그녀의 연주하는 두 손 아래에서는 지금껏 들어보지 못한 상승이 마치 발밑의 바닥이 미끄러져나가듯, 승화된 욕구 속에 가라앉는 듯, 극악스러울 정도로 갑작스러운 피아니시모로 갈라져서 완성되어가고 있었다. 넘쳐흐르는 어마어마한 해방과 충족이 밀려들고 반복되어서, 지나친 만족감으로 귀가 먹먹할 정도의 굉음이 지칠 줄 모르고 되풀이되고 되풀이되어 거슬러 흘러가듯 모양을 바꾸더니

165

숨을 거두려는 듯하다가는 다시 한번 그리움의 모티브를 그 하모니 속에 엮다가 마지막 숨을 내쉬고는, 죽어가며, 여운을 감추며 둥실둥실 떠돈다. 깊은 정적.

그들은 둘 다 귀를 기울였다. 고개를 옆으로 돌리고 귀를 기울였다.

"방울 소리예요."

그녀가 말했다.

"썰매군요."

그가 말했다.

"전 갑니다."

그는 일어나서 방을 나갔다. 그는 뒤쪽 문가에서 멈추더니 몸을 돌리고 잠깐 동안 불안한 듯 제자리걸음을 했다. 그러고 나서 그녀에게서 열다섯 내지 스무 발 정도 떨어졌을 때 그는 무릎을, 아무 소리 없이 무릎을 꿇었다. 길고 검은 그의 외투가 바닥 위로 펼쳐졌다. 그는 두 손을 입가에 대더니 어깨를 들먹였다.

그녀는 두 손을 무릎에 놓고 앞으로 기댄 채 피아노에서 몸을 돌려 그를 바라보았다. 조금은 불확실하고 괴로운 듯한 미소가 그녀의 얼굴에 떠올랐으며, 생각하는 듯 꽤 애써서 어스름 속을 살펴보는 눈은 약간 흐릿했다.

아주 멀리서부터 딸랑거리는 방울 소리, 채찍 휘두르는 소리, 그리고 사람들의 왁자지껄 하는 소리가 다가오고 있었다.

9

그 후에도 오랫동안 모든 사람들의 입에 오르내렸던 그 썰매 파티가 열린 것은 2월 26일이었다. 27일은 날씨가 풀려 모든 것이 녹아서 물방울져 튀기고 흘러들었고, 클뢰터얀 부인도 퍽 상태가 좋았다. 28일, 그녀는 약간의 피를 쏟았다……. 오, 대수로운 건 아니었지만 하여튼 피였다. 그와 동시에 그녀는 전에 없이 급격히 쇠약해져 자리에 누웠다.

레안더 박사가 그녀를 진찰했으며, 그때 그녀의 얼굴은 돌처럼 차가웠다. 그러고 나서 의사는 과학적인 처방에 따라 얼음과 모르핀과 절대 안정을 지시했다. 그러나 그 다음날 그는 일이 많다는 이유로 진찰을 중단하고 그녀를 뮐러 박사에게 넘겼으며, 뮐러 박사는 의무감과 계약에 따라 온갖 정성으로 이 여자를 떠맡았다 — 이 조용하고 창백하며, 별로 눈에 띄지도 않고 우울한, 그리고 거의 완쾌된 사람들이나 가망 없는 환자들에게 그의 겸허하고 명성 없는 활동을 바쳐온 이 남자가 맡게 된 것이다.

무엇보다도 먼저 그가 내놓은 견해는 클뢰터얀 씨 부부의 별거가 벌써 꽤 오래 지속되었으므로 클뢰터얀 씨의 번창하는 사업이 허락하는 대로 아인프리트로 재차 방문하는 것이 절대 바람직하는 것이었다. 누가 그에게 편지를 내어 아마 간단한 전보라도 받을 수 있도록 해야겠다……. 그리고 만일 꼬마 안톤을 데리고 온다면, 이 건강한 꼬마 안톤과 알게 되는 것이 다름 아닌 의사들로서도 꽤 흥미로운 일이라는 점을 제쳐놓더라도 확실히 그 젊은 어머니를 행복하게 해주고 건강하게 해줄 것이다.

그러자 정말 클뢰터얀 씨가 나타났다. 그는 뮐러 박사의 간단한 전보를 받고 발트 해 해안으로부터 온 것이다. 마차에서 내리자 그는 커피와 버터빵을 요청했으며 아주 어처구니없다는 표정이었다.

"선생, 무슨 일이죠? 무엇 때문에 날 불렀죠?"

그가 말했다.

"그러는 게 바람직하기 때문입니다" 하고 뮐러 박사가 대답했다. "지금 부인 곁에 머무르시는 것이 말입니다."

"바람직하다⋯⋯. 바람직하다⋯⋯. 그렇지만 안 그래도 되는 거 아니오? 난 돈도 생각해야 하고, 선생, 계절도 나쁜 때라 기차 요금도 비싸단 말이오. 이 여행을 안 할 수도 있었던 것 아니오? 설사 그게 폐라면 아무 말도 않겠소만, 지금은 천만다행으로 기관지 아니오⋯⋯."

"클뢰터얀 씨."

뮐러 박사가 부드럽게 말했다.

"첫째, 기관지는 중요한 기관입니다⋯⋯."

그는 이어 둘째를 잇지는 않으면서도 부당하게도 첫째라고 말했다.

그와 동시에 클뢰터얀 씨와 더불어 온통 붉은색과 황금색의 스코틀랜드 차림으로 휘감은 풍만한 여자가 아인프리트에 도착했는데, 이 여자는 바로 안톤 클뢰터얀 2세, 그 작고 건강한 안톤을 팔에 안고 왔다. 그렇다, 그 애가 왔다. 그리고 아무도 그 애가 실제로 굉장히 건강하다는 걸 부정할 사람은 없었다. 깔끔하고 깨끗하게 옷을 입은, 발그레하고 허여멀건 그 애는 통통하고 부드러운 레이스옷을 입은 하녀의 붉은 맨팔을 짓누르면서 어마어마한 양의 우유와 고기 다진 것을 먹고 울음을 터뜨리면서 자기 본능이 시키는 대로 몸을 내맡겼다.

자기 방의 창문에서 작가 슈피넬 씨는 그 어린 클뢰터얀의 도착을 지켜보고 있었다. 그 애가 마차에서 집 안으로 들어오는 동안 그는 기묘하고 흐릿하면서도 날카로운 눈초리로 그 애를 눈에 잡았으며, 그러고 나서도 오랫동안 똑같은 표정으로 자기 자리에 박혀 있었다.

그 뒤 그는 되도록이면 안톤 클뢰터얀 2세와 마주치는 걸 피했다.

10

슈피넬 씨는 자기 방에 앉아서 일하고 있었다.

그 방은 아인프리트에 있는 모든 방들과 마찬가지로 고풍스럽고, 단순하고, 고상했다. 육중한 서랍장엔 금속제 사자 머리가 박혀 있었고, 높다란 벽거울은 반반한 평면이 아니라 납으로 때운 여러 개의 작은 사각형 조각들로 이루어진 것이었으며, 양탄자가 깔려 있지 않은 푸른 칠을 한 바닥에는 가구들의 꼿꼿한 다리들이 선명한 그림자를 늘이고 있었다. 널찍한 책상 하나가 창문 가까이 있었으며, 그 소설가는 방을 아늑하게 할 요량으로 창문에 노란색 커튼을 달아놓았다.

황혼이 깃드는 가운데 그는 책상 위에 허리를 굽히고 편지를—그가 매일같이 우체국으로 부치지만 우습게도 대부분이 하나도 답장을 받지 못하는 그 수많은 편지들 중 하나를 쓰고 있었다. 큼지막하고 두툼한 편지지가 그 앞에 놓여 있었으며, 그 편지지의 왼쪽 꼭대

기 한구석, 복잡하게 그려진 풍경 밑에 데틀레프 슈피넬이라는 이름
이 아주 신식 글자로 씌어 있고, 조그마하고 꼼꼼하게 그린 듯한, 그
리고 지나치게 깨끗한 필체로 채워져 있었다.

거기에는 이렇게 씌어져 있었다.

"선생! 아래 글월을 당신에게 보내는 이유는 달리 어쩔 수가 없
고, 당신에게 말씀드려야만 할 것이 저를 가득 채우고, 괴롭히고, 전
율하게 만들어서, 그 말들이 나를 질식시킬 것처럼 밀려와 도저히 편
지를 통해서나마 털어놓지 않을 수가 없기 때문입니다……."

솔직히 말하지만 이 "밀려온다"는 건 경우가 전혀 달랐다. 무슨
허황된 근거에서 슈피넬 씨가 그와 같이 주장했는지는 아무도 모른
다. 그는 사회적 직업이 글쓰기인 사람 치고는 가련할 정도로 느리게
일을 진척시켰으며, 그를 본 사람이라면 누구나, 작가란 그 어떤 사람
들보다도 글 쓰는 게 힘든 사람이라는 생각을 할 것임에 틀림없었다.

두 손가락 끝으로 그는 자기 뺨에 기묘하게 난 솜털을 붙잡고서
는 15분가량 천천히 돌리면서 허공을 멍하니 쳐다보며 한 줄도 더 나
가지 못하다가는 몇 개의 근사한 말들을 쓰고서는 다시금 막혀버리
고 말았다. 한편 결과적으로 나타나는 것은 내용상 이상하고 의문스
럽고, 게다가 종종 이해하기 힘들다 할지라도 그것이 매끄럽고 생생
한 인상을 일깨워주리라는 점은 인정하지 않을 수가 없다.

"그것은." 그렇게 그 편지는 계속되었다.

내가 본 것, 몇 주일 전부터 지울 수 없는 비전으로 눈앞에 보
이는 것을 당신에게 또한 보여드리고자 하는 욕구, 즉 당신에게

그것을 나의 눈으로, 내면적인 시선으로 보는 것과 똑같이 내 언어로써 보여드리고자 하는 물리칠 수 없는 욕구입니다. 나는 내 체험이 잊혀지지 않고 불타오르게, 언제나 걸맞은 언어로써 세계의 체험으로 만들려는 충동에 습관적으로 굴복하고 맙니다. 그리고 그 이유 때문에라도 당신은 내게 귀를 기울여주십시오.

내가 말하고자 하는 것은 단지 과거에 있었던 일, 그리고 현재의 그것만입니다. 나는 단지 이야기 하나만을, 아주 짤막하고 말할 수 없이 쾌씸한 이야기를 하겠습니다. 나는 그것을 아무런 주석이나 비탄, 또는 판단 없이 오직 내 언어로서 하고자 합니다. 그것은 가브리엘레 엑호프의 이야기입니다. 선생, 당신이 당신 것으로 이름 붙인 그 부인의…… 그리고 잘 알아두십시오! 그것을 겪은 것은 당신이었습니다만, 저는 저의 말로 당신에게 처음으로 진실되게 그 체험의 의의를 높여줄 것입니다.

당신은 그 정원을 기억하십니까, 낡은 명문가의 오래되고 무성한 그 뒷뜰을? 그 꿈속 같은 황폐함을 둘러싸고 있는 허물어진 담장 틈새에는 푸른 이끼가 무성하게 자라고 있었습니다. 그 한가운데 있던 분수도 기억하십니까? 연보라빛 백합들이 그 바스러질 듯한 분수대 위로 고개를 숙이고, 그 갈라진 돌 위로 흰 물줄기가 남몰래 속살거리며 내리고 있었습니다. 저물어가는 여름 한때였습니다.

일곱 명의 처녀들이 그 분수를 둘러싸고 앉아 있었습니다. 그러나 그 일곱 명의, 첫 번째, 한 여자의 머리에서는 내리쬐는 태양이 반짝거리는 최고의 표식을 남몰래 엮고 있었습니다. 그 여

171

자의 눈동자는 불안한 꿈이었고, 그럼에도 그 선명한 입술은 웃고 있었습니다……

그들은 노래 부르고 있었습니다. 그들은 물줄기 꼭대기까지, 그 물줄기가 지친 듯 고상하게 휘어져 떨어지려는 그곳을 향해 그들의 갸름한 얼굴들을 들어 올리고 있었고, 날씬하게 춤추는 그 주위를 그들의 낮고 맑은 목소리가 떠돌고 있었습니다. 아마도 그들은 그 예쁘장한 두 손들을 무릎에 포개놓고 노래를 불렀겠죠……

이 모습이 생각나십니까, 선생? 그것을 보셨습니까? 보지 못하셨을 것입니다. 당신의 눈은 그것을 볼 수 없었으며, 당신의 귀는 그 멜로디의 무구한 감미로움을 듣지 못했습니다. 그들을 보셨습니까?―당신은 숨도 쉬지 않고 가슴이 뛰는 것을 억제해야 했습니다. 당신은 갔어야 했습니다. 다시금 생활로, 당신의 생활로, 그러곤 그 광경을 손댈 수 없고 손상시킬 수 없는 성스러운 것으로 지상에서의 당신의 여생을 위해 당신 영혼 속에 간직했어야만 했습니다. 그러나 당신은 어떻게 했습니까?

그 모습이 마지막이었습니다, 선생. 당신은 그곳에 그 추악한 고통과 천박함을 지속시켜주어야 했고, 그것을 파괴해야만 했습니까? 그것은 몰락해가고, 해체되고, 소멸해가는 저녁의 광휘 속에 잠긴 감동적이고 평화로운 신화(神化)였습니다. 행위와 인생을 감당하기에는 너무나 고상하고 이미 지쳐버린 한 오랜 가문이 그 끝에 다다르고 있었습니다. 예술의 소리, 죽음의 성숙을 인식하는 우수로 가득 찬 몇 개의 바이올린 소리가 그 마지막 표현입니다……. 이 소리에 눈물을 빼앗긴 그 눈을 보셨습니까? 아마도 그 여섯 명 친구들의 영혼은 삶에 속해 있었지만 그 자매 같은 여주인공의 영혼은 아름다움과 죽음에 속해 있었을 것입니다.

당신은 그것을, 이 죽음의 아름다움을 보았습니다. 그것을 응시하고는 욕심을 내었습니다. 그 감동적인 성스러움에 당신의 마음은 아무런 경건함도, 아무런 거리낌도 느끼지 못했습니다. 당신은 보는 것만으로 만족하지 않았습니다. 당신은 소유하고 남김없이 이용하고 성스러움을 모독해야 했습니다……. 당신은 얼마나 근사하게 선택을 했습니까! 당신은 식도락가입니다. 선생, 천박한 식도락가, 맛을 아는 농부입니다.

제발 내가 당신을 괴롭히려는 생각을 결코 가지고 있지 않다는 것을 알아주십시오. 내가 말하는 것은 결코 모욕이 아니라, 문학적으로 아무 흥밋거리가 없는 당신의 인품에 대한 단순한 심리적인 공식이며, 내가 그것을 말하는 이유는 당신에게 당신 자신의 행위와 본질을 조금이나마 밝혀주고자 하는 충동을 느끼고, 또 사물에 이름을 붙여주고, 그것을 말로써 얘기하게 하고, 미지의 것을 밝게 비추이는 것이 지상에서의 내 불가피한 직업이기 때문입니다. 세상은 온통 내가 '무의식적 위험'이라고 부르는 것들로 가득 차 있습니다. 그리고 나는 이런 모든 무의식적인 유행을 참아내지 못합니다! 나는 그것을, 이 어리석고, 몰지각하고, 몰인식적인 생과 행동을, 내 주위의 이 자극적인 순박함의 세계를 견디어내지 못합니다! 나는 참을 수 없을 만큼 고통스럽게 주위의 모든 존재를─내 힘닿는 데까지─이것이 촉진하거나, 혹은 저해하는 효과를 가져오든, 위로와 진정을 가져다주거나 아니면 고통을 덧붙여주는가를 개의치 않고—해석하고, 말로 나타내고, 그리고 의식화시킵니다.

당신은, 선생, 이미 말씀드린 것처럼 천박한 식도락가, 맛을 아는 농부입니다. 본래는 둔한 체질과 지극히 하등 발전 단계에 있던 당신은 재산과 안이한 생활 방식으로 갑작스럽게 야만적이고도 비역사적인 신경 계통의 타락에 도달했고, 그것은 향락을 탐욕스럽고 세련되게 만들었습니다. 당신이 가브리엘레 엑호프를 소유하기로 작정했을 때 당신 목구멍의 힘줄이 마치 값비싼 수프나 희귀한 음식을 대면했을 때처럼 입맛을 다시는 운동을 했으리라는 것은 충분히 예측 가능한 일입니다…….

사실 당신은 그 여자의 꿈 같은 뜻을 잘못 인도했고, 그 무성한 정원으로부터 생활과 추악함으로 끌어내었고, 당신의 비천한 이름을 주어서 그 여자를 아내로, 주부로, 그리고 애엄마로 만들었습니다.

당신은 그 지치고, 수줍어하고, 어느 용도와도 무관한 고귀함 속에 꽃피는 죽음의 아름다움을 비천한 일상생활의, 그리고 자연이라 불리는 저 뻔뻔스럽고, 어설프고, 비루한 일상에 봉사하도록 끌어내렸으며, 이러한 출발이 심히 파렴치하다는 생각은 당신의 농사꾼 같은 양심에서는 싹틀 리가 없습니다.

다시 한번, 무슨 일이 일어났습니까? 불안한 꿈과 같은 눈을 가진 그 여자는 당신에게 아이를 선사했습니다. 그 육친의 천박성을 이어받은 이 생명에게 그 여자는 자기가 갖고 있는 피와 목숨을 다 바쳤으며, 그러곤 죽어가고 있습니다. 죽어가고 있단 말입니다. 선생! 그리고 그 여자가 천박함으로 빠져들어가지 않고, 그럼에도 마침내는 자기 모멸의 심연으로부터 일어서서 아름다움의 마지막 입맞춤 속에서 자랑스럽고 행복하게 사라질 수 있다면 그것은 바로 제 덕분이었습니다. 그동안 당신은 음침한 복도에서 하녀와 재미를 보는 게 고작이었습니다.

그러나 당신의 아이, 가브리엘레 엑호프의 아들은 날마다 무럭무럭 자라고 있으며, 개가를 올리고 있습니다. 아마 그는 자기 아버지의 삶을 이어가고, 장사를 하며, 세금을 납부하고, 좋은 식사를 즐기는 시민이 되겠죠. 아마도 군인이나 관리, 무지하고 유능한 국가의 기둥이 될지도 모르죠. 어떤 경우에도 예술 감각이라곤 없지만 정상적 기능을 발휘하는 데 주저함이 없고 믿음성 있고, 강건하며 멍청한 친구가 될 것입니다.

내가 선생을 미워한다는 것을, 당신이 보여주는 천박하고, 우스꽝스럽고, 그러면서도 승리에 찬, 아름다움의 영원한 대립이자 숙적인 생 자체를 미워하는 것과 같이 당신과 당신의 아이를 미워한다는 고백을 받아주십시오. 내가 당신을 멸시한다는 말은 아닙니다. 난 그럴 수는 없습니다. 난 정직합니다. 당신은 강자입니다. 내가 당신과의 싸움에서 맞설 수 있는 것은 단 하나, 약자들의 고귀한 무기요 복수의 도구인 정신과 말뿐입니다. 오늘 나는 그것을 사용했습니다. 말하자면 이 편지는—물론 여기에서도 난 정직합니다. 선생—복수 행위 외에 아무것도 아니며, 그 편지 속의 오직 단 한마디라도 날카롭게 번득이면서 멋있게 당신을 당황

하게 만들고, 당신으로 하여금 낯선 힘을 느끼게 하고, 당신의 강
건한 평정을 순간적으로 흔들어버릴 수가 있다면 난 더할 나위
없이 기쁠 것입니다.

데틀레프 슈피넬

그러고 나서 슈피넬 씨는 이 편지를 봉투에 넣고, 우표를 붙여서
깨끗하게 주소를 쓴 다음 우체국으로 발송했다.

11

클뢰터얀 씨가 슈피넬 씨 방문을 노크했다. 그는 커다랗고 깨끗하
게 씌어진 종이를 손에 들고 있었으며, 마치 힘차게 전진할 결심을 한
사람처럼 보였다. 우체국이 그 의무를 다해서, 그 편지는 제 길을 찾
았던 것이다. 그 편지는 아인프리트에서 아인프리트로의 기묘한 여행
을 끝마치고 제대로 수취인의 손에 닿았다. 그것은 오후 네 시였다.

클뢰터얀 씨가 들어섰을 때 슈피넬 씨는 소파에 앉아서 복잡한
표지 그림이 있는 자신의 소설을 들여다보고 있었다. 분명히 그는 얼
굴이 새빨개졌지만 일어서서 그 방문객을 놀란 듯, 그리고 의문스러
운 듯 쳐다보았다.

"안녕하십니까."

클뢰터얀 씨가 말했다.

"당신 일을 방해해서 죄송합니다. 그렇지만 당신이 이걸 쓰셨는
지 물어봐도 될까요?"

그러면서 그는 커다랗고 깨끗하게 쓴 종이를 왼손으로 들어 올리더니 오른손으로 딱딱 소리가 날 정도로 때렸다. 그러고 나서 자신의 널찍하고 편안한 바지 주머니에 오른손을 밀어 넣고 고개를 옆으로 젖히고는 흔히 사람들이 대답을 기다릴 때 그러하듯이 입을 벌렸다.

괴이하게도 슈퍼넬 씨는 웃음을 띠고 있었다. 친근한 미소를 띠면서 약간 혼란한 듯, 반쯤은 송구스러워하며, 그제야 정신이 든 듯 손을 머리로 가져가더니 말했다.

"아, 맞습니다……. 예…… 실례인 줄 압니다만……."

사실 오늘 그는 편지를 쓰고 나서 점심때까지 잠을 잤다. 그로 말미암아 그는 양심의 가책을 느꼈으며 머리가 띵해서 신경이 날카로워진데다가 저항력을 거의 상실하고 있었다. 게다가 봄바람이 스며들어 그를 무기력하게 만들었고 자포자기로 기울어지게 했다. 이 모든 것들이 곧 그가 이 상황에서 그토록 멍청하게 행동한 것을 해명해 줄 수 있을 것이다.

"그래요! 아아! 좋습니다!"

클뢰터얀 씨는 이렇게 말하면서 턱을 가슴에 대고, 눈썹을 치켜세우고, 팔을 뻗는 등 이런 형식적인 질문이 끝나면 곧 가차없이 본론으로 들어갈 것 같은 준비를 했다. 자신의 체격을 자랑하는 듯 그는 약간 과장된 태도로 이런 준비 과정을 거쳤다. 마침내 이런 말없는 준비 과정의 위협적인 상황과 완전히 일치하지는 않는 결과가 나타났다. 슈퍼넬 씨는 굉장히 창백해져 있었다.

"아주 좋소!"

클뢰터얀 씨가 되풀이했다.

"그리고 그 대답을 말로 들으시오. 이보시오, 게다가 몇 시간이고 말로써 할 수 있는 사람에게 몇 장이나 되는 편지를 쓰는 걸 내가 어리석다고 여긴다는 걸 알아두시고……."

"지금…… 어리석다는 건……."

슈피넬 씨는 웃음을 띠면서, 미안한 듯, 그리고 비굴에 가깝게 말했다…….

"어리석소!"

클뢰터얀 씨는 되풀이하면서 마치 그 누구도 자신의 자신감을 훼손할 수 없음을 보여주려는 듯 거세게 머리를 흔들었다.

"그리고 난 이런 글 조각들에 일언의 가치도 두지 않을 것이오. 솔직히 말해서 그게 내가 지금까지 파악하지 못했던 어떤 일을, 모종의 변화를 깨우쳐주지 않았더라면 한갓 빵을 싸는 종이만큼이나 하찮게 여겼을 것이오……. 더구나 당신과는 아무 상관도 없는 일이고 당신이 끼어들 일도 아니오. 난 활동적인 사람이오. 난 당신의 '말할 수 없는 비전' 따위보다 더 훌륭한 것을 생각해야 한단 말이오……."

"전 '지울 수 없는 비전'이라고 썼습니다."

슈피넬 씨는 이렇게 말하면서 몸을 일으켜 세웠다. 그것은 바로 그가 이 상황에서 약간이나마 위엄을 드러낸 유일한 순간이었다.

"지울 수 없는…… 말할 수 없는……!"

클뢰터얀 씨는 이렇게 대꾸하며 편지를 들여다보았다.

"형편없는 글씨군. 여보, 당신 같은 사람은 내 사무실에 쓸 수 없겠소. 첫눈엔 아주 깨끗한 것 같은데 밝은 데서 보니 구멍투성이고 떨리는 필체구려. 그러나 그건 당신 일이지 나하곤 상관없소. 내가

여기 온 건 첫째 당신이 어릿광대라는 걸 말하러 왔소—이제 그건
다행히도 당신이 잘 알고 있소. 내 아내가 언젠가 쓰기를, 당신은 마
주치는 여성을 볼 때에는 얼굴을 정면으로 보는 것이 아니라 좋은 느
낌을 얻기 위해서, 현실을 두려워해서 단지 곁눈질을 한다고 했소.
유감스럽게도 그 후로는 편지에서 당신 얘기를 쓰기를 중단했지만
그렇지만 않았다면 당신에 관해 더 많이 알고 있었을 거요. 하지만
당신은 그 모양이야. 아름다움이란 당신이 툭하면 쓰는 말이고 근본
적으로는 비겁함과 음침함과 질투 외에 아무것도 아니란 말이오. 그
리고 '음침한 복도'라고 당신이 뻔뻔하게 쓴 말은 내 정곡을 찌르려
고 했는지는 모르지만 내겐 단지 농담거리밖에 안 된단 말이오, 내겐
농담거리란 말이오! 이제 내 답을 알겠소? 당신에게 내가 당신
의…… 당신의 행위와 본질을 이제 약간이나마 밝혀드린 셈이지, 이
딱한 양반아? 물론 그게 내 불가결한 직업은 아니지만 말이야, 하
하……!"

"난 '불가피한 직업'이라고 썼습니다."

슈피넬 씨가 말했다. 그러나 그는 다시금 단념하고 말았다. 그는
마치 키가 큰 가련한 반백의 학생처럼 어쩔 줄 모르고 낭패해서 서
있었다.

"불가피한…… 불가피한…… 당신은 비열한 겁쟁이란 말이오.
당신은 매일같이 식탁에서 나를 보지 않소? 나한테 인사를 하며 웃
고, 접시를 내밀면서 웃고, 식후 인사를 하고 웃으면서 어느 날 느닷
없이 그 따위 어리석은 모욕으로 가득 찬 종이 나부랑이를 디민단 말
이오. 좋소, 글로는 용기가 있단 말이지! 가소로운 편지일망정. 그러

나 당신은 날 모함했소, 내 등뒤에서 날 모함했소. 이제야 아주 잘 알겠소……. 그게 당신에게 어떤 이득이 되리라고 생각해봐야 아무 소용 없는 일이지만! 만일 당신이 내 아내의 머릿속에 쓸데없는 생각을 집어넣을 희망에 골몰해 있다면 당신은 길을 잘못 잡았어, 여보, 그러기엔 그 여잔 너무 똑똑한 사람이란 말야! 또는 필경 당신이, 우리가 왔을 때 그 여자가 나와 아이를 여느 때와는 좀 다르게 맞았다고 믿을지 모르지만, 그렇다면 당신의 몰취미는 더할 나위 없지! 꼬마에게 키스를 안 한 것은 조심하느라고 그런 거야. 말하자면 자신의 병이 기관지가 아니라 폐가 아닐까? 그런 경우라면 혹 어떨지 모른다는 생각이 떠올랐기 때문이란 말이야……. 물론 그게 폐라는 것은 아직도 더 증명이 되어야겠지만, 그리고 당신은, '그 여자는 죽어가고 있습니다, 선생' 하고 말하는 당신은 등신이야!"

여기서 클뢰터얀 씨는 약간 숨을 가다듬으려고 했다. 이제 그는 아주 화가 나서 줄곧 오른손 집게손가락으로 삿대질을 하면서 왼손에 있는 편지를 못살게 굴고 있었다. 금빛의 영국식 구레나룻 사이의 얼굴은 무서울 정도로 상기되어 있었고 잔뜩 찌푸린 이마는 성난 번개처럼 부풀어오른 핏줄로 갈라져 있었다.

"당신은 날 미워해."

그는 계속했다.

"그리고 내가 강자가 아니라면 당신은 날 멸시할 거야……. 그래, 난 강자야, 제기랄, 내 심장은 제자리에 있어, 당신 심장이야말로 늘 바지 속에 차고 다니지만 말이야. 그리고 그래도 상관없다면 당신의 그 '정신과 말'이라는 것과 함께 당신을 송두리째 날려버릴 텐데,

180

이 교활한 백치 같으니. 그렇다고, 여보, 내가 당신의 비방을 그걸로 서 만족해한다는 소리는 아니야. '비천한 이름'이라고 된 그걸 집에 있는 우리 변호사에게 보이는 날이면 당신은 혼쭐이 나겠지? 내 이름은 훌륭해, 여보, 그건 다 내 덕분이지. 누가 당신 이름으로 은전한 넣어치나 외상으로 줄 수 있는지는 당신 스스로 생각해봐. 이 떠돌이야! 당신 같은 건 법적으로 따져야 돼! 당신은 공공에 위험해! 사람들에게 혼란을 줘…… 물론 그렇다고 당신이 이번에 성공했다고 예측할 필요는 없지만 말이야, 이 엉큼한 녀석! 도대체 당신 같은 녀석들한테 난 넘어가지 않는단 말야. 내 심장은 제자리에 있거든……."

클뢰터얀 씨는 이제 정말 극도로 흥분해 있었다. 그는 소리를 지르면서 자기 심장이 제자리에 있다고 되풀이해서 말했다.

"그들은 노래 부르고 있었습니다. 구둣점. ……그들은 노래 부르지 않았단 말야! 뜨개질을 하고 있었어. 그 밖에 내가 알기로는 감자 튀기는 방법에 관해 이야기하고 있었어. 그리고 그 몰락이니 해체니 하는 말을 내 장인에게 얘기하면 당신은 즉각 법에 고소당할 거야, 확신하지! ……'그 모습을 보셨습니까, 그것을 보셨습니까?' 물론 그걸 보았지. 그렇지만 왜 내가 그 때문에 숨을 죽이고 도망을 가야 하는지 이해할 수가 없군. 난 여자들의 얼굴을 흘낏 훔쳐보는 것이 아니라 똑바로 들여다봐. 그리고 내 마음에 들고 또 그 여자가 나를 원하면 난 그 여자를 취하지. 난 정상적인 사람이거든……."

누군가 문을 두드렸다―똑같이 아홉 번 내지 열 번 아주 황급히 연달아 방문을 두드렸다. 그 작지만 격렬하고 불안한 소용돌이는 클뢰터얀 씨의 입을 다물게 했고, 안정을 잃은 채 압박감에 사로잡힌 듯 갈피를 잡을 수 없는 목소리가 굉장히 다급하게 들려왔다.

"클뢰터얀 씨, 클뢰터얀 씨, 아, 클뢰터얀 씨 계세요?"

"밖에서 기다려요."

클뢰터얀 씨가 무뚝뚝하게 말했다…….

"뭐요. 난 여기서 얘기할 게 있소."

"클뢰터얀 씨."

주저하는 듯한 갈라진 음성이 말했다.

"빨리 가셔야 해요……. 의사들도 와 있어요……. 오, 너무나 가엾어서……."

그러자 그는 한걸음에 문으로 다가가서 문을 열었다. 슈파츠 여사가 밖에 서 있었다. 그 여자는 손수건을 입가에 대고 있었으며, 눈물이 뚝뚝 수건으로 떨어지고 있었다.

"클뢰터얀 씨."

그 여자가 말을 꺼냈다…….

"너무 가엾어요……피를 많이 쏟았어요, 끔찍하게 많이…… 침대에 아주 조용히 앉아서 혼자 입 속으로 음악 한 곡조를 웅얼거리더니, 그만 그렇게 됐어요, 맙소사, 그렇게나 많이……."

"죽었단 말이오?"

클뢰터얀 씨가 외쳤다……. 그러면서 그는 시의원 부인을 한 팔로 감싸고 문턱 위에서 이리저리 흔들어댔다.

"아니야, 그럴 리가 없어, 그럴 리가? 그럴 리가 없어, 아직 날 볼 수가 있을 거야……. 다시 피를 약간 쏟았다고요? 폐에서, 그럴 리가? 아마 폐에 이상이 생겼을지도 모르지…… 가브리엘레!"

그렇게 말하는 그의 눈에는 눈물이 가득 고였다. 따사롭고, 선량하고, 인간적인 솔직한 감정이 그로부터 솟아나오는 듯이 보였다.

"좋소, 가겠소!"

이렇게 말하면서 그는 큰 발걸음으로 시의원 부인과 함께 복도를 건너갔다. 멀리 떨어진 대기실에서 아직도 여전히 그의 다급한 목소리가 멀어져가며 들려왔다.

"그럴 리가 없어, 그럴 리가……? 폐라니……?"

12

슈피넬 씨는 클뢰터얀 씨가 자기 방에 서 있던 바로 그 지점에 서서 열린 문을 바라보고 있었다. 마침내 그는 몇 걸음 앞으로 나가 멀리로 귀를 기울였다. 그러나 주위가 조용했기 때문에 그는 문을 닫았다.

한참 동안 그는 거울을 바라보다가 책상으로 가 서랍에서 작은 병과 잔 하나를 꺼내 코냑을 한 잔 마셨다. 아무도 이렇게 행동하는 그를 나무랄 수는 없다. 그런 뒤 그는 소파에 몸을 쭉 뻗고 눈을 감았다.

윗 여닫이 창문은 열려 있었다. 바깥 아인프리트의 정원에는 새들이 지저귀고 있었으며, 이 작고, 부드럽고, 활기 찬 소리는 봄의 온갖 것을 섬세하게 구석구석 드러내고 있었다. 그러자 슈피넬 씨는 한번, '불가결한 직업……'이라고 혼자 중얼거리더니 머리를 이리저리로 움직이고 마치 심한 신경통을 앓을 때처럼 이를 악물고 숨을 들이

마셨다.

안정과 평정을 찾는다는 건 무리다. 이처럼 몰상식한 일을 당한다는 건 격에 맞지 않아! ―따지면 한없이 그 일에 몰두하게 되리라는 생각에 슈피넬 씨는 마침내, 몸을 일으켜 운동을 하러 바깥으로 나가야겠다는 결론에 도달했다. 그래서 그는 모자를 집어 들고 방을 나섰다.

그가 건물 밖으로 나서자 부드럽고 향긋한 바람이 그를 감쌌다. 그는 고개를 돌렸고 그의 눈은 서서히 건물의 한 창문, 커튼이 쳐져 있는 창문까지 미끄러져갔으며 그의 시선은 한동안 진지하고 확고하고 어둡게 그곳을 응시하고 있었다. 잠시 후 그는 두 손으로 뒷짐을 지고 자갈길을 걸어갔다. 그는 깊은 생각에 젖어 걸어갔다.

아직도 꽃밭엔 거적이 덮여 있었으며, 나무들과 관목들은 여전히 벌거벗은 채였다. 그러나 눈은 사라지고 길에는 드문드문 아직도 축축한 자국이 보였다. 동굴과 오솔길과 작은 정자가 있는 그 널찍한 정원은 강렬한 그림자와 풍만한 황금빛 햇살과 함께 장엄하고 다채로운 오후의 햇볕 속에 있었으며, 나무들의 어두운 가지들이 밝은 하늘을 향해 날카롭고 유연하게 뻗어 있었다.

그 시간은 바로 태양이 제 모습을 갖추어 무형의 빛덩어리가 또렷이 가라앉은 원판으로 변해, 그 풍요롭고 연한 빛살을 눈으로도 견딜 만한 무렵이었다. 슈피넬 씨는 해를 보지 않았다. 그가 따라가는 길은 해가 가려 그늘진 곳이었다. 그는 머리를 숙인 채 걷고 있었으며, 혼자 입 속으로 짤막한 곡조의 불안하고 비탄하듯 상승하는 음을, 그리움의 모티브를 웅얼거리고 있었다……. 그러나 퍼뜩 짧고 경련하듯 한숨을 내쉬면서 그는 못박힌 듯 그 자리에 멈춰 섰다. 잔뜩 찌푸린 두 눈썹 아래에서 그의 쭉 째진 눈은 놀란 듯 방어하는 기색을 보이면서 똑바로 앞을 응시했다…….

길은 꺾어져서 저무는 해를 마주 보며 나 있었다. 가장자리가 황금빛으로 물든 좁다랗고 밝은 두 조각의 구름으로 갈라져서 태양은 크고 비스듬히 하늘에 걸려 있었으며, 나무들의 우듬지를 불타오르게 하고, 정원으로 그 누렇고 붉은 광휘를 쏟아놓고 있었다. 그리고 이 황금빛 서광 한가운데에 강렬한 태양의 빗살을 머리에 이고 길 가운데 우뚝 선 온통 빨갛고 황금빛 스코틀랜드 차림의 뚱뚱한 자태가 오른손으로는 풍만한 엉덩이를 받치고, 왼손으로 날씬하게 생긴 유모차를 가볍게 이리저리 움직이면서 똑바로 서 있었다. 이 유모차에는 아기가 하나 앉아 있었다. 안톤 클뢰터얀 2세, 가브리엘 엑호프의 통통한 아들이었다.

그 애는 흰 융으로 된 겉옷을 입고 크고 흰 모자를 쓴 채 토실토실한 뺨에다, 크고 건강한 모습으로 포대기에 싸인 채 앉아 있었으며, 아기는 쾌활하고 스스럼없이 슈피넬 씨를 쳐다보았다. 소설가는 힘을 내려 했다. 그도 남자라면 이렇게 예기치 않게 광휘 속에 떠오른 모습을 지나쳐서 자기 산책을 계속할 힘은 있었으리라. 그러나 그때 끔찍한 일이 벌어졌다. 안톤 클뢰터얀이 웃고 소리를 지르기 시작하며 뭐가 좋아서인지 손바닥을 치자 뭔가 섬뜩한 감이 들었다.

도대체 어떤 이유로 자기와 마주 선 검은 모습을 보고 아이가 그토록 사나울 정도로 쾌활해졌는지, 아니면 일종의 동물적인 쾌적한 발작이 아이를 덮쳤는지 아무도 모른다. 그 애는 한 손엔 뿔로 된 물건을, 다른 손에는 양철로 된 딸랑이 상자를 쥐고 있었다. 이 두 장난 감을 아이는 환호성을 올리며 햇빛 속으로 높이 치켜 뻗치고는 마치 누군가를 비웃으며 쫓아버리려는 듯이 그것들을 흔들다가는 서로 부딪쳤다. 아이의 두 눈은 만족에 겨워 거의 감겨 있었고 붉은 잇몸이 온통 보일 정도로 입을 딱 벌리고 있었다. 게다가 머리를 이리저리로 젖히면서 소리를 질렀다.

그러자 슈피넬 씨는 발걸음을 돌려 그곳을 떠났다. 그는 꼬마 클 뢰터얀의 환호를 받으며 조심스럽고 꼿꼿한 자세로 어색하게 팔을 내저으며 자갈길을 건너갔다. 마음속에서 도망치려 하는 것을 숨기 려는 사람의 굉장히 머뭇거리는 발걸음으로.

마리오와 마술사

Mario und der Zauberer

토르레 디 베네레에서의 추억은 대체적인 분위기로 볼 때 불쾌한 것이 있다. 분노, 흥분, 과도한 긴장, 그런 것이 처음부터 공기 중에 떠돌고 있었고 결국에 가서 그 가공할 치폴라 사건이 폭발하고 말았다. 그 치폴라라는 인간의 성질 속에는 그 도시의 분위기가 지니고 있었던 특이한, 악독한 그 무엇이 숙명적으로, 하지만 동정심을 가지고 본다면 대단히 인상 깊게 드러나 있었고, 겁이 나도록 압축되어 있었다. 그 공포에 싸인 끝판에 가서도(후에 생각이 들었지만 그것은 미리 짐작할 수 있었던 것이고, 또한 사물의 본질로 보아 당연한 귀결이었고) 어린아이들까지도 그 꼴을 당했던 것은 생각이 모자랐던 탓에 생긴 일이었지만, 여하간 딱하고도 떳떳하지 못한 결과가 되고 말았다. 그러나 그것은 치폴라라는 기묘한 사나이가 엉터리 수작을 부려 우리를 속여먹었기 때문이기도 했다. 그나마 다행인 것은 아이들은 어디서 구경거리가 끝나고, 어디서부터 그 재앙이 시작되었는지를 잘 모르고 있어, 모든 것이 연극이었다고 속이고 좋아라 생각하게 내버려 두었다.

　　토르레는 포르토클레멘테에서 약 15킬로미터쯤 떨어진 도회지다운 아담한 시골 거리였고 티레노 해(Tirreno : 이탈리아 남부와 코르시카 섬 사이의 바다)의 사람들이 가장 많이 모이는 해수욕장 중 하나였다. 여름 한철은 몇 달 동안 손님으로 들끓는다. 훤히 내다보이는 해변에는 화려한 호텔과 매점 들이 즐비하게 늘어서 있고, 탈의실, 깃발이 나부끼는 모래 언덕, 또는 햇빛에 갈색으로 그을린 사람들이 모래사장을 뒤덮고, 유흥장엔 사람들이 모여들어 시끄럽기 짝이 없었다. 바닷가에는 솔밭이 펼쳐져 있고 그 숲에서 내다보면 멀지 않은 곳에서 산들이 굽어보고 있고, 전체 해안선을 따라 아늑하고 고운 모래밭이 여유 있게 넓은 면적을 차지하고 있었기 때문에, 다른 곳보다 한결 한적한 해수욕장이었지만 벌써부터 그 장래성을 인정받는 것도 당연한 일이었다. 토르레 디 베네레란 이름은 본래 그곳에 서 있던 탑에서 유래한 것인데, 그 탑은 지금은 흔적도 없었다. 휴양지로서는 근처의 큰 해수욕장의 지점(支店)처럼 몇 해 동안은 소수인을 위한 목가적 별천지였고, 세속을 꺼리는 인사들의 피난처였다. 그러나 그런 장소의 운명이 그렇듯, 이제 그런 평화경은 더 멀리 나가야만 찾을 수 있는 형편이 되었다. 해안을 따라 마리나 페트리에라 쪽으로 간다든가, 또는 어디라도 좋다는 듯 세상은 그 같은 평화경을 찾아서 헤매고 다니지만, 일단 찾으면 우습게도 왁자하게 그곳으로 몰려들어, 오히려 평화경을 흔적도 없이 만들어놓는다. 사람들은 세상과 평화경이 서로 결합할 수 있으며, 세상 있는 곳에 평화경도 있을 수 있다고 생각하고 있으니, 그뿐이랴, 평화경 대신에 장을 벌려놓고도 아직도 거기가 평화경이라고 세상은 믿는 것 같다. 그리하여 포르토클레멘테보다는 그래도 아직 한적하고 소박한 편이라고는 하지만, 여전히 이탈리아 사람들과 혹은 외국인들이 왁자하게 모여드는 곳이 토르레였다. 이젠 유명한 포르토클레멘테 해수욕장은 인기가 없다. 그러나 이것도 어느 정도의 의미에서일 뿐, 여전히 시끄럽고 여관은 모조리 예약된 세계적 해수욕장임에 틀림없다. 그래서 사람들은 인접한 토르레로 오는 것이다. 이곳이 오히려 멋있고 더구나 값이 쌌기 때문이었다. 그러나 이러한 여러 가지 점은 이름만 높아 매력을 풍겼으나 실은 멋도 없었고, 헐값도 이미 지나간 옛날의 이야기였다. 그랜드 호텔이 생겼고, 하숙집도 호화찬란한 것부터 소박한 것까지 다양하게 생겨났다. 바다가 보이는 언덕에 자리한 별장이나, 소나무가 들어선 정원의 주인들도 이제 해변에서 유유자적할 수도 없게 되었다. 7월과 8월엔 포르토클레멘테와 조금도 다름없는 광경이 벌어지니, 비명을 지르고, 싸우고 환성을 올리고 무수한 해수욕객에게 미친 듯이 태양이 내려쬐어, 등허리의 살가죽을 벗긴다. 보기에도 천박하고 유치하게 칠을 한 야트막한 배는 어린애들을 태우고 햇빛이 산산이 부서지는 푸른 바다 위에서 출렁거린다. 아이들을 보살피던 어머니들이 근심스럽게 어린애의 이름을 불러대는 쉰 소리가 시끄럽게 하늘을 뒤덮었다. 그리고 해변에 누운 사람들의 손발을 넘어다니며 장사치들은 굴이며, 꽃이며, 산호 장식, 그리고 코르네티 알 부르로〔al burro : 빵의 일종〕 같은 물건을, 게다가 남국인 특유의 가라앉고도 쨍쨍한 목청으로 사라고 졸라댄다.

우리가 도착했을 때 토르레 해변은 이와 같은 모습이었다 — 좋기는 했다. 그럼에도 너무 일찍 온 것 같다는 생각이 들었다. 그때는 8월 중순이었고 이탈리아는 여름이 만발할 무렵이었다. 그 시기는 외국 사람으로서 이 고장의 매력을 만끽하기엔 적당한 시기가 아니었다. 해안가의 노천 카페, 예를 들면 에스키지토 같은 곳의 혼잡이란 이루 말할 수 없었다. 그 카페에는 우리도 종종 갔고, 그곳에서 우리의 심부름을 하던 마리오가—바로 내가 지금부터 이야기하려는 당사자였다—빈자리를 찾기는 쉬운 일이 아니었다. 그리고 여러 악단들이 한꺼번에 남은 아랑곳없다는 듯 제멋대로 연주를 하는 바람에, 서로 이야기하는 것조차 어려웠다. 더구나 하필 오후만 되면 매일 포르토클레멘테에서 사람들이 떼를 지어 몰려든다. 그것은 그에 머무르는 유원지에 조바심을 내는 손님들에겐 토르레는 제일 만만한 소풍지였기 때문이고, 왕복하는 피아트 자동차 때문에 두 도시를 연결하는 국도 주변의 월계수와 협죽도 숲은 흰 먼지를 한 자나 뒤집어쓰고 있었다—진귀한 풍경이라고 하겠으나 보기에는 좋지 않았다.

사실 토르레 디 베네레에는 9월에 가는 것이 좋다. 그때에는 대부분의 사람들이 물러가고 없다. 또는 남쪽 사람들이 바다에 들어갈 생각을 차마 하지 못할 만큼 물이 차가운 5월이 좋다. 여름 시즌을 전후해서도 역시 손님이 없다고는 할 수 없지만, 그때가 되면 상당히 조용해지고, 훨씬 국수적(國粹的)인 분위기가 적어진다. 탈의실 차일 밑의 그늘이나 호텔 식당 같은 곳에선 영어, 독일, 프랑스어가 주인 행세를 하게 되지만, 8월 한 달은 그랜드 호텔만은 피렌체나 로마의 사교계에 점령당하게 되므로 외국인은 고립되고, 잠시나마 이류 손님이 된 것 같은 생각이 들 수도 있다. 그런데 우리는 특별히 아는 곳도 없고 하여 이 그랜드 호텔에 방을 잡았다.

이 같은 대우를 우리는 도착하던 날 저녁에 받게 된지라 어지간히 마음이 상했다. 우리는 저녁 식사를 하기 위해 식당으로 들어가 사환에게 식탁 하나를 마련해달라고 부탁했다. 우리가 앉게 된 식탁에 관하여는 아무런 불평도 없었지만 바다가 내다보이는 유리로 된 베란다가 바로 곁에 붙어 있었는데, 식당과 마찬가지로 손님은 많았으나 빈자리가 없는 것은 아니고 그쪽 식탁 위에는 붉은 갓을 씌운 전등불이 켜져 있었다. 아이들이 그것을 보고 좋다고 야단들을 하는 바람에, 나는 식사를 베란다에 나가서 하겠다고 아무 생각 없이 사환에게 말했다—그런데 그것은 철없는 요구였다. 좀 난처한 듯하지만 공손한 태도로 사환은 저쪽 아늑한 좌석은 '저희들의 단골손님'을 위해 예약이 되어 있다고 말하는 것이었다. 저희들의 단골손님이라? 그럼 우리는 무엇이란 말인가? 지나가다 잠깐 투숙하는 것도 아니며, 하룻밤만 자고 날아가버릴 사람들도 아니고, 3, 4주일은 이 호텔 신세를 질 장기 체류객이 아닌가. 그러나 우리들 따위와 붉은빛 등잔 밑에서 식사를 할 수 있는 단골손님의 차이를 캐보려는 시도는 집어치우고 흔하고 실용적인 전등이 달린 식당에서 우리는 식사를 했다—수수한, 아무런 특색도 없고 맛도 없는 형식적 호텔 식사였다. 그 후, 호텔에서 열 걸음가량 육지 쪽으로 들어가 있는 팡지오네 엘레오노라에서 했던 식사가 훨씬 좋았다.

다름 아니라, 우리는 그랜드 호텔에 투숙하여 정신도 가다듬기 전에, 즉 3, 4일이 지났을 때 이사를 해버리고 말았다—그러나 베란다나 등잔 때문에 그랬던 것은 아니다. 어린애들은 사환들이나 심부름꾼들과 곧 친해졌고, 바다에서 노는 재미에 그런 붉은 등잔 따위의 매력은 금세 잊어버렸다. 그러나 그 호텔에 머문다는 사실을 처음부터 기분 좋게 만들지 못한 말썽이 베란다의 단골손님들과, 아니 좀 더 따지고 보면, 그 단골손님들에게 아첨을 일삼았던 호텔의 사무 직원들을 상대로 일어났던 것이다. 베란다의 단골손님 속에는 로마의 귀족인 어느 공작 한 분이 가족과 함께 와 있었고, 그분들은 바로 우리 옆방을 차지하고 있었다. 그런데 우리 두 아이들은 바로 얼마 전에 한꺼번에 백일해를 치르고 나서, 특히 밑의 아이가 그 기침의 여운이 남아 있어서, 밤이면 아직도 기침 때문에 잘 자던 잠을 깨곤 했다. 바로 이런 백일해의 남은 흔적이 고귀하신 동시에 지독하게 어린 애를 위하던 공작 부인을 공포로 몰아넣었다. 이 병의 정체를 아직 완전히 알 수 없었기 때문에 여러 가지 미신이 떠도는 판국이라, 그 멋쟁이 옆방 부인께서 백일해라는 이야기만 들어도 전염된다는 속설을 신봉하고 무조건 자기 집 어린애들이 감염될 것을 두려워한 것을, 우리는 결코 언짢게 생각지는 않았다. 그러나 그 여자는 자기의 세도를 잔뜩 믿고, 여편네 소견으로 사무실까지 쫓아가서 야단을 쳤다. 그러자 프록코트를 차려입은 매니저란 인간이 우리에게 달려와, 미안천만이오나 사정이 그러하시다면 호텔 별관으로 부득이 옮겨주셔야 되겠다고 하는 것이다. 우리는 누누이 확언하기를 어린애들 병은 완쾌의 단계에 들어섰으며, 완전히 치유되었다고 할 수 있으므로 다른 사람들에게 더는 위험하지는 않다고 했다. 그럼에도 결국 우리가 당하게 된 일은, 그렇다면 이 사건을 의사의 처분에 맡기도록 하자며 호텔 전속 의사—그것도 우리가 불러와서는 안 되고, 호텔에 전속된 의사만 된다고 하며—를 불러다 결판을 내자는 것이었다. 우리는 이 타협안을 받아들였다. 그리고 그렇게 되면 공작 부인도 안심시킬 수 있고, 우리도 방을 옮기는 번거로움을 피할 수 있을 것으로 철석같이 믿었던 것이다. 의사가 나타났다. 그리고 그는 자기가 공평무사하고 정직한 과학의 사도라는 것을 증명했다. 의사는 어린애들을 진찰하고 병은 완쾌되었다고 선언했고, 감염될 위험성은 하나도 없다는 진단을 내렸다. 이것으로 우리는 이 사건이 일단 끝이 난 것으로 생각했다. 하지만 그 매니저란 인간은 의사 선생이 그런 확정을 내리기는 했지만, 그래도 우리에게 방을 비우고, 부속 별관으로 옮겨달라고 했다.

이 같은 매니저의 아부하는 근성에 우리는 화가 치밀었다. 우리가 당했던 그런 사리가 맞지 않는 고집을 공작 부인이 부렸을 것이라고는 생각지 않았다. 아마 그런 비굴한 노예 근성을 가진 여관 주인으로서는 공작 부인에게 의사의 판결을 감히 전달도 못했을 것이다. 여하간 우리는 그 매니저란 인간에게 그렇다면 영원히, 그리고 지금 곧 호텔을 나가겠다고 말했다—그리고 짐을 꾸렸다. 그러면서도 우리는 가벼운 마음으로 짐을 꾸릴 수 있었는데, 그것은 그동안 여염집 같은 정다운 외모가 곧 눈에 띄었던 팡지오네 엘레오노라와 우리는 지나던 길에 벌써 관계를 맺어놓았고, 그 집 안주인 앙지올리에리 부인의 인품을 접하고는 대단히 마음에 드는 인사를 주고받았기 때문이었다. 그녀는 까만 눈동자와 곱살스럽게 생긴 토스카나[Toscana : 중부 이탈리아의 지명] 형의 여인으로서 삼십 세가 조금 넘은 것 같았고, 남방인다운 희미한 상아색 피부를 가졌다. 남편은 머리가 벗겨지고 조용한 사람으로서 단정한 옷차림을 하고 있었다. 이 부부는 피렌체에 중류 호텔을 소유하고 있었으며, 여름철과 초가을에만 토르레 디 베네레의 지점을 경영하고 있었다. 그러나 옛날, 즉 그들이 결혼을 하기 전에는 안주인은 유명한 여배우 두제(Eleonora Duse : 1859~1924)의 시종, 여행 동반자, 의상 담당자, 아니 친구였으며, 확실히 그 여자는 그 한때를 일생의 위대하고 행복했던 시점이라고 생각하고 있었다. 우리가 처음 그녀를 방문했을 적에도 그녀는 곧 그 당시의 이야기를 열심히 늘어놓았다. 앙지올리에리 부인의 살롱에 놓인 작은 탁자와 선반은 하나하나 정성어린 헌사가 적힌 그 위대한 여배우의 수많은 사진과 옛날에 같이 지내던 시절의 여러 가지 기념품으로 장식되어 있었다. 자기의 흥미로운 과거를 예찬함으로써, 얼마간 현재 자기의 장사에 사람들을 끌려는 것도 뻔한 노릇이었으나, 여하간 우리는 집 안을 안내받으면서 그 부인이 똑똑 끊은 듯하고 쨍쨍 울리는 토스카나 사투리로 고인이 된 자기 여주인 두제의 고뇌에 싸였던 선량한 인품, 천재적 심정, 또는 깊고 고왔던 마음씨에 대해서 늘어놓는 것을 유쾌하고 흥미롭게 귀담아 들었다.

그러니까 그 집으로 우리는 짐들을 옮기도록 했으며 선량한 이탈리아인이 그런 것처럼 아주 어린애들을 좋아하는 그랜드 호텔 종업원들은 대단히 섭섭해했다. 새 여관에서 우리한테 치워준 방은 동떨어져 아늑했고, 어린 플라타너스가 늘어선 가로수길을 지나면 바로 해안의 산책로로 나서게 되어 바다와의 연결도 편리했고, 식당은 시원하고 정결했고, 점심때는 언제나 앙지올리에리 부인이 손수 수프를 떠주었다. 접대도 조심스러워 마음에 흡족했으며, 요리는 말할 나위 없이 훌륭했고, 더구나 빈의 아는 사람들도 함께 머무르고 있어서, 저녁 식사가 끝나면 집 앞에 나앉아 이야기를 나눌 수도 있었다.

그리고 그 사람들의 소개로 새로 알게 된 손님들도 많아져 만사가 잘된 듯싶었다 — 우리는 숙소를 바꾼 것이 정말 잘됐다고 좋아했으며, 사실 이만하면 만족할 만한 체류를 하기에 부족한 것이 아무것도 없었던 것이다.

그럼에도 정말 시원한 기분은 일어나지를 않았다. 아마 우리들이 호텔을 바꿀 때의 어리석은 동기가 우리를 따라온 건지도 모르겠다 — 털어놓고 얘기하는 거지만, 나는 흔히 있을 수 있는 인정상의 문제가 생긴다거나, 혹은 권력의 어리석은 남용, 부정, 비굴한 패덕 행위에 부딪히면 그 문제를 쉽사리 잊어버릴 수가 없다. 그런 일은 오랫동안 나를 괴롭히고 이것저것 떠오르게 해 나를 어쩔 줄을 모르게 만들어놓지만, 이러한 현상이란 본래 너무나도 자명한 자연의 본성으로부터 나오는 것이므로 아무리 생각해봐야 아무런 결론도 내리지는 못했다. 그렇다고 우리는 그랜드 호텔과 결코 싸우고 헤어졌다고는 생각지 않았다. 어린애들은 전과 다름없이 그곳에 드나들고, 직원들은 아이들의 장난감을 수선해주기도 하고, 때로 우리도 그 호텔 노천 카페에서 차를 마시곤 했다. 그럴 때면 입술을 산호처럼 새빨갛게 칠한 공작 부인이 아기작거리는 걸음걸이로 나타나시는 것을 볼 수도 있었다. 영국 여자로 하여금 보살피게 한 귀염둥이 어린애를 돌아보겠다고 나오시는 것인데, 우리들, 전염이 될까 무서운 집안이 곁에 있는 줄은 꿈에도 생각 못하신다. 그도 그럴 것이, 우리 집 사내놈한테는 그 여자가 보이기만 하면 헛기침도 해서는 안 된다고 단단히 일러두었기 때문이다.

더위는 극에 다다랐다. 그것은 설명할 필요도 없다. 마치 아프리카의 더위 같았다. 짙은 보라색의 시원한 바다에서 나오기만 하면 혹독한 태양의 공포 정치 아래에 놓인다. 실상 그 혹독한 더위는 해변에서 점심 식사를 위해 파자마 바람으로 호텔로 가야 하는 몇 발자국에도 미리 한숨이 나올 지경이었다. 몇 주일 동안 이런 더위가 계속되어도 아무렇지 않을까? 물론 이곳은 남국 땅이며, 고전 세계의 날씨니, 찬란한 인류 문화의 풍토니, 호머의 태양이니 그 밖에도 여러 가지로 말할 수 있겠다.

그러나 나는 잠시 여기서 지내고 나자 정신을 못 차리게 되고 이런 날씨를 답답하게 생각하게 되었다. 매일같이 해가 이글이글 타오르면 공기는 순식간에 참을 수 없는 열의 도가니가 되어버린다. 지나치게 투명한 빛, 거침없이 내리쬐는 햇빛은 하긴 찬란한 기분을 자아내기도 해 심술궂게 돌변하는 일기와는 확실히 딴판이었다. 그러나 처음에는 영문도 모르고 북쪽에서 태어난 영혼의 깊고도 복잡한 욕구를 채우지도 못한 채, 마음을 헛되이 복잡하게 만들어, 날이 갈수록 이런 날씨가 싫어지게 되었다. 만일 그 어리석은 백일해 사건만 아니었어도, 나는 아마 그렇게만 느끼지는 않았을 것이다. 확실히 그랬다. 나는 흥분했기 때문에 그런 것을 일부러 느끼려고 했는지도 모른다. 그리고 마음속에 미리 준비하고 있었던 정신적인 계기를 받아들이고, 그것을 조작해 그런 감정을 만들어냈다고까지는 할 수 없지만 적어도 그런 감정을 정당화하고 강화했다고는 할 수 있다. 그러나 우리들의 악의도 이 정도로 그치고 ― 바다에 대해서 말하면 오전 중에는 그 아름다운 모래밭 위에서 바다의 영원하고 찬연한 광경을 바라보며, 시간을 보냈으니 그런 심술궂은 생각 따위는 문제도 될 수 없었을 터인데, 웬일인지 해변에서도 역시 우리는 모든 경험한 것과는 딴판으로 유쾌하고 행복한 기분을 느낄 수가 없었던 것이 사실이다.

너무 철이 일렀다. 너무 빨랐기 때문에 이미 말한 것처럼 해변은 아직도 이 나라의 중류 계급 사람들 수중에 있었다—눈에 띄도록 즐거운 무리의 수중에 있었다. 내가 이렇게 말하는 것도 결코 틀린 것은 아니었다. 사실 그 젊은 사람들에게서 여러 가지 미덕과 건전한 풍치를 볼 수 있었지만, 그와 동시에 또한 인간적인 용렬함과 소시민 적인 깍쟁이 기질도 불가피하게 뒤섞여 있었다. 그리고 이러한 소시 민이 못마땅하기 짝이 없다는 것은 남쪽 나라나 북쪽 하늘 밑이나 조 금도 다를 바가 없었다. 여자들의 목소리를 들어보라!—그런 목소 리를 들으면 현재 내가 유럽 성악 예술의 본고장에 와 있다고는 도저 히 생각할 수 없다. "푸지에로!" 지금도 이 목소리는 내 귀에 쟁쟁하 다. 그도 그럴 것이 20일 동안 오전 중에는 언제나 백 번쯤은 그 소리 가 내 옆에서 울려 퍼졌기 때문이다. 신경에 거슬리는 쉰 목소리였 고, 소름이 끼치는 악센트를 집어넣어서 푸지에로의 '에'를 째질 듯 이 기계적인 절망의 말투로서 터뜨리는 것이었다. "Fuggièro! Rispondi al mèno!(푸지에로! 리스폰디 대답을 왜 안 하니!)"—이렇게 소리칠 때면 리스폰디의 '스' 발음이 하류 계급 사람들의 말투처럼, 독일식인 '쉬'로 발음되었다—그렇지 않아도 심술궂은 기분이 되어 있는 판이라, 그 소리만 들어도 화가 치밀었다. 그것은 어떤 보기도 싫은 소년을 부르는 소리였다. 두 어깻죽지 사이엔 구역질이 날 듯 햇빛에 탄 자국이 있고, 극성스럽고 버릇 없고 심술궂어 유난하기 짝 이 없는 아이였다. 게다가 굉장히 비겁한 데가 있고, 화가 치밀 정도로 겁쟁이여서 한번은 해변 전체를 소란스럽게 만든 일까지 있었다. 어느 날 물속에서 방게 한 마리가 그 아이의 발가락을 물었는데 그 녀석은 이런 조그만 일로도 고대 영웅들처럼 비통한 소리로 울부짖는 바람에 소름이 오싹 끼치고, 무시무시한 참사라도 일어난 줄 알았다. 아마 그놈은 독사한테라도 물린 줄로 생각한 것 같다. 육지에 기어올라오더니 참을 수 없이 괴로운 듯, 이리저리 뒹굴면서 "오오!" "오이!" 하고 울부짖으며, 팔과 다리를 허위적거렸고 엄마의 비통한 하소연과 주위 사람들의 위로의 말도 받아들이지 않았다. 사람들이 사방에서 몰려들었다. 의사가 왔다. 바로 우리 아이들의 백일해를 아주 냉정하게 진단했던 그 사람이었다. 그는 이번에도 자기의 정직한 과학적 정신을 보여주었다. 그는 아이를 순순히 달래면서 그런 것은 아무것도 아니라고 설명하고, 환자 녀석에게는 물속으로 다시 들어가 그 하찮은 상처를 식히는 것이 좋다고 했다. 그러나 그 대신 푸지에로란 녀석은 흡사 높은 데서 떨어졌거나 또는 물에 빠져 죽은 놈처럼 임시로 만든 들것에 실려서 많은 사람들이 뒤따르는 가운데 사라졌다—그런데 그 다음날에 녀석은 여전히 시침 뚝 떼고 다른 아이들이 만든 모래집을 모르고 그랬다는 듯이 부수고 돌아다녔다. 한마디로 몸서리 나는 존재였다.

그런데 이 열두 살짜리 소년은 그 근처에 떠돌아다니던 뭐라 표현할 수 없는 어떤 일반적 분위기를 대표하는 존재 중 하나이기도 했다. 이런 분위기 때문에 본래 좋았어야 할 우리들의 체류는 마땅치 않게 되었다. 웬일인지 이곳 분위기에는 순진한 맛, 활달한 맛이 없었다. 누구나 '버티는' 것이다—처음에는 어떤 의미로, 그리고 무엇 때문에 그런 태도를 취하는지 잘 이해하지를 못했으나, 여하간 잘난 체하고 저희들 사이에서건 또는 외국인에 대해서건 간에 알 수 없는 태도를 가지고 대했고, 뻔뻔스러운 명예심을 보란 듯이 들이댔다—왜 그랬을까? 그러나 얼마 안 가서 나는 그것이 정치적인 것, 내지 국수적 사상이 빚어낸 것이라는 걸 알게 되었다. 사실 해변가에는 애국심이 불타는 어린애들이 우글거렸다—부자연스럽고 정떨어지는 현상이었다. 어린애들은 본래 그 자체로 하나의 그들만의 세계를 이룩하여 아무리 같은 나라 출신이 아니라고 해도 어린아이라는 공통점 때문에 어느 곳에서나 쉽고 필연적으로 서로 뭉치게 되는 법이다. 그래서 우리집 아이들도 곧 이탈리아 아이들이나 또는 다른 외국의 아이들과 함께 놀게 되었다. 그러나 그 애들이 이유를 알 수 없는 실망을 여러 번 당했을 것은 뻔한 노릇이었다. 자존심이라고 이름 붙이기엔 너무나도 미묘하고, 교훈적으로 생각되는 감정의 표명, 신경과민, 국기를 중심으로 한 싸움, 체면이나, 혹은 누가 잘났느냐 하는 여러 가지 말썽거리가 해변의 어린이들 세계에서도 있었는데, 또 그런 것을 참견하는 어른들도 조정을 한다기보다 원칙을 고집하고 판결을 내리는 식이었고, 이탈리아의 위대함과 존엄성 같은 말까지 나오는 판국이었으니 명랑한 기분이나 허튼 장난도 온통 망쳐버리게 되었다.

그럴 때면 우리집 아이들은 얼떨떨해서 어쩔 줄을 몰라 뒤로 물러났으며, 우리는 애들한테 그 속의 사정을 어느 정도 설명해주려고 했지만, 아이들을 완전히 이해시키기는 힘든 일이었다—지금 이 나라 사람들은 어떤 어려운 시기를 겪고 있다. 그들은 마치 병 같은 것을 겪고 있으며 자신들에게 별로 유리한 일은 아니지만, 그 사람들이 원하는 것이므로 할 수 없는 노릇이지 — 라는 정도로 우리는 당시의 이탈리아 사정을 애들에게 설명해보려고 애를 썼다.

우리가 이러한 상태를 잘 알고, 평가하고 있으면서도 그런 상태와 얽혀 말썽을 일으키게 된 것은 우리들의 잘못이었고, 우리가 태만했기 때문이라고 생각했다 — 그러니 말썽이 또 하나 늘어난 셈이다. 이렇게 되고 보니 그때까지 일어났던 말썽도 결코 순수한 우연의 산물이 아니었다는 생각이 들었다. 하지만 간단히 말해서 우리는 공중도덕을 해친 것이다. 사건은 이러했다. 우리 딸아이는 여덟 살이었으나, 신체의 발육이 나빠 한 살쯤은 어려 보이고 꼬챙이처럼 말랐다. 그런데 이 아이가 너무 오래 물속에 들어가 있다가 몸이 식어 모래밭에 앉아 젖은 수영복을 입은 채, 새로이 장난을 시작했기 때문에 우리는 모래투성이가 된 뻣뻣한 수영복을 바닷물에 빨아 입고, 다시는 더럽히지 말라고 일렀다. 그래서 그 아이는 벌거벗은 채로 2, 3미터 떨어진 물가로 뛰어가 팬티를 헹궈 가지고 돌아왔다. 그런데 그 아이의 행동, 그러니까 우리들의 이런 행동이 그렇게까지 조롱과 비난, 공격의 파도를 일으키게 될 줄은 꿈에도 생각지 못했다. 나는 여기서 무슨 강연을 할 생각은 없지만, 사람들이 육체나 나체를 대하는 태도는 최근 2, 30년 동안 전 세계를 통하여 근본적으로 달라졌고 그에 대한 감정도 확실히 변했다. 세상에는 본래 '더 생각해볼 필요가 없는' 그런 일들이 있게 마련이다. 우리가 우리집 딸아이처럼 전혀 선정적인 데가 없는 어린애의 육체에 허용했던 자유도 그런 일에 속하는 것이었다. 그러나 그런 자유가 이 고장에서는 선정적이라고 받아들여졌던 것이다. 애국적인 어린애들은 악을 쓰고 야단을 쳤다. 푸지에로 녀석은 손가락으로 휘파람을 불어댔다. 그리고 우리들 주위에 있던 어른들의 흥분된 말소리가 거칠어서 좋지 않은 일이 있을 것 같은 느낌이 들었다. 그때 멋진 연미복을 입고 해수욕장에 어울리지 않는 높고 빳빳한 모자를 쓴 신사 한 사람이 나타나, 분통이 터져 못 견뎌하는 같이 온 여자들에게 자기가 버릇을 고쳐주겠노라고 달래면서 우리가 있는 곳으로 다가왔다. 그러고는 우리의 행위를 비난하는 일장연설을 우리에게 퍼부었다. 그 연설에서 그 작자는 관능적인 것을 즐기는 남국 사람의 온갖 정열을 다하여 엄숙하게 징계하고 미풍양속을 지키는 데 자기의 한몸을 바쳐 봉사하고 있다고 생각한 것 같았다. 우리가 한 행동의 외설성이 그의 연설의 주된 내용이었는데, 이탈리아의 외국 사람을 환대하는 정신을 우리가 배은망덕하고 모욕적으로 대한 것이나 다름없으니 한층 더 용서할 수 없다는 것이었다. 공공 해수욕장 규칙의 조문과 정신에 위반될 뿐 아니라, 자기 국가의 명예까지도 모독하여 손상시켰으니, 자기는—물론 그 연미복을 차려입은 신사 이야기지만—국가의 명예를 보전하기 위하여 이 국가 존엄성에 대한 우리의 위반 사항을 처벌받지 않은 채 내버려두지 않겠다는 것이다.

우리는 이런 웅변조의 연설을 심각하게 고개를 끄덕이며 듣는 데 최선을 다했다. 열이 잔뜩 오른 인간에게 반대하면 틀림없이 일이 복잡해질 것이기 때문이었다. 이것저것 하고 싶은 말은 입 안에서 맴돌았다. 예컨대 외국 사람 환대란 말의 순수한 의미를 생각할 때 갖다 붙이기엔 여러 가지 조건을 구비하지 못했으며, 우리는 이탈리아의 국빈이 아니라, 몇 해 전까지 명배우 두제 양의 친구라는 직업을 손님을 접대하는 직업으로 바꾼 앙지올리에리 부인댁 손님에 불과하다고 말하고 싶었다. 또한 언제부터 이 아름다운 나라의 윤리 도덕이 겉치레와 신경과민이 뚜렷하고 불가피하게 나타날 정도로, 황폐하게 되어버렸는지 우리는 몰랐노라고 대꾸해주고도 싶었다. 그러나 우리는 다만 잠자코 선정성이나 불경스런 생각은 우리와는 거리가 멀었다고 역설하고, 또한 죄인은 아직 어린아이이며, 그 육체도 보잘것없다는 점을 들어 용서를 청하는 데 그쳤으나 아무 소용도 없었다. 우리들이 확언한 바는 믿기 어렵고, 우리의 변호 역시 근거가 약한 것이라고 거부당했고, 그는 불가불 본보기를 만들어야겠다고 주장했다. 그가 전화를 걸었는지 관공서에 통지되어, 그 관계자가 해변까지 나왔으며, 사건은 "대단히 중대하다(Molto Grave)"고 선언되고 우리는 광장에 있는 사무실까지 연행되었다. 거기서도 상급 관리 한 분이 "대단히 중대하다"는 판결을 다시 확인하고, 그 빳빳한 모자를 쓴 신사와 똑같이 그 고장 풍습인지는 모르되, 교훈적인 말을 늘어놓으면서 우리들의 소행을 나무라고 벌금 50리라를 부과했다. 우리는 이번 모험이 이만한 기부금을 이탈리아 정부에 바칠 만한 가치는 있을 것이라고 생각하여 돈을 지불하고 나왔다. 그때 우리는 떠났어야 했다.

정말 그렇게 했더라면 좋았을 것이다! 그랬다면 우리는 그 불쾌하기 짝이 없는 치폴라를 피할 수 있었을 것이다. 그러나 장소를 옮긴다는 결심은 여러 가지 사정으로 자꾸 미뤄졌다. 어느 시인이 말하기를 우리를 괴로운 처지에 붙잡아 매는 것은 게으름이라고 말했지만―이 말은 우리가 주춤거린 이유를 묘하게 설명했다고 할 수 있다. 또한 그런 사건이 있은 직후에 곧 떠나기도 싫었다. 그것은 마치 우리 잘못을 시인하는 것밖에 되지 않을 것이기 때문이다. 특히 동정하는 소리가 주위에 일어나 반항심을 북돋아주는 경우는 더욱 그렇다. 엘레오노라 별장에선 우리들이 당한 운명이 부당하다는 데 의견이 일치하고 있었다. 식사 후에 늘 이야기를 주고받던 이탈리아 사람들은 자기 나라의 평판을 위해서도 결코 득될 것이 없다며, 동포로서 그 연미복의 신사와 담판을 짓겠다는 뜻을 보였다. 그러나 그 사람과 그 친구들은 이튿날이 되자 벌써 해변에서 사라져버렸다—물론 우리 때문은 아니었다. 그러나 떠날 날이 눈앞에 닥쳐왔다는 의식이 그에게 그런 이야기를 할 수 있는 힘을 주었는지도 모르겠다. 어쨌든간에 그가 떠나버려 마음은 후련했다. 모든 것을 털어놓고 말한다면 우리가 아직도 이곳에 머물고 있었던 것은 여기 체류한다는 것이 유쾌하다거나, 불쾌하다는 것과는 별개의 문제로 우리에게 상황이 이상하게 되어갔고 그 이상하다는 것 자체가 벌써 어떤 가치를 가진 것을 의미하기 때문이었다. 명랑한 기분이나 즐거운 기분을 느끼기 어려울 것 같다고 해서 돛을 접고 체험할 것을 피하는 것이 옳은 일인가? 생활이 좀 무시무시해지고, 그렇다고 정말 무서워진 것도 아닌데 좀 괴롭고 모욕을 당했다고 해서 떠나버려야 할 것인가? 아니다, 그래도 여기 머물러야 한다. 그리고 그것을 구경하면서 아마 무엇인가 배우게 될 것이다. 이렇게 생각하고 우리는 떠나지 않았다. 그리하여 우리들이 고집을 부린 무서운 대가로서 우리는 치폴라의 인상 깊고도 불길한 사건을 경험했다.

말을 못했지만, 바로 우리가 이탈리아 국가로부터 견책 처분을 당할 무렵, 여름 시즌이 지나가고 우리들을 고발했던 빳빳한 모자를 쓴 그 엄격한 신사 양반과 더불어, 거의 대부분이 이곳과 이별을 고했는데 짐을 실은 손수레가 몇 대나 정거장으로 가는 것을 볼 수 있었다. 해변은 국수적인 냄새가 사라지고 토르레의 생활은 카페에서, 소나무 숲길에서, 더욱 정답고 유럽적인 냄새가 풍겼다. 아마 지금쯤이면 우리도 그랜드 호텔의 유리로 된 베란다에서 식사를 할 수 있을 것이다. 그러나 우리는 그것을 단념하고 말았다. 우리들은 앙지올리에리 부인의 식탁에서 완전히 즐겁게 지낼 수가 있었기 때문이다─그러나 즐겁다는 말도 이 고장의 지신(地神)이 내려주신 그림자를 알고야 이야기가 된다. 즉 이렇게 유쾌하게 생각되는 변화는 동시에 날씨까지도 뒤엎어놓았는데, 대중들의 휴가가 지나가버리자 마치 약속이라도 한 듯 날씨도 뒤집혔다. 서늘해진 것이 아니라 하늘에는 구름이 끼고, 우리가 도착한 뒤 18일 동안이나 계속되었던 뜨거운 볕은 (아마 벌써 그전부터 그랬을 테지만) 계절풍이 불어오고 숨막힐 듯한 무더운 기운으로 변했다. 그리고 때로 오전의 비단 같은 자연의 무대를 보슬비가 적시곤 했다. 또한 우리가 토르레에서 보내려고 예정했던 날짜도 3분의 2는 지나갔다. 게으른 해파리들이 떠다니는 맥 풀리고 퇴색한 바다는 그래도 새로운 맛이 있었다. 그렇다고 한숨을 자아냈던 폭서가 지나간 이때에, 또다시 그 태양을 그리워한다는 것노 넘치없는 노릇이었을 것이다.

그러니까 이 시기에 치폴라가 나타난 것이다. 어느 날엔 마을 곳곳에 이 엘레오노라 여관의 식당에까지도 기사(騎司) 치폴라라는 이름이 찍힌 광고가 나붙었다─각국을 편력한 거장, 화술의 대가, 요술사, 최면술의 대가, 주술사(이렇게 자칭했다) 치폴라 기사는 이번에 토르레 디 베네레의 존경하는 시민 여러분을 모시고 불가사의하고 경이적인 비상한 기술을 보여드릴 예정이라고 씌어 있었다. 마술사! 이런 예고는 우리집 아이들의 머리를 뒤흔들어놓기에 충분했다. 애들은 아직 한번도 그런 구경을 해본 일이 없었으니, 이번 휴가 여행 때 여태 보지 못한 재미를 갖도록 기회를 달라는 것이었다. 그 시간부터 애들이 요술의 밤 입장권을 사라고 귀가 아프도록 졸라대는 바람에 아홉 시라는 늦은 시간에 시작한다는 것이 처음부터 마음에 걸리기도 했으나, 치폴라라는 마술사의 아마 변변치 못한 기술을 조금만 보고 돌아오면 될 것이고 애들도 이튿날 아침 늦도록 재우면 될 것이라는 생각에서 앙지올리에리 부인에게서 직접 표를 넉 장 샀다. 부인은 자기 집 손님을 위해 특등석 표를 몇 장 위탁받고 있었다. 부인은 그 사나이의 요술이 믿을 만한 것인지 보증은 못 서겠다고 했고, 우리들 자신도 그런 것에 별로 기대를 가지고 있지 않았으나, 심심풀이는 될 것이라고 생각했기 때문에 어린애들의 참을 수 없는 호기심이 우리에게도 전염된 것 같기도 했다.

　마술사가 공연하는 장소는 여름 시즌 동안 매주 다른 영화를 상연하던 공회당이었다. 우리는 한번도 그곳에 가본 일이 없었다. 그 공회당으로 가려면 봉건 시대의 성곽과 같은 담으로 둘러싸인 팔라초라는 건물 옆을 지나서 약국, 이발관, 흔해빠진 잡화상이 늘어선 이 고장의 중심가를 올라가면 된다. 이 거리는 봉건 시대로부터 시민 시대를 거쳐 서민 시대로 넘어온 거리였다. 노파들이 문앞에 나앉아 그물을 꿰매고 있는 초라한 어부의 집들이 늘어선 이 거리는 서민 시대의 거리라 불릴 만했는데, 여하간 이런 대중적인 것에 그 공회당은 둘러싸여 있었다. 공회당은 넓기는 했지만, 판잣집보다 나을 것이 없었고, 그 성문 같은 입구 양쪽엔 가지각색의 광고가 더덕더덕 붙어 있었다. 예정된 날엔 저녁 식사가 끝난 잠시 후 예외적인 행사에 신이 나서 나들이옷을 차려입은 아이들을 데리고서, 어둠을 뚫고 그 회장으로 어슬렁거리며 갔다. 며칠째 날씨는 무더웠으며, 가끔 번개가 치고, 비도 뿌렸기 때문에 우리는 우산을 쓰고 갔다. 십오분쯤 걸리는 길이었다.

입구에서 표를 보였지만, 자리는 우리가 찾아야만 했다. 왼편 앞에서 셋째 줄 자리였다. 자리를 잡고 보니, 그러지 않아도 염려되는 시작 시간이 또 지체될 것 같아 보였다. 제멋대로 늦게 들어오는 손님은 정각이 넘어도 괜찮다는 듯 아주 천천히 아래층 객석을 채워갔다. 하긴 그 외에는 특별석 같은 것은 없었고, 관객석은 단층뿐이었다. 이렇게 늦게들 모이는 게 좀 걱정스러웠다. 어린애들의 얼굴은 긴장하고 있던 탓으로 벌써 피곤하여 맥이 풀린 듯 보였고, 다만 양쪽 통로와 뒤쪽의 서서 보는 자리만은 우리가 도착했을 때 이미 만원이었다. 줄무늬진 속옷 바람의 반쯤 드러난 팔을 엇갈리게 걸친 이 고장 태생의 사나이들 또는 고기잡이꾼들, 덤벼들 듯 쳐다보는 청년들이 모여 서 있었다. 이런 일에는 토박이 친구들이 있어야 비로소 빛이 나고 재미도 나는 법이라 우리는 그들을 진심으로 환영했지만. 우리집 아이들도 더욱 신바람이 났다. 애들은 오후면 곧잘 해변을 따라 멀리까지 산책을 했는데, 그때 사귀었던 토박이 친구들이 그 사람들 속에 끼여 있었기 때문이다. 하루의 고된 일에 시달려 피곤한 태양이 바다 속으로 가라앉고, 밀려드는 파도의 흰 거품이 붉게 황금색으로 물들 때 우리는 집으로 돌아오다 벌거숭이로 다리를 드러낸 어부들을 보곤 했다. 그들은 줄을 지어 발로 버티고 서서, 긴 소리를 뽑으며 그물을 끌어올렸다. 대개는 보잘것없는 바다의 포획물을 물기 흐르는 바구니에 주워담는다. 우리집 아이들은 그런 것을 구경하며 서투른 이탈리아 말로 더듬더듬 말을 건네보기도 하고, 줄다리기를 돕기도 하여 그들과 친분을 맺고 있었던 탓으로 지금도 아는 얼굴들과 인사를 주고받았다. 저기 기스카르도가 와 있고 안토니오도 와 있다. 두 아이가 손짓을 하며 그들의 이름을 낮은 소리로 부르자 그들은 대답 대신 고개를 끄덕여 보이고, 아주 건강한 이를 드러내어 웃어 보이곤 했다. 저길 좀 봐. 저기에 늘 코코아를 날라다주는 에스키지토 카페의 마리오도 와 있구나. 마리오 역시 요술을 보고 싶어 일찍부터 와 있었구나. 그는 거의 맨 앞자리에 서 있었다. 그러나 우리가 온 줄은 모르고 있다. 그는 카페의 사환 노릇을 하는 녀석인데도 저렇게 정신을 놓고 멍청하게 서 있는데, 그것이 그 녀석의 버릇이다. 그 대신 해변의 보트 클럽 아저씨에게 손짓이나 하자. 저기 맨 뒷자리에 서 있으니.

아홉 시 15분이 되었다. 거의 아홉 시 반이 되어갔다, 우리들은 답답해졌다. 언제 아이들은 잠자리에 들 것인가? 이 늦은 시간에 아이들을 데리고 온 것이 잘못이었다. 제대로 시작도 하기 전에 구경을 그만두고 간다는 것도 아이들한테 무정한 노릇이었다. 그러는 사이에 좌석에도 점점 사람이 들어찼다. 토르레가 온통 들끓어 모두가 나왔다고 할 수 있을 정도였다. 그랜드 호텔의 손님들도 있었고, 빌라 엘레오노라와 그밖에 다른 여관 손님들도 있었으며, 해변에서 낯익은 얼굴도 볼 수 있었다. 영어와 독일어도 들려오고, 루마니아 사람과 이탈리아 사람이 주고받는 듯한 프랑스 말도 들렸다. 마담 앙지올리에리는 남편과 함께 우리보다 두 줄 뒤에 앉아 있었는데, 조신하고, 머리가 벗겨진 그 영감은 오른손의 가운데 두 손가락으로 수염을 쓰다듬고 있었다. 모두가 늦게 왔으나, 치폴라가 나타나지 않으니, 지각한 사람은 하나도 없었다.

그자는 기다리게 했다. 그것이 아마 알맞은 표현일 것 같다. 등장시간을 질질 끌어 흥미를 돋워보자는 심보다. 그런 수작을 모르는 것은 아니지만, 늦는 것도 한도가 있다. 아홉 시 반쯤 되니 관중이 손뼉을 치기 시작했다. 박수는 찬양하고 싶은 마음의 표현이기도 하지만, 동시에 정당한 초조감을 표시하는 애교 있는 형식이기도 하다. 어린애들에게는 박수를 같이 칠 수 있는 것만으로도 벌써 굿을 보는 것이나 마찬가지였다. 어린애들이란 모두 박수갈채를 좋아하는 것이다. 서민들은 "빨리 해라!" "빨리 나오너라!" 하며 다부지게 소리쳤다. 그러고 나서야 과연 그간 어떤 장애물이 가로놓여 있었는지는 모르지만, 여하간 공연이 제대로 시작이 되었다. 징이 한번 울리니까, 서서 보는 자리에선 일시에 와! 소리가 일어나고 막이 열려 무대가 나타났는데, 그 무대 장치는 요술사가 활약할 무대라기보다 학교 교실 같았다. 무대 왼편에 세워놓은 칠판 때문에 더욱 그렇게 보였다. 그밖에는 흔해빠진 누런 색칠의 옷걸이와 이 고장에서 흔히 볼 수 있는 짚을 넣은 의자 한두 개, 그리고 무대 안쪽으로 둥근 탁자가 하나 있고, 거기에 유리컵과 물병을 올려놓았으며, 이상한 모양의 쟁반엔 황색의 투명한 액체를 담은 작은 병이 술잔과 같이 놓여 있었다. 한 이

초 동안이나 이런 기구들을 눈여겨보고 있으려니까 불이 꺼지지도 않았는데 불쑥 치폴라 기사가 등장했다.

급한 걸음걸이로 등장한 그의 꼴을 보면 이제부터 큰일이라도 치를 것 같은 기세였고, 구경꾼 앞에 한시바삐 나오려고 서둘러 먼 곳에서부터 그와 같은 속도로 달려온 듯한 착각이 들게 했지만, 기실은 바로 무대 뒤에서 여태까지 서 있었던 것이 틀림없다. 그 옷차림도 지금 막 밖에서 도착했다는 착각을 일으키는 데 도움을 주었다. 나이를 짐작하기 어려운 사나이였으나 결코 보기보다 젊지는 않을 것이며, 얼굴 모습은 날카롭고 미치광이 같은 데가 있었고 찌를 듯이 쳐다보는 눈과 꽉 다문 주름진 입을 가졌으며, 검게 기름까지 바른 코 밑수염에다 아랫입술과 턱 사이의 우뚝한 곳엔 소위 파리라는 별명이 붙은 수염을 길렀고, 옷차림은 갈피를 잡을 수 없어 밤거리를 배회하는 색골 같았다. 벨벳 깃에 공단으로 안을 넣은 털깃이 달린, 널따란 소매 없는 검정 망토를 걸쳤고, 두 팔의 위치는 자유롭지 못했음에도 흰 장갑을 낀 두 손으로 망토 앞자락을 짓누르고 있었으며 흰 목도리를 둘렀고 챙이 휘어 올라간 비단 모자를 갸우뚱 이마 위까지 눌러쓰고 있었다. 아마 세계 어느 곳보다도 이탈리아에만 십팔 세기가 아직도 생생하게 남아 있어, 그 세기 특유의 협잡꾼, 장을 쫓아다니는 허풍선이 같은 인물이 현대에 와서도 별로 변화도 하지 않은 채 이탈리아에서만은 남아 있었다. 치폴라의 풍신과 용모에는 이런 역사적 성격이 다분히 있었다. 그리고 그 걷잡을 수 없는 옷부터가 뒤틀린 구석이 있는가 하면, 잘못 주름이 잡힌 데도 있어 옷맵시가 들쭉날쭉하고 동시에 옷이 매달린 듯했으며 게다가 허풍까지 떨다 보니, 환상적인 백치 같은 인상을 돋워주었다. 몸매도 좀 괴상한 데가 있어서 앞에서 보건 뒤에서 보건 어울리지 않는 구석이 있었다―나중에 가서 이런 점은 더욱 뚜렷하게 드러났다. 그러나 내가 여기서 강조하여 말하고 싶은 것은 그자의 태도, 표정, 거동에는 진정한 웃음과 익살맞은 꼬락서니는 전혀 없었으며, 오히려 엄숙한 진지성, 모든 희소극을 거부하고 때로는 심술궂은 거만과 병신 특유의 일종의 위엄과 자부심이 나타나 있다는 점이었다. 그러나 그것은 문제가 되지 않았고, 그가 하는 짓은 처음부터 장내 여러 곳에서 웃음을 터뜨리게 했다.

이 같은 그자의 태도에는 손님을 대하는 부드러운 맛이 없고, 성급한 걸음걸이로 등장했던 것도 역시 순수한 정력의 소치일 뿐, 손님을 위한 공손한 태도와는 조금도 관계가 없었다. 무대 끝에 나서서 그가 게으른 태도로 장갑을 벗자, 길고 누런 손이 드러났다. 그는 한쪽 손가락을 도톰한 유리석이 박힌 반지로 모양을 냈다. 그는 늘어진 자루처럼 구겨진, 작고도 쏘는 듯한 눈으로 살피듯이 두리번거렸다. 그것도 슬쩍 쳐다보는 것이 아니라 여기저기 어떤 얼굴을 찾아서 거만스럽게 비밀이라도 캐낼 듯이 쳐다보곤 하는 것이었다―입은 꼭 다물고서 아직 한마디도 말하지 않았다. 놀랄 만큼 교묘하게, 그것도 슬쩍 한데 뭉친 장갑을 상당히 떨어져 있던 탁자 위의 유리컵에 정확하게 던져 넣고, 여전히 잠자코 내려다보며 안주머니에서인지 담뱃갑을 끄집어내어 별로 들여다보지도 않고 단번에 라이터를 켜서 불을 붙였다. 전매국의 제일 값싼 담배였다. 연기를 깊이 들이마셨다가는 오만스럽게 얼굴을 찌푸리면서 한쪽 다리로 가볍게 마루를 두

들기며, 쭉 째진 입으로 연기를 뿜어낸다. 연기는 회색으로 뭉쳐서, 썩어서 문드러진 삐죽한 이 사이로 흘러나왔다.

그러나 관중도 그자가 쳐다보는 것에 지지 않고 뚫어지게 치폴라를 관찰했다. 이 떡 버티고 침착한 척 서 있는 요술사가 잘못하여 보여줄지도 모를 약점을 노리고 뚫어지게 쳐다보고 있었다. 그러나 그는 전혀 약점을 보이지 않았다. 옷이 그 모양이니, 담뱃갑과 라이터를 끄집어내고 다시 집어넣는 것이 번거로워 그는 망토를 뒤로 제쳤다. 그리하여 그의 왼팔에 이런 장소에는 어울리지 않는 짐승 발톱 같은 은손잡이가 달린 말채찍이 가죽끈으로 매달려 있는 것을 볼 수 있었다. 그리고 그자가 속에 입고 있는 것은 연미복이 아닌 프록코트라는 것도 알 수 있었는데, 그 프록코트마저 쳐들었던 탓으로 반쯤 조끼자락에 덮인 오색 찬란한 띠를 맨 것도 볼 수 있었다. 그 띠를 보고 우리들 뒤에 앉은 관객들은 저것이 기사의 표시라고 나직한 목소리로 이야기를 했다. 기사 칭호에 그런 따위 표시가 붙어 있다는 건 금시초문이라, 그런 이야긴 그만두기로 하겠다. 아마 그런 띠도 잠자코 버티고만 서 있는 협잡꾼이나 매한가지로 순전히 엉터리일 것이다. 그자는 아직도 아무 짓도 하지 않고 다만 관중 앞에서 오만불손하게 담배만 피워 물고 있었다.

앞서 이야기한 대로 관중은 그를 보고 웃었다. 그런데 서서 보는 자리에서 누가 멋없이 큰 소리로 "안녕하시오!"라고 소리를 쳤을 때 흥겨운 기분이 장내에 핑 돌았다.

치폴라는 귀가 번쩍했다. "누구야?" 하며 그는 덤벼들 듯 물었다.

"지금 말을 꺼낸 게 누구냐? 그러기냐? 건방지게 말은 했지만 겁이 난 모양이로구나? 무서우냐, 그렇지, 응?"

어지간히 높고 해소병에 걸린 듯 헐떡거렸지만, 쨍쨍 울리는 금속성 목소리였다. 그자는 대답을 기다렸다.

"내가 그랬소."

소리 하나 없이 조용한 가운데, 어떤 젊은이가 외쳤다. 그는 도전을 받고 수모를 당했다고 생각했던 것이다―그는 우리들 바로 옆에 서 있던 잘생긴 청년으로 무명 속옷을 입었고 웃옷을 어깨에 걸쳤다. 새까맣고 억센 머리카락을 치켜 올려 거칠게 깎았는데, 바야흐로 각성하는 조국을 상징하듯 유행하는 스타일이었으나, 어딘지 그 젊은이가 부자연스럽고 아프리카 사람 같은 느낌을 풍기게 만들었다.

"그래…… 내가 그랬소이다. 진작 당신이 할 인사가 아니었소, 그것을 내가 대신해드린 것이 아니오."

그리하여 흥겨운 기분은 한층 새로워졌다. 그 젊은 친구는 멋지게 받아 넘겼다. "제법인데" 하는 소리가 우리 옆에서 들렸다. 구경거리는 끝내 구색을 갖추게 되었다.

"그거 대답 잘했소."

치폴라가 대꾸했다.

"당신은 내 마음에 들었소, 젊은 친구. 이 사람은 진작부터 당신한테 눈독을 들이고 있었던 것을 아시오? 당신 같은 친구들은 각별히 내 마음에 든단 말이오, 그런 친구는 내 소용에 닿거든. 물론 당신은 당당한 사내자식이겠지. 하고 싶은 일은 무엇이든지 해치운다, 그런 말씀이지. 그런데 하고 싶지 않은 일도 해본 일이 있소? 당신이 원하지 않았던 일을 말이오? 자! 젊은 친구, 늘 그렇게 당당한 사내

214

자식 행세만 하지 말고 마음먹은 것과 행동을 한꺼번에 도맡아 해치울 필요가 없으면 힘도 들지 않고 재미도 날 것 아니오. 분업이란 것도 한번 해야 할 것 아니겠소─바로 이것이 미국식 제도라오. 예를 들면 지금 이 자리에서 오늘 저녁 모여주신 둘도 없이 귀하신 손님들 앞에서 당신 혀를 내밀어 보여드리면 어떻겠소. 그것도 아주 밑바닥까지 드러내어 보이면 어떻겠느냐, 그런 얘기지."

"싫소이다."

젊은 친구는 적개심을 보이며 뇌까렸다.

"그런 일은 하고 싶지 않소. 그런 무식한 꼴을 보이기는 싫소이다."

"별로 무식한 꼴을 보이게 되진 않을 거요."

치폴라는 대꾸했다.

"물론 당신은 혓바닥을 내보일 것이요. 당신이 예절을 갖춘 것에 대해서는 경의를 표하지만, 내 의견을 말한다면 지금부터 내가 셋까지 수를 세기 전에 오른쪽으로 돌아서서 손님들한테 혓바닥을 쑥 내밀게 될 테니 보시오. 그것도 설마 이럴 수가 있나 할 정도로 길게 쑤욱 내밀게 될 테니 두고 보시오."

치폴라는 젊은이를 들여다보았다. 찌를 듯한 눈이 눈자위 속으로 꺼져 들어간 듯 보였다.

"하나."

그는 이렇게 뇌까리며 팔에 걸고 있던 말채찍을 손목까지 내려뜨려 휘어잡고 한 번 공중에서 후려쳐 소리를 냈다. 그 젊은 친구는 관중에게로 돌아서더니 기를 쓰며 혓바닥을 길게 내밀어 보였다. 더는 안 될 정도까지 내밀었다. 그러고는 시치미를 뚝 떼고 다시 본래대로 돌아섰다.

"그건 바로 내가 시킨 것이지."

치폴라는 눈을 깜박이면서 머리로 그 젊은이를 삿대질해가며 조롱했다.

"아무렴 그건 바로 본인께서 시킨 일이지 뭐요."

그리고 그자는 얼떨떨한 관중을 내버려둔 채 둥근 탁자 있는 데로 가더니, 틀림없이 코냑이 들어 있을 성싶은 작은 병을 기울여 한 잔 따라서는 익숙하게 꼴깍 마셨다.

우리집 아이들은 죽겠다고 웃어댔다. 무대 위아래서 주고받은 이야기는 거의 이해를 못했겠지만 괴이한 사나이와 관중 속의 사람 사이에 그런 익살맞은 일이 일어나고 보니 정말 재미가 있었던 것이다. 무엇이 나올지 전혀 예측하지 못했던 두 아이는 이런 일이 벌어진 것이 무척이나 즐거웠던 것이다. 나와 아내는 눈짓을 했다. 그리고 나는 나도 모르게 그 소리를, 치폴라가 말채찍을 공중에 휘둘렀을 때 낸 소리를 입으로 나직이 흉내 냈던 것을 지금도 기억한다. 여하간에 이렇게 파격으로 마술의 밤이 시작되자 관중은 얼떨떨해졌다. 이제까지 관중의 대변인 격으로 행세했던 젊은 친구가 왜 별안간 건방지게도 관중을 향하여 혓바닥을 내밀고 덤벼들게 되었는지 전혀 깨닫지를 못했던 것이 확실했다. 그래서 관중은 그 젊은이의 이러한 행동을 몰상식하다고 생각한 듯 그를 내버려두고 이제는 마술사에게만 주의를 기울이게 되었다. 그는 코냑을 마시고 기운을 돋워 제자리로 돌아오면서 계속 뇌까렸다.

"신사 숙녀 여러분!"

숨이 좀 가빴으나 쨍쨍 울리는 금속성 목소리였다.

"여러분이 지금 보신 바와 같이 이 전도가 양양한 젊은 혓바닥의 주인공(이런 농담에 모두 웃었다)에게 이 사람이 내린 교훈은 좀 지나쳤다고도 할 수 있겠으나, 저는 어느 정도 제 잘난 맛에 사는 놈이니, 그런 줄 알아주시기 바랍니다. 점잖고 공손한 마음으로 인사를 해주시면 모르거니와—다른 마음을 먹은 인사를 받을 이유는 없다고 이 사람은 생각합니다. 여러분이 제게 저녁이 즐겁기를 바란다고 하신다면, 그것은 곧 여러분이 오늘 저녁을 즐겁게 보내고자 스스로 원하시는 소치일 것입니다. 왜냐하면 여러 손님이 오늘 밤을 재미있게 지내시려면 제가 재미있는 저녁을 가질 수 있는 경우에만 가능할 것입니다. 그러므로 아가씨가 잘 따르는 아까 그 토르레 디 베네레의 친구가 (그는 그 젊은 친구를 비꼬기를 그치지 않았다) 제가 오늘 저녁이 즐겁고, 유쾌하며, 그 양반의 인사쯤은 받지 않아도 된다는 것을 몸소 증명해주신 것은 공로가 컸다고 하겠습니다. 저는 언제나 온통 즐거운 저녁만을 가졌다고 감히 자랑할 수 있습니다. 가끔 기분이 좋지 않을 때도 있기는 하지만, 그런 일은 아주 드문 일입니다. 이 사람의 직업은 힘이 들고, 몸도 그리 단단한 편이 못 됩니다. 이 사람은 몸에 고장이 좀 있어서 그것 때문에 지난날, 조국의 영광을 위한 전쟁에 참가할 수가 없었습니다. 그러나 이 사람은 영혼과 정신의 힘으로써 생활을 극복해나가고 있으니, 즉 생활을 극복한다는 것은 자기 자신을 지배하는 것을 말함입니다. 그리하여 이 사람은 이 사람의 직업을 가지고 교육을 받으신 사회 여러분들의 영광스러운 관심을 환기시켰다는 것을 자랑으로 삼고 있습니다. 유력한 신문들이 본인의 일을 찬양했으니, 《코리에르 델라 세라》 신문은 공정하게 본인을 기적이라고 했으며, 또한 로마에서 개최했던 공연회에서는 하루 저녁 황송하게도 총통〔무솔리니를 말함〕 각하의 남동생을 모신 적도 있었습니다. 그러한 영광스럽고 고귀한 자리에서도 본인의 하찮은 버릇쯤은 용서해 주시는 아량을 베풀어 받았는데, 여기 토르레 디 베네레 따위—물론 로마에 비해서 말씀이지만—보잘것없는 고장에서(여기서 사람들은 이 애처롭게도 작은 토르레를 희생양 삼아 웃어댔다), 일부러 본인이 가진 버릇을 털어버리고, 게다가 여인네들에게 귀염을 받아 응석둥이가 된 젊은이로부터 비난을 받을 필요는 없을 것이라 생각됩니다."

이번에도 그 젊은 친구는 한 방 얻어맞은 셈이다. 치폴라는 그 젊은이를 색골, 촌구석의 바람둥이로 내세우려고 무진 애를 썼다—그런데 그럴 때마다 그 청년을 비꼬아대는 추근추근한 신경질과 적의는 제 자신이 자랑을 해대는 세상에서의 성공이나 자신만만한 이야기하고는 썩 어울리지 않는 것으로 생각되었다. 아마 치폴라는 매일 저녁 구경꾼 중 한 사람을 골라서 골려주곤 했던 모양으로, 그 젊은이도 이러한 놀림감으로 걸려들었음에 틀림없다. 그러나 그의 꼬집어뜯는 말투에는 진심에서 우러나온 증오가 숨어 있었다. 그리하여 그 병신이, 이 얼굴 잘난 청년이 여인들에게 귀염을 받을 것이라 전제하여 덤비지 않았다고 하더라도, 그리고 그런 행복을 끊임없이 비꼬아 대지 않았다고 하더라도 이 병신과 청년의 몸매를 비교해본다면 인간적인 의미로 증오란 무엇인가를 곧 알아차릴 수 있을 것이다.

"자, 그러면 지금부터 재미를 보여드릴까 하는데"라고 말하며 그는 이렇게 덧붙였다.

"좀 편한 기분으로 하겠으니 용서를 바랍니다."

그리고 그자는 옷걸이가 있는 곳으로 가 옷을 벗었다.

"기막히게 말을 잘하는데."

우리 옆자리에서 칭찬을 했다. 마술사는 아직 아무것도 하지 않았는데 변설만으로도 성공을 인정받았으니, 말만으로도 사람을 경탄시킬 수가 있었던 것이다. 남국 사람들은 언어를 삶의 즐거움을 위한 한 요소로 삼아, 그것을 사회적으로 소중히 여길 줄 아는데 이런 분위기를 북방 사람들은 도저히 당해내지 못한다. 남방 여러 민족에게는 그 국민적 결합 요소가 된 모국어에 대한 존경심은 본보기가 될 만하며, 그들이 자기 나라 말의 여러 가지 형식이나 발음상의 규칙을 즐거운 마음으로 우러러 아낀다는 것은 어딘지 명랑한 기분을 자아내는 동시에, 언어를 즐거운 마음으로 사용하고 즐거운 마음으로 들으며—또한 비판을 해가며 듣는 것이다. 그도 그럴 것이 한 사람이 어떻게 이야기를 하느냐 하는 것은 그 사람의 신분을 나타내는 척도가 되기 때문이다. 말을 서투르게 아무렇게나 하면 멸시를 받았고, 고상하고 세련된 말솜씨는 인품을 높이게 되어, 미천한 인간이라도 자기의 인상을 돋우려면 세련된 어법을 사용하려고 애쓰고 그것을 조심스럽게 꾸미게 된다. 그런데 이 치폴라라는 인간은 이탈리아 사람들의 도덕적이며 윤리적인 판단이 혼합된 소위 '마음에 드는 사람'에 속하는 인간은 아니었으나, 적어도 위에서 말한 말재주 때문에 매력을 준 것만은 확실하다.

실크해트와 목도리, 망토 등을 벗어놓고, 치폴라는 옷매무새를 고치고, 큼직한 단추로 잠근 커프스 소매를 걷고 엉터리 기사 표시를 매만지면서 다시 무대 앞으로 나왔다. 그의 머리털은 아주 흉했다. 머리통은 거의 벗겨져나갔고, 몇 올 안 되는 머리카락을 검게 기름칠하여 찰싹 달라붙게 정수리에서 이마로 내려 빗고, 관자놀이에 붙은 머리털도 역시 검게 염색을 했으며, 눈꼬리 쪽으로 빗었다. 머리 모양이 어쩌면 고풍스런 서커스 단원 같아 우스꽝스러웠지만, 여하간 그러한 괴상한 인간의 풍모에는 꼭 들어맞는 것이었으며, 더구나 자신만만한 태도로 시치미를 뚝 떼고 있었기 때문에 관객 측도 그 머리 모양을 우습다고 느끼지도 않는 성싶었으며, 잠자코 있었다. 그가 미리 선수를 써서 말했던 '조그만 육체적 결함'은 이제 아주 뚜렷하게 볼 수 있기는 했지만 아직도 정말 어디가 어떤지 그 상태가 도무지 확실치가 않았다. 가슴패기가 너무나 높다는 것은 곱사등이의 경우 흔히 볼 수 있지만, 그러나 그자는 양쪽 어깨 사이 등이 불쑥 나와 있는 것이 아니고, 더 아래에, 즉 허리와 엉덩이 있는 데가 불쑥 나와 있었다. 하지만 걷는 데는 아무 지장이 없었고, 발을 떼어놓을 적마다 기괴한 인상에 이상하게 쑥 내미는 듯한 모양이 되었다. 어쨌든 미리 이야기를 해놓았던 탓으로 그런 병신이란 인상도 어느 정도 약해졌으며, 실제로 그런 꼴을 눈앞에 보게 되니 애처로워하는 교양 있는 분위기가 장내에 떠돌게 된 것을 느낄 수 있었다.

"자, 그럼, 시작합니다."

치폴라는 말했다.

"여러분께서 양해해주실 것으로 믿고, 우선 몇 가지 산수 문제를 가지고 시작해보기로 하겠습니다."

산수? 산수라니 어찌 마술답지가 않았다. 암만해도 내건 광고와
는 딴판이 될 것 같다는 의심이 번쩍 생겼다. 그럼 무엇이 그자가 내
세우는 진짜 기술인지는 아직도 명백하지 않았다. 어린애들이 안됐
다고 생각했지만, 지금 애들은 이런 곳에 올 수 있다는 사실만으로도
마냥 행복했던 것이다.

치폴라가 시작한 숫자 놀이는 간단하면서도 그 요체를 보면 아연
실색할 만했다. 그자는 먼저 종이 한 장을 압정으로 칠판의 왼편 꼭
대기 구석에다 꽂고 그 종이 조각을 높이 쳐들어서 그 밑의 칠판에다
분필로 무언가를 썼다. 그런 짓을 하면서도 그자는 쉬지 않고 지껄였
는데, 제가 보여줄 마술이 무미건조하게 되지 않도록 잇달아 지껄이
며 흥을 돋우려고 애를 쓰는 것이었다. 입심 좋고 한시라도 이야깃거
리가 궁하지 않은 화술의 명수이긴 했다. 그자는 처음부터 무대와 관
람석 사이의 간격을 없애려고 덤볐고, 벌써 그것은 젊은 어부와의 이
상한 말다툼으로 성공했으니, 그자는 관중의 대표자를 무대 위로 끌
어올리고, 또한 제 자신도 손님들과 개인적으로 접촉하기 위해 무대
로 통하는 나무층층대로 내려오곤 했는데, 이런 짓은 그자가 일을 진
행하는 방법이었을 뿐 아니라, 또한 어린애들은 그런 짓을 대단히 좋
아했다. 그러면서도 그자는 점잔을 뺐고, 못마땅한 듯 곧 누구든지
한 사람을 붙잡고 실랑이를 벌였는데 과연 어디까지가 그자가 꾸민
각본인지, 혹은 연기에 속하는 것인지 도무지 갈피를 잡을 수가 없었
다―여하간 관중은―적어도 관객 중 순진소박한 친구들은 그런 짓
도 연기의 일부라고 생각하는 듯했다.

그런데 그자는 무엇인지 칠판에 긁적거린 다음, 그것을 종이로

덮어서 감추고 나서 관중을 향하여 누구든지 두 분만 무대 위로 올라와서 지금부터 시작하는 계산을 도와주기를 바란다고 뇌까렸다. 그것은 조금도 어려울 것이 없으며 계산에 재주가 없는 분도 손쉽게 해낼 수 있다고 말했다. 언제나 그렇듯이 아무도 나서는 사람이 없었다. 치폴라는 관객 중 상류층을 괴롭히기를 꺼리고, 일반 대중한테 희망을 두어 장내의 맨 뒤, 서서 보는 자리에 서 있던 촌사람다운 억센 청년 두 사람에게 눈독을 들여서 무대로 끌어올리려고 했다.

"자, 기운들을 내시오. 할 일 없이 입만 딱 벌리고 있다는 건 말이 안 되지. 손님들한테도 친절을 좀 보이구려."

이렇듯 타일러서 그들을 무대로 불러들이는 데 성공했다. 두 젊은이는 촌스러운 태도로 중앙 통로를 지나서 계단을 올라가 열없는 웃음을 짓고, 같은 패의 요란한 성원을 받아가며, 칠판 앞에 가서 섰다. 치폴라는 좀더 그들을 놀려 영웅다운 억센 팔다리를 가졌다는 둥, 손의 크기는 손님들에게 보여드릴 일을 맡기기 안성맞춤이라는 둥 칭찬을 하고 나서, 그중 한 청년에게 분필을 내어주며, 다만 제가 부르는 숫자를 칠판에 쓰라고 했다. 그러나 그 친구는 글을 쓸 줄 모르노라고 하며, "쓸 줄 모르는뎁쇼" 하고 거친 목소리로 말하니, 또 한 친구도, "저도 못하는뎁쇼"라고 덧붙여 말했다.

그들이 글을 정말 못 쓰는지, 또는 치폴라를 골려주려는 심사에서 그랬는지는 잘 모르겠으나, 여하간 이러한 고백을 하게 되니 다시 장내엔 웃음판이 벌어졌다. 그러나 치폴라는 그런 웃음판에 같이 섞일 생각은 전혀 하지 않는 것 같았는데, 모욕을 당하고 반항을 당했다고 느낀 것 같았다. 그자는 그 자리에서 무대 한가운데 놓였던 짚

의자에 다리를 꼬고 앉았다. 그리고 값싼 담배 봉지에서 담배를 새로 한 개 빼 물었다. 그 미련퉁이 두 청년이 무대 위를 어정거리고 있는 사이에, 그자는 두 번째 코냑 잔을 기울였고, 그 때문에 피우던 담배 맛이 훨씬 더해진 듯이 보였다. 전과 마찬가지로 깊이 들이마셨던 담배 연기를 이를 드러내며 뿜었고, 발을 공중에서 흔들면서 쾌활한 두 파렴치한을 비롯하여 관중 전체의 존재도 안중에 없다는 듯, 엄숙히 거부하는 태도로 허공을 노려보는 치폴라의 모습은 마치 침이라도 뱉고 싶은 광경을 눈앞에 보고, 자기 자신과 자신의 존엄성을 지키려는 사람 같은 인상을 주었다.

"창피한 노릇이다."

그자는 못마땅한 듯 냉랭한 태도로 말했다.

"제자리로 돌아가시오, 우리 이탈리아엔 글을 못 쓰는 사람은 없소. 위대한 우리 국가는 무지몽매를 용납할 수 없소. 외국 여러 나라 손님을 모신 이 자리에서 이런 욕을 보이게 했다는 것은, 농담이라도 분수가 있지. 이것은 오로지 두 사람만의 창피가 아니라, 동시에 우리 정부와 국가에 폐를 끼치는 것이오. 만일에 이 토르레 디 베네레가 기초적인 국민 교육도 안 받는 무리가 숨어 있는 우리 조국 최하의 촌구석이라면, 이런 곳을 찾아들게 되었다는 것이 본인으로서는 후회막급이라고밖에 할 수 없소. 물론 본인도 이곳이 여러 가지 면에서 볼 때 로마보다 훨씬 뒤떨어진다는 것을 모르는 바 아니었지만……."

여기까지 말했을 때, 그자는 누비아〔Nubia : 북아프리카 나일 강 하류에 사는 인종〕식 머리 모양에 웃옷을 어깨에 둘러맨 청년에게 다시 방해를 받았다. 보아하니, 그 청년의 공격 정신은 다만 잠시 기가 죽었던 것 같이 이제 다시 머리를 번쩍 쳐들고 제 고향 땅을 지키는 기사가 되어 맹렬히 덤벼들었다.

"집어치워라!"

큰 소리로 그는 외쳤다.

"토르레를 비꼬지 마라. 우리는 모두 이 고장 태생이다. 섣불리 다른 고장 손님들 앞에서 우리 고장이 모욕을 당한다면 가만히 둘 수 없다. 그 두 사람도 우리들 친구야. 그 친구들이 학자는 아니라도 그 대신 여기 있는 다른 여러분들보다 아마 정직한 친구들일 거야. 로마를 자랑하는 네놈보다야 낫고말고. 로마는 네놈이 세웠더냐."

그야말로 칭찬할 만한 솜씨였다. 젊은 친구가 참 용감했다. 이렇게 되면 본래 순서가 시작되기엔 점점 지체되지만, 사람들은 이런 종류의 연극을 좋아하는 것이다. 말다툼은 언제 들어도 재미있다. 어떤 인간들은 그런 일을 그저 공연히 좋아한다. 그리고 남이 당하는 것을 보고 고소해하는 짓궂은 심보에서 자기의 제삼자적 입장을 즐기는 것이다. 그러나 또 다른 사람들은 불안한 답답증과 흥분에 사로잡혔다. 나는 그런 기분을 잘 알 수 있기는 했지만, 그 당시는 이 모든 짓이 어느 정도 짜고 하는 듯싶었고, 그 낯 놓고 기역 자도 모르는 뻔뻔스러운 친구들이나 또한 윗옷을 걸머진 친구나 모두 그 마술사와 한패가 되어 굿을 하고 있다는 인상을 받았다. 아이들은 정말 재미나는 듯 귀를 기울였다. 이해한 것은 아무것도 없었겠지만 그 어조에 숨이 막히는 듯 보였다. 이것이 바로 마술의 밤이로구나, 아마 어쨌든 이탈리아식 마술의 밤은 이런가보다, 이렇게 생각했고 참으로 재미있다고 생각했던 것이다.

치폴라는 일어섰다. 그리고 엉덩이를 두 번 뒤흔들며 무대 끝으로 나섰다.

"아니, 저것 좀 보지!"

그는 진짜 격분한 태도로 뇌까렸다.

"아까 그분이시로군! 혓바닥 위에 심장이 놓인 청년이시로군!" (그는 'Sulla linguaccia'라고 했다. 이것은 백태가 낀 혓바닥이란 뜻으로 이 말은 굉장한 웃음판을 만들어놓았다.)

"물러가요, 친구들!"

그자는 촌뜨기 같은 두 젊은이한테 말문을 돌렸다.

"좋소, 본인은 지금부터 이 신사 양반하고 볼일이 있소. 토르레 디 베네레의 투사, 비너스의 감시인께서 본인의 말을 잘도 지키고 있었으니, 달콤한 감사의 말을 꼭 한마디 해드려야 된다는 말씀 같은데……"

"농담은 집어치워! 제대로 말해보자!"

청년이 외쳤다. 그의 눈에서는 불이 번쩍 일어났고, 저고리를 내던지고 진짜 대들 듯한 기세를 보였다.

하지만 치폴라는 대수롭게 여기지도 않았다. 우리들은 걱정스러워 서로 쳐다보았으나, 그자는 지금 같은 이탈리아 사람하고 싸우는 것이고 또한 그것도 이탈리아 땅 위에서 일어난 일이었으니, 우리를 상대로 하는 것과는 다를 것이라 생각했다. 그의 태도는 차가웠고, 완전히 우월감을 보이고 있었다. 눈초리는 관중석으로 돌린 채, 조롱하는 듯한 웃음을 띠고, 약이 오른 청년에게 비스듬히 곤댓짓을 해보였다. 이런 짓은 관중으로 하여금 그 청년의 투쟁심을 같이 비웃는 결과를 만들었고, 그런 투쟁심은 청년의 생활 태도가 너무나도 단순하다는 것을 드러내었을 뿐이다. 그런데 그 다음에 또다시 이상한 일이 일어났다. 그 때문에 마술사의 우월했던 위치가 무시무시한 빛으로 싸이게 되었고, 또한 이런 장면에서 생긴 전투적인 흥분은 우스꽝스러운 결과로 끝이 나게 되었는데, 이것이 왜 그렇게 되었는지는 설명할 수도 없는 것이었고 또한 수치스럽고 욕된 그런 것이었다.

치폴라는 이상한 눈으로 그 청년의 눈을 쳐다보며 점점 가까이 다가섰다. 그자는 우리가 있는 데서 왼쪽의 관중석으로 통하는 계단을 반쯤 내려서기까지 했기 때문에, 바로 싸움꾼을 얼마간 높은 데서 내려다볼 수 있는 위치에 서게 되었다. 그자의 팔에선 말채찍이 대롱거렸다.

"당신은 농담을 할 기분이 아니란 말이지, 젊은 친구."

그는 말했다.

"그것쯤 짐작할 수 있고말고, 당신 몸이 편치 않다는 건 누구나 다 알 수 있소. 벌써 당신의 그 더러운 혓바닥을 보건대 당신은 급성 위장병임을 알 수 있소. 당신같이 속이 좋지 않으면 밤에 이런 구경을 와서는 안 되지. 내 잘 알고 있지만 당신 자신도 차라리 배두렁이라도 이고 잠자리에 들었다면 좋았을는지도 모를 것을, 하는 생각도 없지 않았을 것이오. 오늘 낮에 그 쉬어빠진 백포도주를 지나치게 많이 마신 것은 경솔한 짓이었지, 지금 당신은 배가 뒤틀리고 아프니 허리를 구부리고 싶을 테지. 자 괜찮아 허리를 마음대로 구부려보라지! 창자가 뒤틀릴 때는 허리를 구부리면 훨씬 편한 법이니까."

그자는 한마디 한마디를 조용히 찌르다시피 힘을 주고 또한 엄숙히 동정하는 태도로 뇌까렸다. 눈망울 위가 축 늘어지고 타오를 것 같은 그자의 눈은 청년의 눈 속에 잠긴 듯 보였다—그것은 참으로 이상한 눈이었다. 그 청년이 자기의 눈길을 상대의 눈으로부터 돌리지 않았다는 것은 오로지 사나이로서의 긍지 때문만은 아니란 것을 알 수 있었다. 그러한 긍지마저 점점 그의 청동색 얼굴에서 찾아볼 수 없게 되었다. 그는 마술사를 입을 헤벌리고 쳐다보고 있었으며, 그렇게 멍하니 싱겁게 웃는 꼴은 넋을 잃은 듯 보였고 불쌍한 느낌이 들었다.

"구부렷!"

치폴라는 되풀이했다.

"다른 짓은 할 것도 없지 않아? 배가 뒤틀리게 아플 때는 허리를 구부려야 해. 누가 명령을 했다고 해서, 자연의 반사 운동을 거역할 수는 없을 것이오."

젊은 친구는 천천히 팔을 올려서, 배에 엇걸리게 끼고 짓누르며 몸을 비스듬히 앞으로 구부렸다. 발을 엇비슷하게 디디고, 무릎을 안으로 꼬며 점점 깊숙이 허리를 구부려, 결국에는 관절이 튕겨져 괴로워 못 견디는 그런 모양으로 거의 바닥에 쪼그리고 앉았다. 그렇게 치폴라는 젊은이를 2, 3초 동안 내버려두었다가, 말채찍을 바람에 울게 했다. 그리고 다시 어기적거리며 둥근 탁자가 있는 데로 가서 코냑을 들이켰다.

"잘도 마시네."

어떤 부인이 프랑스말로 우리의 뒷자리에서 말했다. 그 부인의 눈에 띈 것은 그것뿐이었을까? 관객들이 대체 어느 정도 그곳의 사정을 파악하고 있었는지 도무지 확실하지가 않았다. 그 젊은 친구는 다시 몸을 일으키고 무슨 일이 일어났는지 도무지 알 수가 없다는 듯, 열없는 미소를 짓고 있었다. 긴장하여 그 장면을 보고 있던 관객들은 "브라보 치폴라!" "브라보 젊은 친구!(지오바노토!)"라고 외치며 박수갈채를 보냈다. 확실히 사람들은 이 싸움의 결말을 젊은 친구의 개인적인 패배로 생각지 않고, 하잘것없는 배역이나마 훌륭하게 해치운 배우같이 그를 칭찬했다. 사실 복통에 못 이겨 몸을 뒤틀어 보인 젊은이의 꼴은 극도로 효과를 나타내어 모름지기 굉장한 박수갈채를 받을 만한 연기였으며, 연기자로서의 위대한 예술적 성공이라 할 수 있었다. 그러나 관객들의 이러한 태도가 어느 정도 남국 사람들 특유의 인간적인 공감에서 우러나온 것인지, 또 어느 정도는 사건의 본질을 엄밀하게 통찰하고 난 후 그런 갈채를 보낸 것인지, 나로서는 도무지 판단할 수가 없다.

코냑을 마셔서 기운을 얻은 기사는 새 담배에 불을 당겼다. 다시 산수 문제를 시작할 수 있게 되었다. 이번에는 힘 안 들이고 젊은이 한 사람을 좌석 뒷줄에서 끌어낼 수가 있었고, 그는 나와서 일러주는 숫자를 칠판에 쓰게 되었다. 우리도 아는 사람이었다. 그리하여 전체의 연기는 서로 낯익은 사람들 사이에서 진행되어, 어딘지 가족적인 분위기를 띠게 되었다. 그는 중앙가의 식료품 겸 과일점의 점원이었고, 우리를 친절하게 접대해준 일이 여러 번 있었던 젊은이였다. 치폴라가 무대에서 내려와 그 병신 걸음으로 관객들 사이를 돌아다니며 10단위, 100단위, 1000단위의 숫자를 손님 마음대로 부르게 하여 불러주면 그대로 그 젊은 잡화상한테 전해준다. 그러면 그는 장사치다운 솜씨를 보여 분필을 쥐고 칠판에다 위에서 밑으로 차례차례 써내려갔다. 모든 일이 서로 뜻을 같이하여 흥겨웠고, 농담을 뒤섞어가며 화제가 다른 곳으로 방황하면서 진행되었다. 때로는 이탈리아 말로 숫자를 모르는 외국인도 섞여 있었다. 그러면 치폴라는 유난히 오랜 시간을 두고 기사적인 태도로 수작을 붙였다. 그러면 이탈리아 친구들은 은근히 신바람을 내는데, 그럴 때마다 치폴라는 그럼 너희들이 영어나 프랑스 말로 부른 숫자를 번역해보라고 대들어, 곧잘 골탕을 먹이는 것이었다. 몇몇 사람은 이탈리아 역사상의 특기할 만한 연대를 부르기도 한다. 그러면 치폴라는 곧 그것을 알아채고, 걸어다니면서 애국적인 해석을 붙이곤 했다. 누가 제로라고 외쳤다. 그자를 골려주려고 할 때는 언제나 그렇듯이, 치폴라는 몹시 모욕을 느끼고 어깨 너머로 그것은 10단위 숫자가 못 된다고 대꾸했다. 그랬더니 어떤 장난꾸러기가, "제로, 제로!" 하고 외쳤다. 사람들이 웃음을 터뜨렸다. 이탈리아 지방에서 이 말은 여성의 음부에 대한 암시로 사용되는 것이기 때문에 웃음이 터진 것임에 틀림없다. 그러나 그러한 풍자적인 말이 나오도록 만든 것이 바로 자기 자신이었음에도, 치폴라는 점잔을 빼고 거부하는 태도로 나왔다. 하지만 할 수 없다는 듯이 그자는 어깨를 으쓱하고 그 숫자 역시 기록 계원에게 적으라고 일렀다.

길고 짧은 여러 가지 숫자를 열다섯 개쯤 칠판에 늘어놓았을 때, 치폴라는 공동으로 합산해보자고 했다. 계산에 익숙한 분은 암산해도 좋고, 연필과 수첩을 사용해도 무방하다는 것이었다. 사람들이 계산을 하고 있는 동안에, 치폴라는 칠판 옆에 있던 의자에 앉아서 병신에게서 흔히 볼 수 있는 잘난 체하는 오만불손한 태도로 상을 찌푸린 채 담배를 피워 물고 있었다. 다섯 단위의 해답이 곧 나왔다. 한 사람이 해답을 말하니, 다른 사람도 그것을 확인했다. 세 번째 사람은 좀 틀린 해답을 내놓았으나, 네 번째 사람이 말한 것 역시 같은 해답이었다. 치폴라는 일어서서, 웃옷에 떨어진 담뱃재를 털고는 칠판 오른쪽 위 구석에 꽂혀 있던 종잇장을 들추고, 자기가 써놓았던 숫자를 볼 수 있도록 했다. 그곳에는 벌써 백만에 가까운 정확한 해답이 적혀 있었다. 그자가 미리 그 숫자를 써놓았던 것이다.

놀라는 기색과 우레 같은 박수갈채가 쏟아졌다. 어린애들은 넋을 잃었다. 어떻게 그럴 수 있을까, 아이들은 알고 싶어했다. 우리는 그것이 마술이며, 그 깊은 속은 쉽사리 알 수 없는 것이고, 그러니까 그자가 마술사라고 설명했다. 이제 두 아이는 그럴싸해서, 마술의 밤이란 이런 것인가보다 했다. 먼젓번 어부의 복통이라든가, 이번의 숫자놀이라든가──희한한 솜씨였다. 아이들의 눈은 충혈되었고, 벌써 열시 반이 가까웠으나 가자고 하면 울고 야단을 칠 것 같아서 걱정이 되었다. 그런데 이 병신은 첫째 민첩한 손놀림으로 한몫 보는 그런 마술사가 아니어서, 전혀 어린애들에게 보일 만한 것이 못되었다. 나로서는 관객들이 도대체 어떤 심사로 구경을 하는 것인지 다시 한번 생각지 않을 수 없었다. 숫자를 정해서 부르는 것은 마음대로 하는 것이라고 하지만 사실 그것은 애매하기 짝이 없었다. 아마 몇몇 사람은 제 마음대로 숫자를 댔을는지도 모르지만, 전체적인 정황으로 볼 때 치폴라가 특별히 제 사람을 골라내어 미리 써놓은 숫자에 맞아들어가도록 진행한 것 같은 혐의가 뚜렷했다──다른 사람으로 보면 그런 짓은 흥이 깨지는 일이었으나, 그렇다고 해도 그자의 계산에 대한 예리한 감각은 놀랄 만했다. 게다가 더욱이 애국적인 언사와 신경질적인 위엄까지도 보여주니─치폴라와 같은 나라 사람으로서는 어쨌든 악의 없이 마음에 받아들이고, 즐거운 기분이 될 수 있겠지만, 외국에서 온 사람이 보면, 이런 애국주의와 신경질적인 오만불손의 혼합물에서 왠지 답답하고 위험한 공기를 느끼게 되었다.

여하간에 치폴라 자신도 어느 정도 사정을 아는 사람들에게는 자기의 마술의 성질이 어떤 것인가 알 수 있도록 애를 썼다. 그러나 물론 그 정체를 밝히거나 설명하는 말을 한 것은 아니었다. 끊임없이 이야기를 하는 까닭에 자기 마술의 성질에 관해서도 말을 했지만, 그 말은 애매하고 오만불손했으며 선전을 위한 것일 뿐이었다. 그자는 잠시 같은 종류의 실험을 계속했고, 계산을 복잡하게 만들어 합계를 내기 위하여 다른 종류의 계산법을 첨가해보고 나서, 어떻게 된 것인지 속내를 보이려는 듯이 계산을 극도로 간단하게 했다. 그자는 자기가 종잇장 밑에 미리 써놓은 숫자를 사람들에게 단번에 맞춰보라고 시켰다. 그런데 그것은 거의 모두가 들어맞았다. 한 사람은 고백하기를 자기는 처음에 다른 숫자를 부르려고 했는데 바로 그 순간에 마술사의 말채찍이 공중에 휙 하고 소리를 냈기 때문에 그만 다른 숫자가 입에서 튀어나왔고, 바로 그것이 칠판에 쓰여 있더라는 것이다. 치폴라는 어깨를 들먹이며 웃어댔다. 그자는 그 대답한 사람의 재능을 찬양하듯 허풍을 떨었다. 그러나 이러한 찬사에는 무엇인지 조롱하는 듯하고, 얕보는 듯한 것이 숨어서, 그 사람이 눈웃음을 치며 박수갈채의 일부분을 자기 몫으로 돌려놓으려고 했다고 해도, 사실 유쾌하게 그 찬사를 받아들였을 것이라고는 믿을 수 없었다. 또한 마술사가 관중 전체로부터 좋은 인상을 받고 있다는 느낌도 들지 않았다. 어떤 혐오와 적대감이 관중 속을 떠돌고 있었다. 그러나 이러한 감정을 억제하고 있는 관객들의 예의 바른 태도를 도외시한다면 치폴라의 수완과 자신만만한 태도는 손님들에게 깊은 인상을 주고도 남음이 있었고 말채찍도 관객의 동요를 잠재우는 데 도움이 되었다고 할 수 있다.

그는 이제 숫자만의 실험을 끝내고, 카드놀이로 들어갔다. 그자는 주머니에서 두 벌의 카드를 끄집어내었다. 아직도 기억에 남는 그자가 보여준 실험의 기본적이고 모범적인 본보기는 다음과 같은 것이었다. 즉 마술사는 한 벌의 카드에서 남몰래 석 장의 카드를 골라서 프록코트의 안주머니 속에 감춘다. 그러면 실험을 당하는 손님 한 사람이 펼쳐든 두 번째 카드 속에서, 똑같은 카드를 뽑아내는 것이다—언제나 꼭 들어맞았다고는 할 수 있지만, 그중 두 장만이 같을 때도 있었다. 그러나 대개의 경우에 그자가 펴보인 석 장의 카드는 손님이 뽑은 것과 똑같아서 치폴라는 의기양양해했다. 그리고 그자는 박수갈채를 가볍게 받아넘겼다. 그런 박수갈채는 좋건 싫건 간에 그자가 지닌 역량을 인정하는 것이었다. 우리들 앉은 곳 오른쪽 맨 앞자리에 자리한 젊은 신사가 일어섰다. 기골이 늠름한 이탈리아 사람이다. 자기는 명철한 자기 의지로 카드를 골라낼 작정이며, 지금까지와 같은 모든 감화에 대하여 의식적으로 반항해보겠다고 했다. 그 신사는 치폴라에게 이럴 경우에 그 결과가 어떻게 될 거라 생각하느냐고 물었다—.

"노형은 그렇게 함으로써 내 일을 어느 정도 곤란하게 만들 것입니다."

이렇게 그자는 대답했다.

"하지만 노형이 반항한다 해도 결과는 달라지지지 않을 것입니다. 자유라는 것도 존재합니다. 의지라는 것도 역시 존재합니다. 하지만 자유의지란 것은 존재하지 않습니다. 이렇게 말씀드리는 것은 자기의 자유를 찾으려는 의지란 결국 허망함에 부딪치게 될 것이기 때문입니다. 노형이 카드를 뽑고 안 뽑고는 자유일 것입니다. 그러나 일단 뽑게 되면 노형은 틀림없이 내가 가진 것을 뽑게 될 것입니다. 당신이 고집을 부리면 부릴수록 결과는 더욱 확실해질 것입니다."

이를테면 탁류를 만들어 심리적인 혼란을 일으키게 하는 것인데, 그의 말을 더욱 잘 골라 말할 수는 없을 것이다. 그 고집불통 신사는 신경질을 부리며 주저했으나 결국 덤벼들어 카드를 뽑았다. 그는 카드를 한 장 뽑아들더니 그와 똑같은 것이 주머니에 들어 있는지 곧 내보이라고 했다.

"아니, 왜 이러십니까?"

치폴라는 놀란다.

"무엇 때문에 도중에서 그만두십니까?"

그러나 그 고집덩어리는 미리 보여달라고 고집을 부렸다─.

"그렇다면 보시오."

마술사는 의외로 고분고분한 태도를 보이며, 들여다보지도 않고 자기가 가졌던 석 장의 카드를 부채 모양으로 펼쳐 보였다. 왼쪽에 꽂았던 카드가 뽑아낸 것과 똑같았다.

그 자유의 투사는 홀에 모인 사람들의 박수갈채 속에 성 내며 자리에 앉았다. 치폴라가 타고난 재능을 기계적 술책과 민첩함이라는 수단으로 얼마나 더 뒷받침했는지는 누구도 모를 일이었다. 그런 것들이 혼합되어 있으리라 가정하며, 모든 이들의 분방한 호기심이 어쨌든 비상한 즐거움의 향유와 아무도 부정하지 않은 직업적 유능함의 인정에서 하나로 합쳐졌다.

"잘하는데!"

이런 소리가 여기저기서 들렸는데, 그것은 반감과 숨어 있는 격분에 대해 객관적인 사실 자체가 냉철하게도 승리를 거두었다는 것을 의미했다.

바로 이러한 단편적이긴 했지만, 그 때문에 오히려 더욱 인상 깊은 성공을 거둔 뒤에 우선 치폴라는 다시 코냑을 마시고 기운을 돋우었다. 사실 그자는 '많이 마셨다'. 그리고 그것은 보기에 그리 좋은 모습은 아니었다. 그러나 그자가 자기의 긴장감을 유지하고 회복하는 데는 틀림없이 술과 담배가 필요했던 것이고, 그자가 암시한 대로 여러 가지 점으로 보아 그자는 과중한 정력을 필요로 하고 있었던 것이다. 사실 그자는 때로는 기분이 좋지 않은 듯이 보였고, 눈은 꺼져 들어가고 파리해 보였다. 그때마다 한 잔의 술은 전과 같은 힘을 돋워주었고, 들이마신 연기를 폐로부터 뭉게뭉게 토해내면서 입심은 생생하게 기운을 얻고 오만불손해졌다. 나는 아직도 뚜렷이 기억하고 있지만 그자는 카드놀이 다음으로 다음과 같은 단체 유희로 넘어갔다. 그것은 인간 본성 속에 있는 이성 이상의, 혹은 이성 이하의 여러 가지 능력, 직관과 자력적인 감염, 간단히 말하여 계시의 저급한 형식에 의한 유희였다. 그자가 연기한 낱낱의 순서는 잊어버렸고, 나는 또한 그 실험을 자세히 설명함으로써 독자들을 지루하게 만들 생각은 없다. 그러나 여하간 누구나 이런 실험은 알고 있을 것이며, 한번은 그런 일을 해보았을 것이다. 그것은 어떤 감춰진 물건을 찾아내는 일이었는데, 말하자면 희망을 안고 전혀 짐작할 수 없는 길을 더듬어, 생명체에서 생명체로 옮아가면서 복잡한 행동을 맹목적으로 수행하는 유희였다고 할 수 있다. 그런 경우에 심령술 같은 신비 세계의 모호하고 음흉하며, 풀 길 없는 그것을 호기심과 함께 멸시하는 감정으로, 슬쩍 들여다보고 안 되겠다고 생각한 경험을 가져보지 않은 사람은 없을 것이다. 이러한 신비 세계는 마술사의 인간성 안에서, 곧잘 협잡이나 사기와 함께 답답하게도 서로 뒤섞였다. 그렇다고 해서 이러한 성격은 그런 위험한 혼합물의 다른 구성 요소들의 진실성을 조금도 부정하는 것이 아니다. 오로지 내가 말하고자 하는 것은, 치폴라와 같은 인간이 이런 신비스러운 유희의 지휘자나 주연자 노릇을 하면 의당 모든 사정이 뚜렷해지고, 여러모로 보아 깊은 인상을 심어주곤 했다. 그자는 무대 안쪽으로 들어가서 관중들에게 등을 돌리고 의자에 앉아 담배를 피우고 있었다. 그러는 동안 장내의 한구석에서, 치폴라에게 시킬 일이 비밀리에 결정이 되었고, 물건이 손에서 손으로 넘어갔다. 치폴라는 이 물건을 찾아내고 미리 정해진 순서까지도 수행해야 되는 것이다. 그는 전형적인 암중모색, 쫓기는 듯 돌진했는가 하면 귀를 기울여 엿듣고, 앞으로 가기를 망설이고 헛다리를 짚어 계시를 받은 듯 별안간 돌아서며 갈길을 바로잡기도 했다. 그것은 마치 육체적으론 온통 제 뜻대로 움직여도 좋도록 되어 있으나, 그자의 정신은 미리 약속했던 곳으로 인도하는 눈에 보이지 않는 전지전능한 인도자의 손에 이끌려가듯 머리를 뒤로 젖히고 손을 앞으로 내민 채 장내를 갈지자로 헤맸다. 치폴라는 자기가 지금까지 하던 역할을 관객과 바꾼 것 같았다. 물줄기는 반대 방향으로 흘렀다. 그리고 치폴라는 그것을 거침없는 말솜씨로 강조했다. 지금까지 오랫동안 의지를 품고 명령했던 그는 이번엔 괴로워하고 받아들여가며 자기 의지는 차단해버리고 공중에 떠도는 관중들의 소리 없는 의지를 실행하는 편이 되었으나, 결국에 가서 이 두 가지는 결국 하나가 될 수 있는 것이라고 강조했다. 그는 자기를 단념하고 기계가 되어 완전한 의미에 있어서 무조건 다른 사람의 의지에 복종할 수 있는 능력은 고집을 부리고 명령하는 다른 쪽 능력의 반대 면에 지나지 않는다고 말했다. 즉 그것은 동일한 능력이니, 명령과 복종은 합쳐서 오로지 한 개의 원리, 떼어놓을 수 없는 통일체를 이루고 있기 때문에 복종할 수 있는 자는 명령할 수 있고, 또 그 반대 현상 역시 가능한 것이다. 바꾸어 말하면 마치 국민과 그 지도자가 둘이면서 하나인 것과 같이, 한쪽의 사상은 다른 사상 속에 포함되어 있는 것이다. 그러나 극도로 곤란한 소모적인 일의 실천은 어쨌든 간에 지도자와 주최자의 임무이고, 이러한 지도자에게 의지는 복종이 되고 복종은 의지가 되는 것이며, 그런 사람의 인격에서 바로 의지와 복종이 태어나므로 그런 사람들은 어렵고 힘든 생활을 하게 되는 것이어서, 자기의 생활 또한 대단히 힘든 것이라고 했다. 치폴라는 여러 번 이것을 강조했고, 자기가 지금 비상하게 어려운 일을 도맡아가지고 있다고 말했는데, 그자는 아마도 그런 말을 함으로써 자신에게 흥분제가 필요하고,

자주 술병에 손이 가는 것을 설명하려고 한 것인지도 모르겠다.

여러 사람의 보이지 않는 의지에 이끌리고 몰려서, 그자는 천리안이라도 가진 듯 이리저리 더듬고 다녔다. 그는 결국에 가서 보석으로 장식한 브로치를 감추어두었던 어떤 영국 부인의 구두 속에서 그것을 끄집어내어 머뭇거리면서도 쫓기는 듯이 다른 부인한테로—그것은 앙지올리에리 부인이었다—가지고 가서 무릎을 꿇고 그 브로치에 미리 정해져 있던 말을 했다. 그 말은 간단한 것이었으나, 그렇다고 쉽게 알아맞힐 수 있는 것은 아니었다. 그것은 프랑스어로 "저는 존경의 표시로 이 선물을 당신께 드리나이다!" 하는 말이었다. 이러한 가혹한 조건을 내건 데는 암만해도 치폴라에 대한 심술궂은 마음이 작용했다. 즉 그 조건 속에는 이런 기적적인 일을 실수 없이 해낼 수 있을까 하는 관심과 거만한 그자를 한번 골려주자는 심사, 이 두 가지 모순된 기분이 나타나 있었다. 그런데 치폴라가 앙지올리에리 부인 앞에 무릎을 꿇고, 이것저것 말을 고르면서 자기에게 주어진 것을 알아내려고 기를 쓰고 있는 꼴은 정말 이상했다.

"이 사람이 무슨 말씀을 드려야겠습니까?"

그는 서두를 꺼냈다.

"또한 무엇을 말씀드려야 한다는 것도 뚜렷이 느끼고 있습지요. 하지만 동시에 본인이 그 말을 입 밖에 내어 아뢰면 틀리게 될 것이라는 것도 느끼고 있습니다. 아니, 자신도 모르게 어떤 암시라도 해서 도와주실 생각을 하시면 안 됩니다!"

그는 이렇게 외쳤지만 바로 그것이야말로 그가 원했던 바였고 그렇기 때문에 그런 말을 외쳤던 것임에 틀림없다…….

"Pensez très fort!(잘 생각해보세요!)"

그자는 이렇게 별안간 서투른 프랑스 말로 소리를 질렀다. 그러고 나서 정해져 있던 말을 쏟아놓았다. 그것은, 그러나 이탈리아 말이긴 했으되 최후의 중요한 말은 얼결에 추측건대 조금도 익숙하지 않은 프랑스 말로 끝을 맺었다. 그리하여 이탈리아 말 'venerazione'라고 할 것을 프랑스 말로 'vénération'이라고 했는데 끝에 오는 비음(鼻音)은 완전히 서투른 발음이었다─이것은 완전한 성공이라고는 할 수 없었으나 브로치의 발견, 받을 여인에게로 간 것, 무릎을 꿇은 것 등은 이미 완전하게 성공했기 때문에 남김없이 승리를 거둔 것보다도 오히려 인상이 깊었다고 할 수 있었고, 경탄해 마지않는 박수갈채를 불러일으켰다.

치폴라는 일어서면서 이마의 땀을 씻었다. 이런 브로치 찾기는 그자가 보여준 여러 가지 일 가운데 하나의 예에 지나지 않는다는 것은 말할 필요도 없다─나는 유독 그것을 또렷하게 기억하고 있을 뿐이다. 그러나 그는 이런 기본 형식을 여러 가지로 변화시키고, 관중과의 접촉이 늘 자신에게 이로운 같은 종류의 즉흥적인 연기와 실험을 한데 엮어나갔기 때문에 많은 시간을 소비했다. 특히 우리들의 안주인의 인품으로부터는 무슨 영감이라도 받은 듯이 보였다. 그자는 부인의 과거지사를 점을 쳐서 관객을 놀라게 했다.

"부인, 제 눈은 속이지 못합니다."

이렇게 그자는 마담 앙지올리에리에게 말문을 열었다.

"부인께서는 특별히 영광으로 가득하신 몸이십니다. 볼 줄 아는 사람은 부인의 운치 있는 이마를 둘러싸고 이상한 광채가 떠돌고 있

음을 볼 수 있을 것입니다. 이 관상자가 잘못 짚지 않았다면, 이 광채
는 현재보다도 과거에 더욱 찬란했고…… 지금은 점점 희미해지고
있습니다……. 말씀하시면 안 됩니다! 도와주려고 하지 마십시오!
부인 곁에 계신 분은 바깥주인─그렇습죠?"

그자는 얌전한 앙지올리에리 씨에게로 몸을 돌렸다.

"귀하께서는 여기 계신 부인의 배우자시고, 그러니 오복을 모조
리 누리심에 틀림없는데, 한 가지 그 오복 속에 과거의 추억이 뒤섞
여 들어와 높은 자리를 차지하고 있는 것 같습니다……. 어떤 고귀
하신 추억……. 부인, 부인의 과거지사는 현재의 생활에서도 커다란
역할을 하는 듯 보입니다. 부인은 어느 왕자와 서로 아는 사이였던
것 같은데……. 부인이 걸어오신 지나간 날에 어떤 왕자와 관계하신
적이 있으셨나요?"

"아니, 그런 일은 없는데요."

이렇게 우리들의 점심 식사 때, 수프를 나눠주는 부인은 들릴까
말까 하게 대답했다. 그리고 그 갈색으로 물든 황금색 눈은 푸른빛
어린 고상한 얼굴에서 반짝거렸다.

"그렇지 않다고요? 아니, 왕자가 아니로군, 말하자면 대체로 그
럴 것이라는 말씀으로, 왕도 아니고 왕족도 아니지만─그러나 암만
보아도 왕족, 더 높은 왕국의 지배자임엔 틀림없습니다. 옳지, 어떤
위대한 예술가지. 그분 곁에서 한때 부인은 지내셨지요……. 틀렸다
는 말씀입니까. 하지만 그렇게 결정적으로는 부인 못하실 테지요. 반
쯤은 맞았다고 할 수 있겠지요. 자, 그런데! 그 사람은 위대하고도 세
상에 이름난 여류 예술가였고, 그분과 더불어 부인은 다정다감한 젊

은 시절에 우정을 맺었지요. 그리고 그분에 대한 신성한 추억이 부인의 모든 생활에 그림자처럼 따라다니며 빛을 내고 있습니다……. 이름까지도 말하라는 말씀입니까? 그럴 필요도 없을 것인데─그분의 명성이야말로 이미 오래전부터 조국의 영광과 결합했고, 조국과 더불어 영원히 빛나고 있는 엘레오노라 두제가 아닙니까?"

그 자는 나직한 목소리로 엄숙하게 끝을 맺었다.

그 곱상한 앙지올리에리 부인은 얼떨떨해서 자기도 모르게 고개를 끄덕거렸다. 그 순간 장내에서 터진 환성은 마치 거족적 시위 행렬을 방불케 했다. 장내의 거의 모든 사람이 앙지올리에리 부인의 의미 깊은 과거를 알고 있었기 때문에 치폴라의 직관력을 높이 평가할 수 있었으며, 특히 그 자리에 있었던 팡지온 엘레오노라의 손님들에게 더욱 그랬다. 다만 그자가 혹시 토르레에 도착한 후, 우선 직업 의식으로 어느 정도 그런 것을 듣고 돌아다녔을지도 모른다는 것이 문제가 될 수 있을 것이다……. 그러나 그러한 재능 때문에 우리가 보는 데서 재난을 받게 되어버렸으니, 그것을 이성적인 면에서 의심할 아무런 근거도 없다고 할 것이다…….

다행스럽게도 중간 휴식 시간이 시작되었다. 그리고 우리들의 지배자는 퇴장했다. 고백하건대, 나는 이 이야기를 쓰기 시작하면서 나의 보고가 이 지점에 다다르기를 두려워하고 있었다. 인간의 어리석음을 통찰하기는 대개의 경우 그리 어려운 것은 아니며, 특히 지금에 와서 더욱 그렇다. 틀림없이 독자들은 무엇 때문에 우리가 끝내 그 자리를 박차고 나와버리지 않았느냐고 질문할 것이라 생각한다─그러나 그 대답은 안 하고 내버려두겠다. 나 자신 그것을 이해할 수

240

가 없고, 사실 대답할 수도 없다. 그때는 벌써 열한 시도 확실히 지났을 것이다. 아마 더 늦었을지도 모르겠다. 어린애들은 이미 잠이 들었다. 마지막 여러 가지 실험은 애들한테는 좀 지루했던 것이다. 그리하여 자연의 힘은 손쉽게 그 권리를 쟁취하여, 아이들은 우리들의 무릎을 베고 잠이 들었다. 계집아이는 내 무릎에서 자고, 사내아이는 제 엄마 무릎에서 잤다. 아이들이 잠들었다는 것은 한편으로 생각하면 걱정을 덜어주었으나, 그래도 역시 딱한 생각이 들게 하고, 어서 잠자리로 데려가야 할 것이라는 경고이기도 했다. 우리들도 그 애절한 경고를 받아들여 따르려고 생각했고, 진심으로 그렇게 하려고 했다는 것을 확언해둔다. 우리들은 애처로운 두 아이들을 흔들어 깨워서, 이제 집으로 돌아가야 될 시간이라고 단단히 타일렀다. 그러나 아이들은 정신이 들자마자 애걸복걸하며 안 가겠다고 떼를 썼다. 그러니 구경을 하다가 중간에 나가려고 했던 우리의 시도는 아이들의 반대에 부딪혀, 다만 말로만 타이르고 제대로 실천하지 못했다는 것은 독자 여러분도 짐작이 갈 것이다. 아이들은 마술은 참 재미난다고 애원을 하며 다음엔 무엇이 나올지 모르니까, 중간 휴식이 끝날 때까지 잠시 기다려보자며, 그동안 잠깐 자면 될 것이 아니냐, 그러나 집으로 가는 것만은 싫다, 여기선 아직도 재미나는 밤이 계속되고 있는데 잠자리에 들어가기는 싫다고 우겨대는 것이었다.

우리는 질 수밖에 없었다. 그러나 아직도 기억하고 있지만, 조금만 더, 우선 잠깐만 두고 보자는 심사였다. 그러니 우리가 끝까지 남아 있었다는 것에 대해서는 변명할 여지가 없는 일이었고, 왜 그랬는지 이유를 설명하기도 역시 곤란하다. 우리는 A라는 변명을 하고 아

241

이들을 이리로 데리고 오는 잘못을 저질렀는데, 이제 아이들을 데리고 가야 할 판국에 이르러 B라는 이야기를 변명 삼아 이곳에 머물러야 할 것인가? 터무니없는 변명이라 하겠다. 그럼 우리들 자신이 재미를 보고 있었기 때문인가? 그렇다고도 할 수 있고, 아니라고 할 수도 있다. 이처럼 치폴라 기사에 대한 우리의 감정은 정말 여러 가지가 한데 뒤섞인 것이었는데, 그러나 이것은 또한 내 짐작이 틀리지 않았다면 관객 전체의 감정이기도 했을 것이다. 그런데도 돌아가버린 사람은 하나도 없었다. 이렇게 괴상한 방법으로 제 밥벌이를 하는 사나이가 마술을 해가며 그 사이사이에 내뿜은 매력에 우리가 농락당해 나가려는 결심이 허물어져버린 것일까? 하긴 단순한 호기심도 머물고 싶다는 생각에 큰 역할을 했을 것이다. 그렇게 이상하게 시작된 하룻밤이 어떻게 계속될 것인지, 누구나 알고 싶어했을 것이며, 또 치폴라가 여러 가지 흥미를 돋울 만한 예고를 해놓고 퇴장을 했으니, 관객들이 그자의 마술은 아직 바닥을 드러내지 않았고, 더욱 흥미진진한 구경거리가 있을 것이라고 기대하는 마음을 가지게 된 것도 짐작할 수 있는 일이다.

그러나 이런 모든 것이 그 이유가 아니고, 혹은 그것만이 이유의 모든 것은 아니다. 왜 우리가 나가지 않았는가 하는 질문을 어째서 우리는 벌써 오래전에 토르레를 떠나지 않았는가 하는 데 대한 답변으로 바꾸어놓으면 올바른 해답이 나올지도 모르겠다. 이 두 가지 질문은 내 생각으로는 똑같은 질문이다. 답변이 궁한 처지를 벗어나자고 하면 나는 벌써 거기에 대한 답변을 했노라고 말할 수도 있을 것이다. 사실 여기 공회당 안에는 토르레의 대기에 떠돌고 있던 것과 똑같은, 즉 이상하고 긴장감이 감도는 동시에 불쾌하고 모욕적인 답답한 분위기와 똑같은 것이, 아니 그보다 더욱 강한 것이 떠돌고 있었다. 다시 말하면 공회당이야말로 우리들을 덮어씌우고 있던 이 고장의 분위기인 모든 이상한 것, 무시무시한 것, 긴장이 한데 뭉쳐 있는 곳이었다. 그리고 우리가 다시 등장하기를 기다리고 있는 치폴라라는 사나이야말로 이런 모든 분위기의 화신(化身)이라는 생각이 들었다. 그러니 우리가 기왕에 '출발'을 하지 않으면서 작은 일에서 나가버린다면 모순된 논리였다고 하겠다. 앞에서 말한 것이 우리들이 주저앉은 이유가 되는지 안 되는지는 아무래도 좋다! 하지만 나로서는 더 그럴싸한 이유는 댈 수가 없다——.

10분 동안의 휴식은 거의 20분이 되어갔다. 잠에서 깬 두 아이들은 우리가 순순히 말을 들어준 것이 신이 난 듯 휴식 시간을 즐겁게 보냈다. 애들은 다시 대중석에 있던 안토니오 기스카르도, 보트 클럽의 사나이들과 장난을 했다. 어부들한테는 두 손을 오므려 입에 대고 우리들한테 배운 이탈리아 말로 "내일은 고기 많이 잡으세요!"라든가, "그물로 하나 가득 잡아요!" 하고 소리쳤다. 에스키지토의 사환 마리오한테 "마리오, 코코아 하나하고 비스킷을 줘요!" 하니 마리오가 이번에는 우리를 알아보고, "곧 가져오지요!" 하며 눈웃음을 치고 대꾸했다. 그런데 이러한 정답고 어딘지 방심한 듯 우울한 미소가 기억에 남게 된 데에는 그만한 까닭이 있었다.

이런 가운데 휴식 시간이 지나고 징이 울리자 떠들썩하던 관객들은 정신을 가다듬고, 아이들도 제자리에 똑바로 몸을 가누고 손을 무릎에 얹은 채 긴장하고 앉았다. 무대는 막이 열린 채였고, 치폴라는 여전히 들먹거리는 걸음걸이로 등장하여 곧 연기의 후반을 시작하려고 연설 투로 말문을 열었다.

요약해서 말한다면, 이 자신만만한 불구자는 내가 일생 동안 만난 가장 유능한 최면술사였다. 그자는 제 연기의 본질을 관객들 앞에서 교묘하게 얼버무려 넘김으로써, 숙련된 마술사로 행세했지만 그것은 확실히 법망을 피하려는 수작이었음에 틀림없다. 최면술을 직업적으로 사용하는 것은 본래 엄금되어 있었기 때문이다. 그리하여 그것을 직업적으로 하는 경우에는 형식적으로나마 그것을 은폐해야 하는 것이 이탈리아의 습관이었고, 그렇게 하면 법적으로 혐의를 받지 않거나 또는 눈감아주는 것 같았다. 여하간에 치폴라는 자기 마술의 정체를 사실 조금도 감추려고 하지 않았고, 그 순서의 후반부에 가서는 물론 여전히 입심 좋게 얼버무려 넘기긴 했지만, 아주 공공연하게 특수 실험, 즉 의지 박탈과 그것을 강요하는 실험만을 보여주었다. 익살맞고 흥분시키는 놀랄 만한 실험이 오랫동안 계속되어 자정에 이르도록 공연은 활발하게 진행되었고, 간단한 것부터 어마어마한 것에 이르기까지 모조리 구경할 수가 있었다. 말하자면 자연의 무시무시한 현상을 하나도 빼놓지 않고 보여준 셈이고, 그 괴이한 한 토막 한 토막이 끝날 때마다 관중은 자신만만하고 엄격한 마술사의 성격에 사로잡혀서 웃어대고, 머리를 흔들며 무릎을 치고, 박수갈채를 보냈다. 그러나 적어도 내가 본 바에 따르면 치폴라가 거둔 여러 가지 승리 속에는 실험을 당한 한 사람 한 사람은 물론, 관객 전체를 기묘하게 모욕하는 무언가가 포함되어 있었고, 그것을 대하는 관객들의 반발심도 있는 듯이 보였다.

그날 밤 두 가지 요소가 치폴라의 성공에 중요한 역할을 했는데. 그것은 코냑 술잔과 발톱 모양의 손잡이가 달린 말채찍이었다. 코냑은 곧잘 피로하기 쉬워 보이는 그의 마력을 북돋아주는 데 늘 큰 역할을 했다. 그리고 그의 독재적인 태도의 모욕적 상징인 그 말채찍, 즉 그 바람소리를 내며 우는 청룡도가 없었더라면, 끊임없이 술잔의 구원을 받는 그의 꼴은 확실히 관객들의 동정을 샀을 것이다. 그러나 그는 오만불손하게도 우리들을 모조리 그 채찍의 지배 아래 몰아넣었기 때문에 이상하다고 생각하며 반항심을 가지면서도 그자에게 굴복하는 수밖에 없었고 가벼운 동정심은 일어날 여지가 없었다. 그자는 과연 그런 동정을 바라지 않았을까? 혹은 그러한 동정심까지도 그자는 요구하고 있었을까? 그렇지 않으면 두 가지를 몽땅 원했던 것일까? 내 기억에 아직도 뚜렷이 남아 있는 말이 있다. 그리고 그 말은 그자의 질투심을 나타낸 것이었다. 바로 그자의 실험이 최고조에 다다랐을 때 일어난 일인데, 치폴라는 어떤 젊은 사람을 쓰다듬고, 입김을 뿌려 암시함으로써 그 사람을 완전히 막대기처럼 뻣뻣하게 만들어놓았다. 그 젊은이는 자진해서 자기 몸을 제공했고, 벌써 오래전부터 유난히도 최면술에 민감한 사람이란 것이 드러났다. 치폴라는 깊은 잠 속에 넋을 잃은 그 사나이를 두 개의 의자 등받이에다 허리와 발을 걸쳐서 눕혀놓았을 뿐만 아니라, 나무처럼 마비되어버린 배 위에 앉기도 했으나, 젊은이의 몸은 휘지도 않았다. 예복을 차려입은 귀신이 나무같이 되어버린 인간을 타고 앉은 꼴은 믿을 수 없고 불쾌하기 짝이 없는 것이었다. 과학적인 오락의 희생양이 되었다고는 하지만, 저런 괴로움을 겪다니 불쌍하다고 관객들은 말들을 했다. "저런 딱한 일을 보게!" "그 친구 안됐다" 하는 마음씨 고운 소리들이 나왔다.

"딱하다고!"

치폴라는 화가 치미는 듯 조롱 투로 뇌까렸다.

"번지수가 틀렸소이다. 여러분! 불쌍한 것은 바로 이 사람이오. 이 모든 괴로움을 당하는 것은 바로 이 사람이오."

관객들은 꾸지람을 들었다. 하긴 이 오락을 도맡아 희생을 하고 있는 것은 그자였고, 그 젊은 친구의 얼굴을 쥐어뜯게 한 복통 역시 생각하기에 따라서는 치폴라 자신이 도맡아 괴로워한 것인지도 모르겠다. 그러나 눈으로 보기에는 그와는 정반대였고, 다른 사람을 모욕하려고 스스로 고생하는 자에게 '불쌍하다'고 말할 수는 없다.

미리 서둘러서 이야기를 했기 때문에 순서가 뒤죽박죽이 되어버리고 말았다. 오늘날까지도 나의 머릿속엔 그 마술사의 순교적인 행동에 대한 가지가지 추억으로 가득 차 있으나, 다만 그 순서가 어떻게 되었는지는 잊어버리고 말았다. 또한 여기서 문제되는 것은 그것이 아니다. 그러나 내가 기억하고 있는 한에서는 당시 관중의 일대 환영을 받은 규모가 크고 복잡한 마술보다도 보잘것없는, 곧 끝이 나버린 그런 종류의 실험이 내게는 더욱 인상 깊었다. 의자의 역할을 했던 젊은이의 현상도, 오로지 당시 치폴라가 해설을 했던 탓으로 바로 생각이 났던 것이다……. 그리고 어떤 중년 부인이 짚의자에 앉아 잠이 든 채 치폴라에 의하여 환상 속을 헤매게 되어, 자기는 인도로 여행 중이라고 헛소리를 하며, 바다와 육지에 걸친 모험에 대하여 넋을 잃고 대단히 감동을 받아 이야기를 했던 것도, 내게는 별다른 관심사가 못되었다. 그러나 휴식이 끝난 직후, 당당한 체구를 가진 군인같이 보인 신사가 팔을 쳐들지 못하게 되었는데, 오히려 이것이 더욱 흥미로웠다. 꼽추는 오직 그 사람에게, 이제 팔을 쳐들지 못할 것이라고 선언했을 뿐이며, 단 한 번 채찍을 휘둘러 바람에 울게 한 데 지나지 않았던 것이다. 그러나 잃어버린 몸의 자유를 도로 찾으려고 이를 악문 채 그래도 여전히 눈웃음을 치면서 바득거리던 그 체구 당당한 대령님의 수염 기른 얼굴은 아직도 내 눈에 선하다. 실로 혼란스런 현상이었다! 그는 의욕을 가졌으나 그 의욕을 행사할 수가 없는 것처럼 보였다. 그러나 그는 아마도 의욕조차도 가질 수가 없었는지 모르겠다. 다시 말하면 의지 그 자체의 내부에서 자유를 마비시키는 유혹이 판을 치고 있었던 것이다. 이것은 기왕에 우리들의 속박자 치폴라가 로마의 신사에게 조롱 투로 예언했던 바로 그것이었다.

그러나 나는 감동받고 동시에 유령과 같은 익살을 맛보았다는 점에서, 앙지올리에리 부인이 당한 장면을 더욱 잊어버릴 수가 없다. 그자는 처음에 장내에 모인 사람들을 건방진 태도로 살폈을 때부터 벌써 부인이 자신의 마력에 대하여 에테르와 같이 부드럽게 순종한다는 것을 알아차린 듯싶었다. 그리하여 그자는 진짜 요술을 부려, 글자 그대로 부인을 앉은 자리에서 공중으로 들어올려, 좌석 가운데 꾀어내고서 동시에 자기의 기술을 더욱 빛내기 위하여 앙지올리에리 씨에게 부인의 이름을 불러보라고 했다. 말하자면 남편의 존재와 권리의 무게를 저울질해보고, 부인의 부덕(婦德)을 악마의 힘으로부터 지켜낼 수 있는 모든 힘을 남편된 사람의 목소리로 아내의 혼령 속에 불러일으켜보자는 것이었다. 하지만 부질없는 일이었다! 그 부부로부터 좀 떨어진 데 서 있던 치폴라가 채찍을 한번 바람에 울리자 그 힘에 못 이겨, 우리들의 안주인은 자지러지듯 움찔하며 얼굴을 그자에게로 돌렸다.

"소프로니아!"

앙지올리에리 씨는 벌써 부인의 이름을 불렀다. (앙지올리에리 부인의 이름이 소프로니아라는 것을 우리는 전혀 모르고 있었다.) 앙지올리에리 씨는 적당한 시간에 부인의 이름을 부르기 시작했다고 할 수 있다. 지체하면 위험하다는 것이 누구의 눈에나 뻔했기에 하는 말이다. 즉 자기 아내의 얼굴은 그 저주받을 기사를 향한 채 움직이지 않았다.

치폴라는 채찍을 손목에 걸고서 길다랗고 누런 열 손가락을 모조리 사용하여 자기에게 바쳐진 제물을 향하여, 홀려서 꾀어내듯 손짓을 하면서 한 걸음씩 뒤로 물러나기 시작했다. 부인은 그 순간 창백한 얼굴에 빛을 돋우고 자리에서 일어나 마술사 쪽으로 몸을 완전히 돌려, 떠 있는 듯 흐느적거리며 그쪽으로 가기 시작했다. 유령이 되살아난 듯한 불길한 광경이었다! 흡사 몽유병자와 같은 낯으로 팔은 뻣뻣이 굳어 아름다운 손을 팔목에서부터 조금 치켜 들고, 발은 얽어 매놓은 듯이 부인은 천천히 의자에서 미끄러져나와 홀린 듯 자기를 잡아당기는 유혹자에게로 끌려가는 듯 보였다……

"자, 부르십시오, 여보세요, 자꾸 부르시라니까!"

그 무시무시한 작자는 경고했다. 그리하여 앙지올리에리 씨는 힘없는 목소리를 내어, "소프로니아!"를 불렀다. 그뿐이랴! 그는 마누라가 자꾸만 남편에게서 멀어져가니까, 심지어 손을 오므려서 입에다 대고, 다른 손으로 손짓을 해가며 자꾸만 이름을 불러댔다. 그러나 그런 사랑과 의무의 애처로운 목소리는 넋을 잃은 부인의 등뒤에서 맥없이 울려퍼졌다. 몽유병자와 같이 미끄러지며, 신이 올라 아무 소리도 들리지 않는 듯 앙지올리에리 부인은 흐느적거리며, 중앙 통로로 나서서 손짓하는 곱사등이를 따라, 출구 쪽의 문이 있는 곳으로 더듬어갔다. 그 효과는 참고 볼 수 없을 만큼 완전무결했다. 만일 마술사가 그럴 의사만 있었다면, 부인은 세계의 끝까지라도 따라갔을 것이다.

부인이 문 앞에까지 다다르자, 앙지올리에리 씨는 정말 깜짝 놀라며 "큰일났다!" 하고 소리를 버럭 질렀다. 그러나 바로 그 순간에 기사는 승리의 월계관을 벗어내던지고 끝을 내버렸다.

"이만하면 됐습니다. 부인 감사합니다."

그자는 이렇게 말하며, 이 구름 속을 헤매다 돌아온 부인에게 희극배우 같은 기사처럼 정중한 태도로 팔을 내밀어 끼게 하고, 남편 앙지올리에리 씨에게로 데려다주었다.

"선생, 여기 선생의 부인을 모셨나이다."

그자는 꾸벅 허리를 숙였다.

"본인의 축복과 아울러, 고스란히 선생 손에 넘겨드리나이다. 원컨대 남성으로서 온갖 힘을 다하시어, 온통 선생의 물건인 아리따운 부인을 보호하시기 바라옵나이다. 세상에는 이성이나 덕성보다 훨씬 강한 힘들이 존재하며, 그러한 마력은 오로지 예외의 경우에만 관대한 체념과 상호 결합하고 있음을 명심하시어 정신을 바싹 가다듬기 바라나이다!"

얌전한, 대머리 영감, 앙지올리에리 씨가 애처로웠다! 그것이 다만 그리 대단치 않은 마력이라고 해도 그 힘에 대항하여 그가 자기의 행복을 지켜낼 수 있을 것 같지 않았다. 치폴라는 자기의 마력으로 잔인하게도 앙지올리에리 씨를 위협했을 뿐 아니라, 더욱이 조롱까지도 일삼았다. 그자의 입심 때문에 배가되는 박수갈채를 받으며, 그자는 거드럭거리고 도도하게 무대로 올라갔다. 내 기억이 틀림이 없다면 이 승리를 거두게 됨으로써 그자의 권위는 더욱 올라갔다. 그리하여 그자는 관객들을 마침내 춤추게 만들었다 — 그렇다, 춤을 추었던 것이다. 이것은 전혀 거짓이 없는 말이고, 그때까지 오랫동안 불쾌한 사나이의 광란에 대항하고 있었던, 비판적인 저항심도 미쳐서 흔적도 없었고, 어떤 난장판이라고나 할까, 혹은 심정적으로 무슨 변태적인 일대 혼란이라고 할까, 그런 야단법석이 아닌 밤중에 일어나게 되었다. 치폴라가 자기의 이러한 완전한 지배권을 쟁취하기까지 가혹한 싸움을 겪은 것은 물론이다. 즉 다름 아닌 그 로마 신사의 반항적인 태도와 싸우지 않을 수 없었으니, 이 청년의 완고한 도의심은 치폴라의 지배권에 대하여 공공연하고도 위험한 본보기가 될 뻔했다. 그러나 바로 이러한 본보기의 중요성을 잘 인식하고 있었던 기사는 현명하기 그지없어, 가장 저항이 적은 곳을 공격점으로 택하고, 앞서 그자가 나무토막처럼 마비시켜버렸던 젊은이, 즉 의지가 박약하고 넋을 잃기 쉬운 청년으로 하여금 광란의 무도를 시작하도록 했다. 이 젊은이는 치폴라가 다만 슬쩍 흘겨보기만 하여도, 마치 번개에 얻어맞은 듯 그 자리에서 윗몸을 뒤로 젖히고 두 손을 아랫바지 솔기에 갖다 대고, 군대식 몽유병 상태에 떨어졌다. 어떤 미련한 짓

을 시켜도 해치울 수 있는 각오가 되어 있다는 것은 첫눈에도 확실했
다. 또한 복종한다는 것이 아주 유쾌한 듯 보였고, 즐겨 자기의 보잘
것없는 자유의지를 헌신짝같이 내던져버리고 싶은 듯이 보였다. 즉
그는 몇 번이고 실험 대상물이 되기를 원했으며, 급속한 자기 상실과
무의지성(無意志性)의 어엿한 본보기가 되는 것을 영광으로 생각했
다. 이번에도 그는 다시 무대에 올라가, 채찍이 한번 바람을 스쳤을
뿐인데, 즉시 기사의 지시대로, 무대 위에서 스텝을 밟고 춤을 추었
다. 다시 말하면 눈을 지긋이 감고 머리를 흔들며, 일종의 유쾌한 황
홀경 속에서 보잘것도 없는 팔다리를 사방으로 흔들며, 춤을 추었다.

확실히 그것은 즐거운 듯 보였고, 그의 동지들이 생기기까지는
그리 오래 걸리지도 않았다. 검소한 옷차림의 청년이 각각 그의 양쪽
에서 스텝을 밟기 시작했다. 바로 그때 그 로마에서 온 신사가 일어
서서 대들 듯 당신은 내가 춤을 추고자 원하지 않는 경우에도 나로
하여금 춤을 추도록 할 수 있겠느냐고 물었다.

"원하지 않아도 하고말고!"

치폴라는 이렇게 대꾸했는데, 그 말투를 아직도 잊어버릴 수가
없다. 그 무시무시한 "원하지 않아도 하고말고!"란 말이 아직도 내
귀에 쟁쟁하다. 그리하여 여기서 전투가 시작되었다. 코냑을 한 잔
들이켜고, 새 담배를 피워 문 치폴라는 그 로마 사람을 출입구 쪽으
로 얼굴을 돌리게 하여, 중앙 통로의 한군데에다 세워놓고, 자기는
그 등뒤의 좀 떨어진 곳에 자리잡고서, "추어라!" 하고 명령을 내리
면서 말채찍을 울렸다. 적수는 꿈짝도 하지 않았다.

"Balla!"

치폴라는 단호하게 명령을 되풀이하고, 손가락을 튕겨 딱 소리를 냈다. 젊은 친구의 목덜미는 칼라 속에서 꿈틀했다. 동시에 손이 팔목에서 슬쩍 올라갔다. 한쪽 발꿈치가 쑥 밖으로 삐졌다. 이와 같이 출 것처럼 꿈틀거리면서도 추지 않았고, 때로는 경련이 심해졌다가 다시 가라앉아 오랫동안 움직이지 않았다. 누구나 알 수 있었듯이. 여기서 치폴라는 결정적으로 저항하겠다고 강하게 결심한, 영웅적인 고집과 대결하게 되었다. 이 용감무쌍한 친구는 인류의 명예를 구하려고 했다. 그는 경련을 일으켰지만 춤을 추지는 않았다. 그리하여 실험은 너무 오래 끌게 되어, 치폴라는 할 수 없이 자기의 주의력을 분산시킬 수밖에 없었다. 가끔 가다, 무대 쪽을 향하여 버둥거리는 친구들을 바라보며 규율을 지키도록 채찍을 휘둘러 바람을 울리기도 했지만, 그러면서도 옆을 보며 관객을 향해 말을 그치지 않았고, 제멋대로 춤을 추고 있는 사람들은 아무리 오랫동안 춤을 추어도 나중에 가서 절대로 피곤한 것을 느끼지 않게 될 것인데, 그것은 본래 춤을 추고 있는 것은 그 친구들이 아니고, 사실은 자기가 춤을 추고 있기 때문이라고 훈시를 했다. 그러고 나서 다시 그 로마 사람을 뚫어져라 노려보고, 자기의 지배력에 반항하고 있던 완강한 의지를 무너뜨리려고 덤볐다.

그러나 견고한 의지도 되풀이하여 내리치는 채찍 소리와 확고부동한 명령으로 인해 흔들리고 있다는 것을 알 수 있었다──관객들은 몰인정하나 흥분이 뒤섞인 관심을 가지고 경과를 주시했는데, 그 관심은 연민의 정과 악착스러운 만족감을 벗어나지 못한 것이었다. 내가 만일 그 과정을 똑바로 이해했다면, 그 신사는 자기 전투 태세의 소극성 때문에 패배를 당한 것이다. 모름지기 인간이란 의지를 갖지 않고는 심리적으로 살 수가 없는데, 다시 말하면 어떤 일에 대하여 의지를 품지 않는다는 것은 시간이 흐르면, 아무런 삶의 내용도 가져오지 못하는 것이다. 어떤 일에 대하여 의지를 품지 않는다는 것은 도대체 의지라는 것을 갖지 않는 것, 그러니까 즉 타인의 요구대로 행동한다는 것과 종이 한 장의 차이밖에는 없는 것이다. 그리하여 자유의 이념은 그 중간에 끼여, 절대로 질식당하지 않고 살아나가고 있는 것이다. 말채찍 소리와, 명령 사이에 엮어 넣는 기사의 설득 공작도 역시 이러한 선상에서 작용하고 있었다. 그리고 그자만의 비밀이었던 암시 작용은 마음을 산란케 하는 심리학적 암시와 뒤섞여 있었다. "춤을 춰라!" 하고 그는 외친다.

"제 자신을 괴롭히는 것이 누구냐? 그것을 너는 자유라고 부르는가—이런 자기를 고문하는 짓을 자유라고 하는가? 자, 한번 춰보지! 이제 사지가 꿈틀거리는군, 자, 이제 그만하고 사지를 자유로 내버려두면 좋을 텐데! 이젠 됐어. 그렇지 춤을 추셔야지! 싸움은 끝장이 났지, 벌써 재미를 보시는군!"

사실 그자가 말한 대로였다. 고집을 부려대던 사나이의 몸에선 경련과 근육의 혼란이 점점 심해져서, 팔과 무릎이 들먹거리고, 별안간 관절이 온통 힘을 잃어, 휘적거리며 춤을 추었다. 그리하여 기사는 박수갈채를 받으며, 그 젊은이를 무대 위의 꼭두각시들에게로 데리고 갔다. 이제 그 항복한 사람의 낯을 볼 수 있게 되었으니 그는 무대 위에서 자기 얼굴을 공개했던 것이다. '재미를 보고' 있는 그 젊은이는 눈을 반쯤 감았고, 활짝 웃음꽃이 피었다. 거만스럽게 덤벼들던 때보다도 지금이 오히려 기분이 좋은 듯 보이는 것이 위안이 되기도 했다…….

그 친구의 '함락'은 획기적이었다고 할 수 있다. 그 사람과 더불어 얼음의 장벽은 무너져버리고 치폴라의 승리는 절정에 달했으며, 마녀의 지팡이, 즉 발톱 손잡이가 달리고, 바람에 우는 말채찍의 지배력은 무제한이 되었다. 내가 지금껏 이야기했던 일은 자정을 어지간히 지났을 무렵에 일어났는데, 그 시각에 비좁은 무대 위에서는 여덟 명인지 열 명의 인간들이 춤을 추고 있었고, 그뿐 아니라, 관중석까지도 일대 소동이 일어났으며, 코걸이 안경을 끼고 이가 자못 길게 나온 영국 부인 하나는 마술사가 전혀 손끝 하나 건드리지 않았음에도 자리에서 일어나 나오더니 중앙 통로에서 타란텔라를 추기 시작했다. 그런데 치폴라는 그새 무대 왼쪽에 있던 의자에 가서 늘어지게 앉아 담배 연기를 깊숙이 들이마시고는 볼품없는 잇새로 건방지게 내뿜고 있었다. 발은 공중에서 흔들거리고, 가끔 어깨를 들먹거리며 웃으면서, 관중석의 난장판을 내려다보기도 하고, 때로는 어깨 너머로 무대 위를 돌아보다가, 재미가 적어지는 듯한 친구가 있으면 채찍을 바람에 울렸다. 어린애들은 이 시간에 잠이 깨었다. 어린애들 이야기를 하자면 나는 부끄러워진다. 이런 곳에 그대로 남아 있었다는 것은 좋지 않았다. 더구나 애들에게는 그랬다. 왜 우리들이 아이들을 그때까지도 데리고 나가지 않았느냐 하는 것은 오로지 당시의 일반적인 나태한 기분에 어느 정도 감염되어 있었다는 것으로 설명할 수밖에 없다. 아닌 밤중에 이러한 기분은 우리들까지도 사로잡았던 것이다. 그렇게 되고 보니 이제 모든 것이 될 대로 되라는 식이었다. 그러나 아이들이 그날 밤의 오락이 가졌던 추악한 점을 이해하지 못했다는 것만은 천만다행이었다. 철모르는 두 아이는 이런 구경거리 마술사의 밤놀이에 올 수 있었다는 특별한 은혜만을 거듭 좋아했다. 두 아이는 여러 번이나, 우리들의 무릎을 베고 15분씩 잠이 들었고, 깨면 얼굴은 붉게 달아오른 채, 취한 눈으로 오늘 밤의 주인공이 사람들에게 시키고 있는 깡충거리는 춤을 진심으로 좋아하며 웃어댔다. 이렇게 재미가 있을 줄은 꿈에도 생각지 않았던 것이다. 그들은 어린 손들을 서투르게 부딪치면서 즐거운 듯 박수갈채가 있을 때마다 참견을 했다. 그러나 자기들의 친구인 마리오, 즉 에스키지토의 사환 마리오에게 손짓을 했을 때는, 좋아서 어쩔 줄을 모르면서 아이들 버릇대로 의자에서 뛰어올랐다—치폴라는 늘 하던 그대로 손을 코앞에 가져가고 둘째손가락을 까딱까딱하면서 마리오를 불렀다.

마리오는 순순히 말을 들었다. 그가 계단을 올라서서 마술사에게 다가서는 동안, 치폴라가 여전히 기괴망측한 손짓을 계속하던 일은 아직도 눈에 선하다. 일순간 그 젊은 친구가 머뭇거린 것도 나는 뚜렷이 기억하고 있다. 그날 밤 우리들이 있던 곳에서 왼쪽 통로, 즉 그 전투적으로 머리를 깎은 젊은 친구가 서 있었던 곳에 가서 그는 팔짱을 끼기도 하고, 혹은 웃옷 주머니에 손을 집어넣기도 하며, 나무 기둥에 기대어 서 있었던 것이다. 내가 보았을 때 마리오는, 무대의 연기를 조심스럽게 눈여겨보기는 했지만 별반 명랑한 것 같지는 않았고, 또한 얼마나 그것을 이해했는지 알 수 없는 노릇이었다. 거의 끝판에 가서 무대로 끌려나오게 되자, 그리 기분이 좋은 것 같지 않았다. 그럼에도 그가 마술사의 손짓에 응했다는 것은 이해하기 쉬운 일

255

이었다. 그것은 벌써 그의 직업적인 습성에서 나온 것을 알 수 있었고, 그뿐 아니라 마리오와 같은 소박한 젊은이가 이 시각의 치폴라와 같은 성공으로 빛나는 지배자에게 복종할 것을 거역한다는 것은 심리적으로 불가능한 일이었을 것이다. 싫건 좋건 간에, 그는 기대어 섰던 기둥에서 떨어져서, 무대로 통하는 길을 비켜주는 사람들에게 고맙다고 이리저리 고개를 돌려 인사를 하면서, 계단을 올라갔다. 그의 두터운 입술에는 의아해하는 미소가 떠돌았다.

스무 살의 짝달막하고 우둥퉁한 젊은이, 짧게 치켜 깎은 머리에 이마는 좁고, 초록과 노랑색이 뒤섞인 확실치 못한 회색빛 눈 위엔, 너무나도 무거운 눈두덩이가 덮인 젊은이를 독자 여러분은 상상해보시기 바란다. 우리는 여러 번 그와 더불어 이야기한 적이 있었기에 그의 모습을 지금도 잘 기억하고 있다. 쭈그러진 콧등에는 주근깨가 돋았고, 얼굴 아래쪽이 앞으로 쑥 나와 있었다. 말을 할 때에는 그 두툼한 입술 사이로 젖은 이가 드러났다. 두터운 입술과 무거워 보이는 눈은 잘 어울려서, 그의 인상에 원시적인 우울한 느낌을 주었는데, 이러한 우울한 기운이야말로 마리오가 전부터 우리에게 어딘지 모르게 기억에 남게 하는 원인이었다. 그러나 그 표정에 잔인함이 엿보였다고는 결코 말할 수 없었으니, 그것은 보통 이상으로 길쭉하고 곱상한 두 손을 보더라도 알 수 있었다. 남국 사람들 사이에서도 아담한 그의 손은 눈에 들었고, 그런 손에 의하여 접대를 받는 것은 기분이 좋은 일이었다.

개인적이란 말과 인간적이란 말을 구별해도 좋다면, 우리는 마리오를 개인적으로는 몰랐지만 인간적으로는 알고 있었다. 거의 매일

같이 우리들은 그를 만났으며 또한 꿈꾸는 듯하고 곧잘 멍청하니 정신 나간 듯한 표정을 짓는 그의 버릇에 대하여, 우리는 일종의 동정심 같은 것을 품기도 했다. 하긴 그는 언제나 그런 버릇을 재빠르게 후회하고, 더욱 눈치 빠르게 접대를 했다. 그의 태도는 엄숙하여 어린애들을 상대할 때나 겨우 웃는 낯이 되었다. 그렇다고 심보가 나쁜 것도 아니었지만, 또한 영악하지도 않았으며, 억지로 남에게 호의를 베풀지도 않았으니, 오히려 그 따위 것은 단념하는 듯싶어, 누구의 마음에 들어보겠다는 욕심을 부리지 않는 것 같았다. 그런 사건이 없었다고 해도 여전히 마리오의 모습은 우리들의 기억 속에 남아 있었을 것으로 생각된다. 여행의 추억이라는 것은 대체로 어떤 커다란 일들보다도, 오히려 하찮은 작은 일들이 오랫동안 뚜렷하게 머릿속에 남게 마련인데, 마리오의 존재도 그러한 추억의 하나였다. 그의 아버지가 시청의 하급 서기라는 것과 어머니가 세탁부였다는 것 외에는 그의 환경에 대하여 우리들은 전혀 아는 바가 없다.

무대로 올라가고 있는 그는 얄팍하고 줄무늬가 있는 빛바랜 양복을 입고 있었으나, 그에게는 접대할 때 입는 흰 옷이 훨씬 어울렸다. 목에는 칼라 대신 구름 무늬 비단 목도리를 두르고 그 위에다 양복 저고리를 입고 있었다. 그는 기사가 있는 곳으로 다가섰으나 상대방은 손가락을 오므렸다 폈다 하는 짓을 그치지 않아, 마리오는 더 가까이 다가서지 않을 수 없었고, 치폴라가 앉아 있던 의자에 닿을 정도가 되어 발과 발이 서로 맞닿게 되었다. 그런 다음 치폴라는 팔을 벌리고 마리오의 벌리고 선 팔꿈치를 붙잡아, 관중이 그의 얼굴을 볼 수 있게 돌려 세웠다. 치폴라는 맥이 풀린 듯, 거드럭거리면서 유쾌한 듯 마리오를 위아래로 훑어보았다.

"이게 웬일이야, 친구?"

그는 입을 열었다.

"아니, 이렇게 늦게서야 인사를 여쭙게 되다니? 하지만 이 사람은 벌써 오래전부터 귀공과 친하고 있었소. 아시겠소? ……아무렴 그렇고말고, 벌써 오래전부터 이 사람은 귀공에 잔뜩 눈독을 들이고 있었고 귀공의 우수한 자질을 확신을 갖고 보았소. 이 사람이 귀공을 잊을 수 있었겠소? 하지만 이렇게 분주하다 보니……. 자, 그런데 귀공은 무엇을 하는 사람이지? 이름만 대면 돼요."

"마리오라고 합니다."

젊은이는 나직이 대답했다.

"그래 마리오, 그것 참 좋군. 하긴 그런 이름도 있을 수 있지, 흔한 이름이야. 고대(古代)의 이름이군. 우리 조국의 영웅적인 역사에 뚜렷이 남아 있는 이름 중 하나로군, 브라보, 좋고말고!"

이렇게 뇌까리며 그는 비스듬히 기울어진 어깨보다 팔을 조금 높이 쳐들고, 손은 편 채 로마식 경례를 했다. 얼마간 술에 취했다고 해도 하나도 이상할 것은 없다. 그러나 그는 여전히 입심이 좋았고, 유창하며 또박또박 명확하게 발음을 했다. 하기는 워낙 시간을 끌고 보니, 몸짓 전체와 말투에 어딘지 이젠 싫증나는 듯한, 아라비아 왕과 같은 버릇없고 교만한 태도까지 보이기도 했다.

"자, 그러면, 마리오 군."

그는 계속 뇌까렸다.

"오늘 저녁엔 오기를 잘했소, 그 목도리 참 모양이 좋군. 귀공의 얼굴에 희한하게 어울린단 말이야. 그러니 여자들이 야단을 치고 덤빌 것은 뻔하지, 토르레 디 베네레의 어여쁘신 아가씨들이 말일세……."

처음에 마리오가 서 있던 자리 근처에서, 바로 그때 커다란 웃음이 터졌다—웃음을 터뜨린 자는 바로 그 군인 타입으로 머리를 깎은 젊은 친구였다. 그는 여전히 웃옷을 어깨에 걸머멘 채로 서서, "핫핫!"거리며 아주 거칠고, 조롱하듯 웃어댔다.

마리오는 어깨를 으쓱한 것 같았다. 하여간 그가 꿈틀했다는 것은 사실이다. 본래가 그것은 경련이었을지도 모른다. 그리고 나중에 생각해보니 못마땅한 것을 어깨를 으쓱하고 목도리나 여자 따위는 제겐 아무 상관도 없다는 마음을 표시함으로써, 본래 일어났던 경련을 얼버무려 넘길 심사였는지도 모르겠다.

기사는 슬쩍 관중석을 흘겨보았다.

"저런 작자는 우리 내버려둡시다. 그자는 질투심이 나는 모양이야. 귀공의 목도리가 아가씨들에게 환영을 받으니까 시기심이 나는 모양이야. 그리고 당신하고 나하고, 여기서 이렇게 정답게 이야기하고 있으니까 그런지도 모르지……. 원이라면 또 한번 배를 뒤틀게 해줄 테다. 그쯤은 힘들 것 없으니 마리오 군, 대답 좀 하란 말일세. 오늘 저녁은 이렇게 즐기고 있고……. 그러면 귀공은 낮에는 잡화상에서 일하고 있을 테지?"

"카페에서 일합니다."

젊은이는 달리 대답했다.

"그렇군! 카페에서 일한단 말이지! 이 치폴라 녀석이 잘못 짚었군, 그러면 귀공은 사환, 말하자면 가니메드(Ganymed : 그리스 신화에 나오는 아폴로 신이 총애한 미소년, 사환의 별칭)란 말이지—그거 잘됐다. 또 한번 옛날을 회상할 수 있단 말이야—브라보!"

그리고 관객을 웃기려고 다시 한번 팔을 쳐들어 로마식 경례를 해 보였다.

마리오 역시 눈웃음을 짓고, 정직하게 말했다.

"그러나 전엔 포르토클레멘테의 가게에 있었습죠."

이러한 주석(註釋)에는 예언하는 상대자를 도와서 판단을 올바르게 해주려는 호의로 가득 찬 기분 같은 것이 들어 있었다.

"그러면 그럴 테지! 잡화상에 있었단 말이지!"

"빗과 솔 같은 것을 팔았습니다."

마리오는 상대편의 기세를 피하려는 듯이 대꾸를 했다.

"귀공이 처음부터 가니메드가 아니고, 늘 냅킨을 가지고 사람 접대만 한 것이 아니라는 이야기를 내가 벌써 하지 않았던가. 이 치폴라 녀석이 잘못 보았다고 하더라도, 상대자의 신용은 얻을 수 있단 말이야. 어떤가, 귀공은 이 사람을 신용할 수 있는가?"

그는 애매한 몸짓을 했다.

"반쯤은 신용하는군."

기사는 단정을 내렸다.

"하긴 귀공의 신용을 얻기는 누구나 어렵지. 본인조차도 어려운 걸 잘 알고 있지. 보아하니 귀공의 얼굴에는 사람을 피해서 혼자 슬퍼하는 상이 나타나 있소. 한 가닥 우울한 상이 나타나 있단 말이오⋯⋯. 자 고백을 해보시지."

그자는 마리오의 손을 잡고서 달래면서 말을 시키려고 했다.

"당신은 고민이 있지?"

"없습니다!"

마리오는 재빨리 다짐을 하듯 말했다.

"아니, 틀림없어."

마술사는 이러한 확언을 권위를 보여 물리치고 고집을 부렸다.

"내가 그것을 모를 줄 아는가, 이 치폴라에게도 좀 가르쳐주면 어때! 물론 여자 이야기일 거야, 여자 때문에 고민이지, 당신은 상사병에 걸렸어."

마리오는 세차게 머리를 흔들었다. 그와 때를 같이하여 우리들 곁에서 다시금 그 젊은 친구의 잔인한 웃음이 터졌다. 기사는 귀가 번쩍했다. 눈은 어딘지 허공으로 돌린 채 그는 그 웃음소리에 귀를 기울이고 있다가, 마리오와 이야기를 주고받는 동안에도 한두 번 그랬던 것과 같이 반쯤 뒤를 돌아다보며, 게으름을 피지 않도록 춤추는 군상을 향하여 채찍을 울렸다. 그러는 틈에 치폴라는 하마터면 마리오를 놓칠 뻔했다. 마리오는 별안간 몸을 후들거리고 나서 홱 돌아서서 계단이 있는 곳으로 가려고 했던 것이다. 그의 눈 언저리는 시뻘겋게 되어 있었다. 치폴라는 간신히 마리오를 다시 붙잡아 세울 수가 있었다.

"거기 섰거라!"

그는 소리쳤다.

"뭐야, 도망치기냐, 가니메드, 한창 신이 나는 판인데. 지금 바로 신이 날 판국이 아닌가? 이리로 와요. 지금 막 재미있는 이야기를 할 작정이었소. 당신의 고민이 터무니도 없다는 것을 확신시켜줄 테니까. 당신이 알고 있는 그 처녀 말인데, 다른 친구들도 친한 그 처녀는—음 뭐라고 그랬지? 가만 있어! 그 이름을 당신 눈에서 알아낼 테니까. 지금 혓바닥에서 뱅뱅 돌고 있군. 그리고 당신 역시, 보아하니 그 처녀의 이름을 말할 작정이군…….”

“실베스트라!”

그 젊은 친구가 밑에서 외쳤다.

기사는 눈 하나 까딱하지 않았다.

“입 싸게 구는 녀석도 있군.”

그자는 관중을 돌아다보질 않았을 뿐 아니라, 마리오와의 대화에도 아무런 훼방을 받지 않은 듯했다.

“시도 때도 모르고 울어대는 터무니없는 암탉이 있군. 저 작자는 당신하고 내 입술에서 그 이름을 빼앗아가버리고, 자기 잘난 맛에 나서면서 자기야말로 그 이름을 부를 수 있는 권리가 있다고 생각하는 모양이지! 내버려둡시다! 그런 놈은! 그런데 그 실베스트라 말이오. 당신의 애인 실베스트라 말인데, 그래 대단한 처녀야! 그렇지! 어때! 정말 귀염둥이고말고! 고것이 걸어가고 숨을 쉬고, 웃는 모습을 좀 보지. 아주 예뻐서 숨이 막힐 지경이지. 그리고 빨래할 적에 그 토실토실한 팔뚝은 어떻지, 이마를 덮는 머리카락을 치켜올리려고 목을 뒤로 젖히는 모양은 어떤가 말이야! 정말 하늘에서 내려온 천사지, 뭐야!”

마리오는 목을 길게 빼고 치폴라를 뚫어져라 응시했다. 제가 있는 곳도, 그리고 구경꾼도 완전히 잊은 듯 보였다. 눈 언저리의 붉은 자국은 점점 커지고, 흡사 색칠을 한 듯 보였다. 그런 일은 아주 드물게 보는 일이었다. 그의 두터운 입술은 열려 있었다.

"그런데 그 천사가 바로 못살게 군단 말이지!"

치폴라는 계속했다.

"또는 오히려 당신이 그 처녀 때문에 혼자 고민하고 있다고도 할 수 있겠지……. 알겠소, 이것은 차이가 나는 일이오. 이봐요, 중대한 차이고말고! 연정에 사로잡히면 언제나 잘못 생각하는 것들이 따라다니는 법이지. 아니 바로 그 사랑이 틀린 생각, 엉뚱한 생각을 많이 하게 만든다고 해도 좋아. 당신은 이렇게 생각할지도 모를 일이지. 이 치폴라 같은 녀석이 사랑이 무엇인지 알게 뭐야. 육체적 결합이 있는 놈이 무슨 사랑이냐고 할지도 모르지. 그러나 그건 잘못된 생각이야. 이 치폴라라는 인간은 사랑이 뭔지 참 잘 알고 있지. 사랑이라면 뭐든지 깊이 통달하고 있단 말이야! 그러니 그런 이야기라면 치폴라가 말하는 것을 한번쯤 들어볼 만하고 말고! 하지만 우리 치폴라 이야긴 그만둡시다. 문제 삼지 말기로 합시다. 그리고 당신의 아리따운 처녀, 실베스트라만을 생각합시다! 어떻소? 그 처녀가 그래 당신을 내버려두고 어떤 터무니없이 울어대는 암탉에게로 가버려서야 되겠는가 말이오? 암탉은 웃고, 당신은 울어야 되겠느냐 말이오? 이렇게도 정이 넘쳐흐르고 마음에 드는 청년을 저버리고 가버리면 되겠소? 그렇게는 생각이 안 되는걸, 불가능한 일이지. 나하고 그 처녀는 잘 알고 있는 일이야. 내가 만일 그 처녀라면 말이오, 알겠소. 한 작자는 먹칠한 듯한 불한당, 바다의 과실이고—또 한 분, 바로 이 마리오 씨, 손님들 사이를 오락가락하시며, 외국 손님들에게 솜씨 있게 마실 것을 돌리시는 냅킨의 기사 양반, 더구나 저를 진실하고 열렬한 마음으로 사랑해주시는 분─저의 잊을 수 없는 분, 이 둘 중의 누구를 택할까, 어떤 분에게 사랑을 바칠까, 그런 것쯤은 저도 잘 알고 있어요. 벌써 오래전부터 저는 부끄러우면서도 한 분에게 이미 제 마음을 바치고 있었어요. 제 마음을 짐작하시고 생각해주실 때가 되지 않았어요. 여보세요! 저를 보시고 본심을 알아줄 때가 되지 않았어요. 네, 마리오 씨. 나의 사랑…… 말해보세요. 저를 아시겠어요?"

그 사기꾼이 처진 어깻죽지를 아양을 부려가며 뒤틀고 축 늘어진 눈을 애꿎은 듯 살며시 뜨고서, 응석이 디룽디룽한 눈웃음을 치면서 그 조각난 이를 드러내 보이는 꼴이란 무시무시했다. 그런데 사기꾼의 이런 거짓말이 쏟아져나오는 동안에, 우리들의 불쌍한 마리오는 어찌 되었을까? 마리오의 꼴이 보기가 역겨웠던 것과 똑같이 지금 나는 그것을 말하기조차 역겹기 한량없다. 그것은 마리오의 마음속 가장 깊은 곳에 있는 것을 희생시키고 또한 수줍고도 진실로 행복에 도취했던 정열이 백일하에 폭로된 사건이기 때문에 하는 말이다. 마리오는 두 손을 입 앞에서 깍지 끼고, 거친 숨결로 어깨를 들먹거렸다. 그는 확실히 행복에 겨워서 자기의 눈과 귀를 믿지 않았고, 또한 바로 그 때문에 그는 사실 자기의 이목을 믿어서는 안 된다는 것을 감쪽같이 잊고 있었던 것이다. 마리오는 압도당한 채 애끓는 듯이 가슴속으로부터 속삭였다.

"실베스트라!"

"입맞춰주세요, 네!"

그 꼽추는 말했다.

"괜찮아요. 하셔도 좋아요! 나는 당신을 사랑해요. 입맞춰주세요,
네!"

그리고 그자는 손과, 팔과 새끼손가락을 펼쳐 들면서, 집게손가
락 끝으로 자기의 뺨, 입 가까운 근처를 가리켰다. 그랬더니 마리오
는 허리를 구부리고 그 마술사에게 입을 갖다 댔다.

장내는 쥐죽은 듯 고요해졌다. 마리오가 행복에 겨워 넋을 잃은
그 순간은 실로 기괴하고도 무시무시했고, 숨막히는 듯싶었다―행
복과 환영을 연결시키는 모든 것이 감정 속으로 파고들었던 불쾌한
몇 분 동안의 긴장된 침묵은 우리들의 왼쪽에 있는 그 젊은 친구의
웃음으로 깨졌다. 그러나 그 웃음도 바로 시작했을 무렵에 터진 것이
아니고, 마리오의 애정을 받으려고 들이댔던 구역질 나는 살점에, 마
리오의 입술이 정떨어지고 익살맞게 화합한 바로 직후의 일이었다.
그 웃음은 장내의 긴장된 분위기로부터 홀로 동떨어져나가서 잔인하
고 심술궂은데다가, 더구나―잘못 짐작했는지 모르지만―그렇게
지독하게 넋을 잃었던 마리오의 불행에 대한 연민의 정도 어렴풋이
나마 섞여 있었다. 또한 마술사가 앞에서 터무니없는 소리라고 호통
을 치고 자기야말로 힘든 일을 하고 있다고 하던 때에 들려왔던, "딱
하기도 하지!"라고 한 그런 동정의 기분도 없지 않았다.

그러나 그 웃음소리가 꺼지기도 전에 무대 위에서 애무를 당하던
꼽추는 의자의 다리 옆에서 말채찍을 바람에 울렸다. 마리오는 깜짝
놀라 잠을 깨고 일어나, 뒤로 몸을 젖힌 채 멍하니 앞을 내다보며 더
럽힌 입술에 손을 갖다 댔다가, 두 손등의 뼈마디로 관자놀이를 누르
고는, 휙 돌아섰다. 그리고 치폴라가 두 손을 무릎에 얹고서 어깨를

들먹이며 웃어대고 관객들이 박수갈채를 하는데 그는 계단을 뛰어내려왔다. 내려와서는 기를 써가며, 발을 크게 벌리고 이리저리 헤매며 뛰어다니더니 한 팔을 번쩍 치켜올렸다. 그 순간 박수갈채와 웃음판을 뚫고, 쾅, 철썩 하고 무엇이 깨지는 듯한 폭음이 두 번 울렸다.

장내는 순식간에 조용해졌다. 무대 위 꼭두각시들까지도 움직이지 않고 놀라 넋을 잃고 눈을 떴다. 치폴라는 의자에서 단번에 뛰어일어났다. 그리고 "가만 있어! 떠들지 마, 모두 없어져라! 어떻게 된거야!" 하고 외치고 싶은 듯한 몸짓을 하며 무엇을 거절하는 듯이 두 팔을 옆으로 뻗었다. 하지만 다음 순간 맥없이 머리를 가슴 위로 떨어뜨리고 의자에 털썩 주저앉았고, 그대로 바닥으로 뒹굴며 떨어졌다. 그러곤 쓰러진 채로 움직이지 않았다. 그의 모습은 흡사 옷과 불쑥 솟은 뼈들을 한데 두루뭉실하게 만들어놓은 보따리 같았다.

수습할 수 없는 혼란이 일어났다. 부인들은 덜덜 떨면서 동반자들의 가슴에 얼굴을 파묻었다. 의사를 부른다, 경찰을 부른다, 물밀 듯 사람들이 무대로 뛰어오르고 마리오도 사람들에게 둘러싸이고 무기를 빼앗겼다. 그가 손에 들고 있었던 것은 자그마하고 둔한, 쇠빛이 나는 거의 피스톨이라고도 할 수 없을 물건이었다. 이 무기의 거의 보이지도 않을 만한 총대는 그의 운명을 너무나도 예측할 수 없고 불가사의한 방향으로 이끌어갔다.

우리들은 아이들을 데리고─결국은 그제야 그러니까─때마침 들어서는 두 사람의 경관 옆을 지나서 출입구를 나갔다.

"그것이 끝인가요?"

애들은 알고 싶어했다. 안심이 되지 않았던 것이다⋯⋯.

"그래 그것이 끝이란다."

우리들은 안심을 시켰다. 공포에 싸인 종말, 극도의 숙명적인 최후였다. 하지만 마음이 후련해지는 결말이기도 했다―나는 그때도 그렇게 생각했고, 지금도 역시 그렇게 느끼고 있다.

작품 해설

　토마스 만(Thomas Mann, 1875~1955)의 이름은 많이 알려져 있지만 그 작품은 그리 많이 번역이 되지 않았다. 헤르만 헤세가 많이 읽히고 있는 것과 비교할 때 이런 현실이 어디서 연유하는 것인지 그 원인을 알아보는 것은 곧 토마스 만 문학의 본질을 해명하는 길이 될 것이다.

　헤세의 작품이 한국에서 많이 읽히고 있는 중요한 이유는 그가 지닌 서정성이 독자에게 감동을 주기 때문이 아닌가 생각된다. 한마디로 그는 호소력이 강한 서정 시인이기 때문일 것이다. 이러한 헤세와 비교해볼 때 토마스 만은 완전히 다른 범주에 속하는 소설가이다. 토마스 만은 철저한 산문 정신의 소유자로 그의 한결같은 철저함은 독일 문학 사상 그 유례를 찾아볼 수 없다. 대체로 독일의 작가 가운데는 헤세와 같은 서정시적인 소설을 쓴 사람은 많아도, 토마스 만과 같은 철저한 산문 정신의 소유자는 많지 않다. 그러나 그의 이러한 산문 정신은 영국이나 프랑스의 작가에게서 볼 수 있는 사실주의를 토대로 한 현실의 묘사, 다시 말해서 사회 속에서 움직이는 인간 관계, 너와 나의 생활을 그리는 것이 아니라 그의 지성이란 여과 장치를 통해서 이러한 사회 밑바닥에 흐르고 있는 어떤 유형을 포착하고, 그것을 재구성하는 것이다. 따라서 우리는 토마스 만 소설을 읽을 때면 영어나 프랑스 소설을 읽을 때에 느끼는 공감, 즉 자기가 읽는 소설의 주인공이 된 듯한 착각을 느끼고 그 속에 몰입해 들어가는 그런 감동은 느끼지 못한다. 왜냐하면 토마스 만 소설의 밑바탕이 되고 있는 것은 그런 단순한 현실 묘사가 아니라, 이미 그 작가적인 태도에서 영국이나 프랑스와는 근본적으로 차이가 나기 때문이다. 그는 자기가 작가라는 사실을 어느 누구보다도 철저하게 의식하고 있다. 그에게는 예술가라는 자의식이 그대로 그의 창작에 영향을 준다. 그것은 영국, 프랑스의 소설, 특히 19세기의 위대한 소설가들의, 작품 배후에 숨어서 얼굴을 보이지 않는 이른바 객관적인 묘사와는 거리가 멀다. 토마스 만은 작가가 지닌 유희적인 정신이 창작에서 가장 중요하다고 생각한 사람이었고, 이러한 유희 정신이야말로 소재로서의 현실 세계를 다룰 때 가장 중요하고 우월성을 부여하는 것이라고 생각했다. 이것이 바로 토마스 만에게 아이러니라는 개념으로 표현되는 소설상의 기술이다. 아이러니는 단순한 토론상의 혹은 수사학적인 의미를 가진 반어 또는 역설의 뜻이 아니라, 지성이 지닌 일종의 여과 작용을 의미하는 것이다. 즉 소설의 소재로서의 현실 세계를 단순히 묘사하는 데 만족하지 않고 이 현실 세계를 지성의 여과 장치를 통하여 정리하고 그 속에 깃들인 정신 세계의 맥락을 찾아낸 후에 그것을 기초로 하여 현실을 재구성하는 것이다. 흔히 토마스 만의 소설을 말할 때 문명 비평적인 요소가 짙다고 하는데 그것은 단순한 현실 묘사를 통한 사회 비판적인 요소가 있다는 의미가 아니라 그의 소설에는 그 사회 밑바닥에 흐르고 있는 보편타당한 율법 같은 것이 드러나 있다는 의미일 것이다. 토마스 만 자신이 말하다시피 단순한 사회분석을 통한 비판이라면 그것은 문학이 아니라 철학도 해낼 수 있는 것이고 오히려 그것이 철학의 본분이라고 볼 수 있다. 그리하여 문학이 철학과 다른 점은 그것이 모두 인식을 위한 행위라 하더라도 한쪽이 추상적인 분석을 통한 비판인 데 반하여 문학 예술의 특색은 그것이 예술가의 지성 속에서 새롭게 정리되어 나온다는 데 있다는 것이다. 따라서 그의 소설을 보면 일견 현실의 묘사로서 이루어진 것 같으면서도 실은 인간의 심리가 아니라, 인간과 그 시대의 밑바닥에 도사리고 있는 영원한 인간적인 요소를 드러내는 데 주안점을 두고 있다는 것을 알게 될 것이다.

〈환멸〉(1896)은 불과 몇 페이지 되지 않는 소품이지만 이상에서 말한 토마스 만의 소설 기법이 뚜렷하게 나타난 초기 작품이다. 이 작품에서 우리는 토마스 만이 쇼펜하우어나 니체에게서 정신적 영향을 받았음을 뚜렷이 엿볼 수 있다. 토마스 만은 우리가 일상생활에서 느낄 수 있는 환멸을 극대화하여 인생 전체의 보편적인 문제로 승화시킨다. 또한 이 작품에서 우리는 토마스 만의 수법이 단순한 인간의 심리 묘사가 아님을 확실하게 알 수 있다.

〈트리스탄〉(1903)은 그의 대표적 단편 중 하나인 〈토니오 크뢰거〉의 전주곡이라고도 할 수 있는 작품이다. 여기서도 우리는 토마스 만의 정신적인 계보로서 니체와 쇼펜하우어의 영향을 볼 수 있고, 또한

270

그의 바그너의 음악에 대한 애착을 엿볼 수 있기도 하다. 그리고 이 작품은 예술 정신과 시민 정신의 극단적인 대립이라는 그의 초기 명제가 뚜렷한 형태로 나타난 작품으로 다만 여기서는 예술 정신이 인간 정신과는 거리가 먼 병적인 것으로 취급되어 시민 정신이 지닌 바 건전성을 파괴한다는 그의 초기 이념이 부각되고 있다.

〈토니오 크뢰거〉(1903)는 토마스 만의 전 작품을 응축해놓았다고도 할 수 있을 만큼 내용과 형식 면에서 그를 대표하는 작품이며, 그의 전 작품을 이해하는 데 핵심이 될 수 있는 가장 중요한 단편이다. 또한 작가의 가장 자서전에 가까운 고백으로 가득 찬 작품으로 그의 문학관이 뚜렷하게 부각되고 있다. 그리고 이 단편의 문제성은 비단 토마스 만 개인의 문학의 내면성을 드러낼 뿐만이 아니라, 인간 일반의 내면성의 문제, 문학의 문제, 즉 그리스 정신에 기반을 둔 서구의 주지주의에 대한 신랄한 비판이라고도 볼 수 있다. 동시에 독일적 정신에 대한 신뢰감, 그들이 지닌 윤리성 같은 것을 직감하게 해주는 것이다. 이 작품은 또한 형식 면에서도 특이해서 일종의 극적이며, 마치 교향곡과 같은 형식을 담고 있다는 점에서도 유명하다. 일정한 주제, 다시 말해서 토니오 크뢰거의 아버지와 어머니로 대표되는 '북구(北歐)와 남구(南歐)의 대립'이란 도입부에서부터 시작되는 주제는 차차 변주를 이루면서 '삶과 예술'이라는 대립으로 전개되어가고 그것이 후반에 가서는 사랑의 이념을 통해 융합되어가는 과정은 짜임새 있는 교향곡과 같은 형식을 하고 있다. 여기서 우리는 개개의 사실도 중요하게 보아야 하지만, 이러한 형식 전체에 주의를 해야 한

다. 이 작품에서 중요한 골자를 이루고 있는 사상은 〈트리스탄〉에서
도 볼 수 있었던 정신과 삶의 모순, 그리고 예술과 속물적인 시민 정
신과의 대립으로서, 이 작품에 와서 비로소 예술가는 인식하는 인간
으로서의 자각을 가지고 나타난다. 그러나 그는 그런 자각과 더불어
평범한 시민을 동경하는, 즉 생활을 동경하는 병적인 인간의 모습을
드러낸다. 즉 인식하는 사람으로서의 예술가의 인간적인 고뇌, 생활
속에 뛰어들지 못하고 관찰자로서 오직 방관만 해야 하는 인간적인
고통이 이렇게까지 악착스럽게 포착된 작품은 그 유례를 찾아보기
힘들 것이다. 이러한 '길 잃은 시민'으로서 예술가의 모습에는 확실
히 서구적인 지성의 위기와 종말 같은 것을 예감케 하는 상징적인 힘
이 깃들여 있어 이 작품을 더 돋보이게 하고 20세기 서구의 정신적
상황을 부각시켜 문명 비평의 경지에까지 작품을 이끌어가는 것이
다. 여기에 토마스 만의 작품이 보여주는 프랑스 심리주의와는 다른
소설적인 기교가 있다.

〈마리오와 마술사〉(1930)는 일종의 정치적인 단편이라고 하겠다.
토마스 만은 요셉의 이야기를 집필하던 도중에 이 작품을 썼는데 여
기에는 그의 민주주의적인 확신이 깃들여 있어 그의 지성인으로서
면모가 역력히 드러난다. 토마스 만 자신은 이 작품을 '파시즘의 심
리학'이라고 불렀다. 무솔리니 통치 시대의 이탈리아 체류에서 얻은
소재를 특별한 기교 없이 써내려간 여행기와 같은 인상을 주는 이 작
품은 당시 이탈리아에 떠돌던 공포 정치의 분위기를 너무나도 분명
하게 포착했던 것이다. 돌연히 해변에 나타난 치폴라라는 마술사야

말로 그 당시의 분위기를 한몸에 지닌 인간으로, 어린아이들은 일반 대중으로 볼 수 있으며, 순박한 마리오가 희롱당하는 장면은 우중을 희롱하는 독재 정치에 대한 상징이다. 특히 작품 마지막에 치폴라가 마리오에게 살해당하는 극적인 전환점은 지극히 인상적인 독재 정치의 말로를 상징하는 것으로 볼 수 있다. 미국의 어느 평론가는 치폴라가 옷을 뭉쳐 내던진 것처럼 죽어 넘어진 장면은 그대로 무솔리니의 최후와 같다고 했지만 그보다는 겨우 파시즘이 대두할 그 당시에 이 작품을 쓸 만큼 양식과 비판력을 지녔던 토마스 만의 형안에 우리는 경탄을 금치 못하는 것이다.

옮긴이

273

연보

1875년 6월 6일 출생.

1890년 아버지가 돌아가심.

1892년 뮌헨으로 이사하고 보험 회사에 취직함.

1894년 뮌헨 대학에서 청강.

1895년 형 하인리히 만을 따라 이탈리아로 감.

1896년 〈행복에의 의지 Der Wille zum Glück〉가 《짐플리치시무스
Simplizissimus》지에 게재. 데멜(Richard Dehmel)과 친교를 맺음.

1897년 〈호의(好意) Gefallen〉가 《게젤샤프트 Die Gesellschaft》지에 게재됨.
《키 작은 프리데만 씨 Der Kleine Herr Friedemann》 출간. 본래 〈키
작은 프리데만 씨〉는 1897년에 《Neue Deutsche Rundschau(이하
N. D. R.이라 약함)》에 게재되었던 것임.

1901년 《부덴브로크 가의 사람들 Buddenbrooks》에 〈어떤 집안의 몰락
Verfall einer Familie〉이란 부제를 붙여 출간.

1903년 《트리스탄 Tristan-Sechs Novellen》(그중에 〈토니오 크뢰거 Tonio
Kröger〉가 수록되었음) 출간.

1904년 〈어려운 몇 시간 Suchwere Stunde〉을 《짐플리치시무스》지에 게재.

274

희곡 〈플로렌스 Florenza〉를 《N. D. R.》에 게재. 〈플로렌스〉는 문예 부흥기의 피렌체를 배경으로 한 레제드라마(Lesedrama).

1906년 〈벨중엔의 피Wälsungenblut〉가 《N. D. R.》에 실렸고, 수필《빌제와 나Bilse und Ich》 간행.

1906년 소설 《대공전하 Königliche Hoheit》 출간.

1912년 《베니스에서의 죽음Der Tod Venedig》 출간.

1915년 수필 《프리드리히 대왕과 대동맹 Friedrich und die große Koalition》 출간.

1918년 《비정치인의 고찰 Betrachtungen eines Unpolitischen》 초판 출간.

1919년 단편 〈주인과 개Herr und Hund〉와 〈어린아이들의 노래Gesang vom Kindchen〉라는 두 개의 소품 나옴.

1922년 수필집 〈응수Rede und Antwort〉와 〈도이치 공화국에 대하여Von Deutscher Republik〉가 《N. D. R.》에 게재됨.

1923년 1921년 가을에 했던 연설 〈괴테와 톨스토이Goethe und Tolstoi〉가 수필로 출간.

1924년 장편소설 《마(魔)의 산Der Zauberberg》 출간.

1925년 소설 〈무질서와 어린 시절의 고뇌Unordnung und frühes Leid〉가 《N. D. R.》에 게재. 수필집 《노력 Bemühungen》 출간. 〈괴테의 친화력에 부쳐Zu Goethes Wahlverwandtschaften〉가 《N. D. R.》에 게재.

1926년 수필 《파리에서의 보고문Pariser Rechenschaft》 출간.

1928년 수필 〈반동과 진보Reaktion und Forschritt〉가 《N. D. R.》에 게재.

1929년 노벨문학상을 받음. 〈약전(略傳)〉이 자서전 형식으로 《N. D. R.》에 실렸으며, 다음해에 출간.

1930년 단편 〈마리오와 마술사 Mario und der Zauberer〉 출간. 1925∼ 1929년까지 발표한 수필을 모아 《현대의 진보 Forderung des Tages》 출간. 〈도이치 국민에 고하는 말 Deutsche Ansprache : Ein Appell an die Vernunft〉이란 연설을 함.

1932년 3월 18일에 한 〈시민 시대의 대표자로서의 괴테 Goethe als Repräsentant des bürgerlichen Zeitalter〉라는 연설을 《N. D. R.》에 게재.

1933년 히틀러가 정권을 잡은 후 국외로 망명. 3월 12일에 한 〈괴테의 저술가로서의 생애〉란 연설이 《거장의 고뇌와 위대성 Leiden und Größe der Meister》에 수록. 요셉 4부작 중 《야콥의 이야기 Die Geschichten Jaakobs》 출간.

1934년 요셉 4부작 중 《젊은 요셉 Der junge Josph》 출간.

1936년 요셉 4부작 중 《이집트에서의 요셉 Joseph in Ägyten》이 빈에서 출간.

1937년 《편지 왕래 Ein Briefwechsel》가 취리히에서 출간되었으며 이것은 본대학의 명예 박사 학위 박탈에 대한 답변서였음.

1938년 수필 《평화 Dieser Friede》 출간, 미국으로 이주.

1939년 수필 《자유의 문제 Der Problem der Freiheit》 출간.

1940년 괴테를 주인공으로 한 소설 《바이마르의 로테 Lotte in Weimar》 발표. 영어 수필 《나는 믿는다》가 런던에서 출간.

1941년 단편 〈뒤바뀐 머리 Die vertauschten Köpfe〉 출간. 수필 〈괴테의 베르테 Goethe's Werther〉 《듀크대학신문》에 게재.

1943년 요셉 4부작 중 《부양자 요셉 Joseph der Ernährer》이 스톡홀름에서

출간.

1944년   단편 〈계명 Das Gesetz〉이 출간.

1945년   제2차 세계대전 종결. 수필집 《정신의 귀족 Adel des Geistes》 출간. 그 안에는 인간성의 문제에 대한 16개의 시론(試論)이 수록됨. 《독일 청취자 여러분! Deutsche Hören!》이란 대독(對獨) 방송 연설집 출간. 〈독일과 독일 국민 Deutschland und die Deutschen〉이 《N. D. R.》 1945년 10월호에 게재.

1947년   소설 《파우스트 박사 Doktor Faustus》 발표.

1948년   수필집 《신논설집 Neue Studien》 출간.

1949년   《선택받은 인간 Der Erwählte》 발표. 《파우스트 박사의 성립…… 소설의 소설 Die Einstehung des Doktor Faustus…… Romans eines Romans》이 나옴. 〈괴테와 민주주의 Goethe und Demokratie〉가 《N. D. R.》에 수록. 7월 25일에 프랑크푸르트에서 한 연설 〈괴테 200주년 기념제를 맞이하여 Ansprache im Goethejahr〉 출간.

1950년   암스테르담에서 〈나의 시대 Meine Zeit〉란 연설을 함.

1953년   미국에서 스위스로 이주. 〈낡은 것과 새로운 것 Altes und Neues〉이란 제목으로 50년간의 소논문을 모아 출간.

1954년   소설 《펠릭스 크룰의 고백 Bekenntnisse des Hochstaplers Felix Krull》 제1부 출간.

1955년   5월 3일 실러 사망 150주년 기념 강연차 독일로 여행 중 발병하여 80세를 일기로 사망. 그의 실러에 대한 강연 〈실러에 대한 시론 Versuch über Schillar〉은 그해를 장식하는 기념 강연이 되었음.

옮긴이 **강두식**

서울대학교 독어독문과 및 대학원(문학박사)을 졸업하고
독일 하이델베르크대학에서 독문학을 연구했다.
서울대학교 인문대학 교수, 인문대학 학장,
호원대학교 총장을 역임했고, 현재 학술원 회원으로 있다.
논문 및 저서로는〈현대독문학고〉외 다수가 있으며,
번역서로는 토마스 만의《펠릭스 크룰의 고백》, 릴케의《말테의 수기》,
니체의《인간적인, 너무나 인간적인》, 괴테의《파우스트》등이 있다.

토니오 크뢰거

1판 1쇄 발행 1973년 10월 25일
3판 5쇄 발행 2020년 9월 20일

지은이 토마스 만 | 옮긴이 강두식
펴낸곳 (주)문예출판사 | 펴낸이 전준배
출판등록 1966. 12. 2. 제 1-134호
주소 03992 서울시 마포구 월드컵북로 6길 30
전화 393-5681 | 팩스 393-5685
홈페이지 www.moonye.com | 블로그 blog.naver.com/imoonye
페이스북 www.facebook.com/moonyepublishing | 이메일 info@moonye.com

ISBN 978-89-310-0516-5 03850

(뒷면 계속)